D1462618

LES DAMES DE LA FERRIÈRE

Christian Signol est né dans le Quercy. Son premier roman a été publié en 1984, et son succès n'a cessé de croître depuis. Il est l'auteur, entre autres, des *Cailloux bleus*, de *La Rivière Espérance*, des *Vignes de Sainte-Colombe*, des *Noëls blancs* ou encore d'*Au cœur des forêts*. Récompensée par de nombreux prix littéraires, son œuvre a été adaptée à plusieurs reprises à l'écran.

CHRISTIAN SIGNOL

Les Dames de la Ferrière

Les Messieurs de Grandval**

ROMAN

ALBIN MICHEL

© Éditions Albin Michel, 2006.

ISBN : 978-2-253-12371-2 – 1re publication LGF

A Bernard, parmi nous.

Rien ne peut faire que ce qui fut
n'ait pas été.

Pierre BERGOUNIOUX.

PREMIÈRE PARTIE

Les orages et les moissons

1

Je m'appelle Antoine Grandval. C'est moi qui ai pris soin de faire publier les écrits de mon grand-père Fabien, un homme que j'ai eu la chance de connaître, mais trop peu, hélas, car il est mort quand j'avais six ans, une nuit du mois de mai. Pendant les dernières semaines de sa vie, j'allais souvent le rejoindre dans sa chambre qu'il ne pouvait plus quitter, et il me disait doucement, avec un geste de la main en direction de la fenêtre :

– Ne reste pas ici, mon petit. Sors ! Profite des beaux jours ! Va courir les chemins !

Ce dont je ne me privais pas, tout en gardant en moi la pensée de cet homme très âgé, très malade, qui, je le devinais, j'en étais persuadé, allait nous quitter définitivement. Nous, c'est-à-dire mon père, Pierre, et mes deux frères, Aurélien et Grégoire, qui étions unis comme les doigts de la main.

En cette année 1912, mon grand-père Fabien avait disparu depuis deux ans. J'avais huit ans, donc, Grégoire douze, et Aurélien quinze. Ce dernier étudiait à Périgueux, et nous n'avions, Grégoire et moi, qu'une seule obsession : qu'arrivent vite les vacances qui nous réuniraient de nouveau, dans une liberté heureuse que notre père ne songeait pas à contrarier.

Cela se passait dans ce Périgord du début d'un siècle qui n'avait pas encore été ébranlé par les grandes vagues d'un irrémédiable bouleversement, ni meurtri par ces guerres qui allaient lui arracher le meilleur de sa jeunesse. Dans ce domaine de Grandval où nous vivions en dehors d'un monde que nous ne connaissions que par l'école, les livres, les rares sorties en compagnie de notre père à Hautefort ou à Périgueux.

La mort de mon grand-père avait été vite oubliée. Je me souvenais certes des funérailles sous le grand frêne de la Borderie, lors d'un de ces après-midi de printemps que le premier vrai soleil saupoudrait d'or, mais je n'en souffrais déjà plus, tant il est vrai que c'est la vie et non la mort qui habite les enfants enclins au bonheur. De cette année 1912, je me souviens aussi des foins de juin dans une canicule précoce et surtout de l'attente fébrile de l'arrivée d'Aurélien. Avec Grégoire, nous nous étions levés tôt, ce matin-là, bien que notre aîné ne fût attendu que vers midi. Peu pressés de nous éloigner du château vers ces métairies qui, en temps normal, nous attiraient comme du sucre les abeilles, nous décidâmes d'aller au bord de l'Auvézère, d'où l'on aperçoit la grand-route.

Mélinda, celle que je considérais comme ma mère mais qui ne l'était pas – la mienne était morte en me donnant le jour –, nous avait pourvus de pain et de fromage en déplorant :

– Sont-ils fous, tout de même ! Vous savez bien qu'il ne peut pas être là avant midi.

Notre père s'était contenté de sourire en haussant les épaules. Il ne s'occupait guère de nous, étant accaparé par la forge qui lui prenait tout son temps, mais nous ne nous le regrettions pas : il nous laissait aller à notre guise dans le domaine, ce dont nous profitions plus que de raison, sachant qu'un jour il nous faudrait aussi partir étudier à Périgueux, ce à quoi nous nous refusions farouchement.

– Il aura beau faire, me dit Grégoire, ce matin-là, assis à l'ombre des peupliers de l'Auvézère, je ne partirai pas.

– Tu seras bien obligé.

– Je me cacherai sur les collines, personne ne me trouvera.

Il devait partir en octobre et suivre les pas d'Aurélien, mais il ne s'y résignait pas malgré les récits recueillis de la bouche de notre aîné qui piquaient sa curiosité. Il était question de camaraderie virile, d'études passionnantes, de sorties dans la grande ville où tout était très différent de Grandval, notamment sur ces allées Tourny où se tenaient des frairies étonnantes qui duraient plusieurs jours, et dans lesquelles on exhibait des hommes ou des femmes à la peau noire, les dernières inventions, des animaux du bout du monde. Comme lui, je campais farouchement sur mes certitudes, persuadé que la vraie vie se trouvait là, dans cette vallée heureuse, où l'Auvézère et ses affluents dispensaient aux prairies et aux champs une verdure et une lumière qui ne pouvaient exister nulle part ailleurs.

– Ce n'est pas la peine de te faire des idées, dis-je doucement, tu seras obligé de partir, que tu le veuilles ou non.

– Non, je ne partirai pas.

Je ne savais pas, à cette époque-là, que mon grand-père disparu avait mené, enfant, ce même combat que je comptais entreprendre, moi aussi, le moment venu. Mais j'avais encore quatre ans devant moi, et du fait que le péril n'était pas imminent, je ne m'en inquiétais pas outre mesure : je me contentai d'approuver Grégoire dans sa rébellion contre l'inéluctable.

– Je ne pourrai jamais vivre enfermé dans un collège d'où l'on n'aperçoit jamais le moindre arbre ! s'écriat-il. Jure-moi que tu m'aideras !

Bouleversé par sa voix qui tremblait de colère et de désespoir, je jurai solennellement, le prenant par les épaules, soutenant le regard de ses yeux clairs.

– Je te porterai de quoi manger, dis-je. Tu peux compter sur moi, tu le sais bien.

Et, pour bien lui montrer ma détermination :

– Aurélien n'arrive pas avant midi. Si nous allions chercher la cabane où tu te réfugieras ?

Il se dressa aussitôt et nous partîmes en courant vers les collines qui se trouvaient entre le château et la Borderie. Il faisait déjà chaud, ce dernier jour de juin, bien qu'il ne fût que neuf heures du matin. Du chemin qui montait en pente douce vers les bois dont les feuilles étincelaient de rosée, giclaient d'énormes sauterelles au ventre jaune, celles que, en temps ordinaire, nous capturions pour pêcher les truites dans la rivière. Mais nous avions d'autres préoccupations ce matin-là. Grégoire s'arrêta brusquement à mi-coteau et me demanda :

– Crois-tu que nous devons en parler à Aurélien ?

– Non, dis-je, il ne faut pas.

Mais je regrettai aussitôt ces mots qui exprimaient une défiance que je ne souhaitais pas vraiment. Un peu plus haut, nous entrâmes dans la forêt par une lisière où la lumière blonde s'obscurcit subitement sous le couvert des arbres. Aussitôt le parfum lourd des fougères, des chênes et des châtaigniers s'empara de nous, nous faisant respirer plus vite. Nous marchâmes un long moment en silence, dans le chant des oiseaux et le bourdonnement des insectes englués dans l'air lourd, malgré la pénombre. La puissance du soleil était telle que quelques rayons trouaient les plus hautes branches, jetant des traits d'or qui éclairaient la poussière végétale en suspension.

– Il ne faut pas aller trop loin, dit Grégoire, sinon tu ne pourras pas venir me ravitailler quand il le faudra.

Cent mètres plus haut, au fond d'une clairière dormait une ancienne hutte de charbonnier, dont le toit de mousse et de fougère était intact. Elle fermait par une porte encore en bon état, et un petit foyer entre deux pierres témoignait d'une vie cachée ici quelques années auparavant.

– Tu seras bien, là, dis-je à Grégoire déjà convaincu par notre inspection.

– Nous avons tout l'été pour y apporter ce qu'il faut : un lit, une table, une chaise.

– Où les trouverons-nous ?

– Il y en a au rebut, dans les communs. Il suffira de se servir.

Alors que nous revenions vers la lisière du bois, j'arrêtai Grégoire du bras et demandai brusquement :

– Alors tu es décidé ? Tu ne changeras pas d'avis ?

– Bien sûr que non. Tu sais très bien que je ne quitterai jamais Grandval.

En haut de la colline, nous nous assîmes à l'ombre d'un genévrier pour observer la route, très loin, bien au-delà de la métairie de la Borderie. Les foins ayant été rentrés, il y avait moins d'activité dans la vallée, mais l'air était d'une telle sonorité que nous entendions les marteaux de la forge, à deux kilomètres de l'endroit où nous nous trouvions.

Pourquoi ce matin-là est-il demeuré si présent dans ma mémoire ? A cause de la paix bleutée qui s'étendait devant nous, ou à cause du serment que nous venions d'échanger, dans une fraternelle confiance ? Sans doute devinions-nous que les lois des adultes ne sont pas celles des enfants, et qu'il était important de fortifier notre pacte par des dispositions capables de les contrecarrer. C'est ce à quoi nous nous employâmes, ce matin-là, envisageant toutes les solutions, tous les stratagèmes qui sauveraient Grégoire d'un départ inacceptable.

Quand nous redescendîmes, un peu avant midi, mon frère me prit par les épaules, et me dit, plongeant son regard dans le mien :

– Antoine, si je pars, je mourrai.

Il ajouta, avec dans la voix cette gravité qui lui était familière :

– Antoine, tu sais, je n'ai que toi.

Il me serra dans ses bras, et cette étreinte brève, aujourd'hui qu'il n'est plus là, me fait mesurer à quel point ce frère a compté dans ma vie.

D'autant qu'il savait passer de la gravité au rire dans l'instant qui suivait, comme ce matin de juin, basculant vers la pente en courant, les bras écartés, jouant à l'aéroplane et criant :

– Je vole ! Je vole !

Je me lançai à sa poursuite, le rattrapai et nous roulâmes jusqu'en bas, enlacés, à bout de souffle, arrêtés par une meule de foin abandonnée aux perdrix et aux cailles. Grégoire se redressa, murmura :

– Antoine, ne me trahis jamais. Jure-le-moi !

Je jurai, la main tendue, et, alors que je guettais dans ses yeux un éclair de reconnaissance, il se détourna brusquement, s'écriant :

– La voiture ! Aurélien !

Nous partîmes en courant de toutes nos jambes afin d'arriver avant elle dans la cour du château dont le toit de tuiles rousses émergeait des grands chênes.

L'accueil d'Aurélien ne fut pas celui que nous espérions, mais nous n'en fûmes pas tout à fait surpris. A chacune de ses visites, nous le trouvions changé : moins attentif à nous, à nos secrets, de plus en plus tourné vers le monde étranger de la ville. Physiquement aussi, il changeait, sa lèvre supérieure s'ourlant d'un duvet brun, sa voix devenant grave, ses gestes plus affirmés. Ses yeux noirs s'attardaient moins sur nous, davantage sur notre père, qui le lui rendait bien.

Ce repas de midi nous confirma ce que nous redoutions : Aurélien s'éloignait de nous qui, cependant, l'aimions tant. Nous étions assis tous les quatre autour de la table de la grande salle à manger du château, dont les murs étaient tendus d'un lampas bleu rayé aux motifs crème évoquant l'Indochine. Notre père avait fait procéder à cette transformation quelques années auparavant, sans doute pour garder intacte la mémoire de sa femme – notre mère – morte là-bas, au-delà des mers. La vaisselle aussi évoquait le pays lointain, avec ses verres « soleil » et ses assiettes en porcelaine de Chine bleue sur fond blanc. Mélinda, celle qui remplaçait si bien notre mère, ne s'asseyait pas à table avec nous. Elle ne s'était jamais habituée à son statut de maîtresse de Grandval, bien que son mariage avec notre père datât de huit ans. Elle nous servait, restait debout tout en nous écoutant, heureuse de vivre parmi nous, ses grands yeux noisette courant de l'un à l'autre, s'attardant sur notre père qui en avait fait sa femme et ne l'avait jamais regretté.

Il avait passé la cinquantaine, cet été-là, mais nous avions l'impression qu'il ne vieillissait pas. Comme tous les hommes qu'une vraie passion anime – lui ne vivait que pour la forge et pour ses inventions –, il débordait d'énergie, ne sentait pas le poids des années, malgré les lourdes responsabilités qui étaient les siennes. Car la forge, qu'il appelait la fabrique, comptait quarante ouvriers et ne cessait de se développer. Il travaillait pour l'Armurerie de Ruelle, l'Arsenal de Rochefort, fabriquait ses propres machines, des outils agricoles, et les journées ne comptaient pas assez d'heures pour lui permettre de venir à bout des tâches qui l'assaillaient.

– Dès demain, dit-il à Aurélien, alors que nous

venions à peine de commencer notre repas, tu viendras m'aider, au moins le matin.

– Bien sûr, répondit notre aîné, alors que nous nous attendions à le voir refuser. Je peux même vous aider toute la journée.

Grégoire et moi restâmes stupéfaits d'une telle trahison. Le sourire de notre père scella une acceptation qui nous déçut cruellement.

– C'est entendu, dit-il. D'ailleurs tu as quinze ans et il est temps que tu apprennes à travailler près de moi.

Il était clair qu'Aurélien avait changé de camp, qu'il venait en quelques mots de quitter notre monde pour celui des adultes, et qu'il était perdu pour nous.

Au souvenir de nos aventures de l'été passé, nous en fûmes tellement dépités, Grégoire et moi, que nous ne touchâmes presque pas aux plats apportés par Mélinda.

– Qu'avez-vous ? demanda celle-ci, pour qui sa cuisine était sacrée. Vous n'aimez plus les cèpes en omelette ?

– Mais si, dit Grégoire avec une pointe d'irritation, on a trop chaud, c'est tout.

Accablé, je n'écoutais même pas la conversation qui venait de s'établir entre notre père et Aurélien. Je jetais des regards désappointés vers Grégoire qui paraissait excédé. Je ne touchai même pas à la tarte aux prunes qui annonça la fin du repas. Il me tardait de sortir de table pour partager avec Grégoire mon indignation et le temps me parut long jusqu'au signal de mon père qui, enfin, plia sa serviette et se leva. Je jaillis de ma chaise, ne répondant même pas à Mélinda qui tentait de s'interposer en disant :

– Où allez-vous ? Ne sortez pas au soleil, restez à l'ombre.

Ni Grégoire ni moi ne lui répondîmes. Nous avions un refuge secret au bord de l'eau, dans une petite anse ombragée par des aulnes, où le feu de l'été ne nous atteignait pas. C'est là que nous nous réfugiâmes, à peine capables d'évoquer la désertion d'Aurélien, persuadés qu'il nous avait abandonnés à notre sort, et en même temps bien décidés à le lui faire regretter.

Pendant cet après-midi-là, il nous chercha, nous appela, mais nous ne lui répondîmes pas, cruels enfants que nous étions, si déterminés à défendre un univers que nous devinions menacé de tous côtés. Pauvre Aurélien ! Si j'avais su ce que serait sa destinée, comme j'aurais couru vers lui au lieu de me cacher dans l'ombre verte, ivre d'eau, de sable, les mains couvertes de ces écailles de poissons que nous saisissions au fond des caches sous les rives, et dont Mélinda, fatiguée de les écailler, ne voulait plus !

Mais nous n'avons pas bougé, ce jour-là, sinon pour nous baigner dans l'eau fraîche, nous rouler dans le sable, et nous baigner encore, renouvelant notre serment de ne jamais nous quitter lors de chaque pause, quand, à bout de souffle, nous revenions vers la rive pour nous allonger dans l'ombre douce.

Dès le lendemain, nous nous employâmes à trouver le châlit, la table et les ustensiles nécessaires à l'installation future de Grégoire. Le plus difficile ne fut pas de les dénicher au fond des communs – il y avait là du mobilier détérioré, de toute nature – mais de les transporter vers la hutte des charbonniers sans nous faire voir. Nous y parvînmes un jour où notre père partit pour Périgueux en emmenant Aurélien avec lui. La charrette de la Borderie, empruntée par Louis, le fils Mestre avec qui nous faisions les quatre cents coups d'un bout à l'autre du domaine, nous permit d'acheminer sur la colline le nécessaire en une matinée, sans que personne n'y prenne garde, car Louis tenait les rênes et nous étions montés par les bois pour l'y attendre.

Il était désormais dans la confidence, mais nous avions confiance en lui. Il ne nous trahirait pas : il tenait trop à notre amitié, comme tous les enfants des métairies, avec qui nous avions noué des rapports confiants, chaleureux, dont l'origine était les travaux des champs auxquels nous participions depuis toujours. A la Borderie, Louis avait un frère aîné, Félicien, qui aidait efficacement son père, ce qui permettait au cadet de bénéficier d'un peu de liberté.

A la métairie de la Brande, les Bessaguet avaient deux enfants : Fernand et Antonin, qui s'échappaient assez souvent, car leurs grands-parents étaient encore en vie et ils aidaient beaucoup Baptiste, leur fils, qui avait pris la suite de son père.

La métairie de la Fondial était devenue celle de la Ferrière, car mon père avait acheté les terres et les collines du même nom où, jadis, on prélevait du minerai pour alimenter le haut-fourneau. La petite métairie, cernée par la nouvelle propriété, beaucoup plus grande, s'était ainsi fondue en elle. A la Ferrière, donc, les trois enfants des Chanourdie ne disposaient que de peu de liberté. Paul, Laurine et Sabrina aidaient leurs parents du matin au soir, si bien que nous les retrouvions seulement à l'occasion des grands travaux.

C'est pourtant vers là que nous auraient dirigés le plus facilement nos pas si nous avions trouvé des prétextes plausibles. Laurine et Sabrina, avec leur teint d'abricot, leurs pommettes hautes, leurs cheveux longs bouclés – d'un noir de jais pour la première, d'une blondeur d'épi de blé pour la seconde –, leurs yeux de chatte aux étincelles d'or, nous fascinaient. Il y avait une grâce en elles, dans la façon qu'elles avaient de se mouvoir, déjà femmes avant d'être adolescentes, et pourtant sans aucune malice, mais naturellement, vivant comme à l'état sauvage, pieds nus, de la paille dans les cheveux, vives et rieuses, souvent grimpées dans les arbres, inaccessibles et si mystérieuses pour nous qui n'avions pas de sœurs. Nous en parlions peu avec Grégoire, mais nous y pensions sans cesse.

Le refuge de Grégoire ayant été aménagé, nous attendîmes les moissons avec impatience, rejoints assez souvent par Paul et par Antonin sur les rives de l'Auvézère où nous avions construit un radeau. Il se brisait très souvent, mais rien ne nous décourageait : nous le rebâtissions aussitôt, au prétexte qu'il nous était indispensable pour relever les cordes et le petit filet que Paul avait dérobé à son père. En réalité nous n'en avions nul besoin, l'eau n'étant jamais assez profonde pour nous interdire d'y plonger.

Le premier matin des moissons, nous fûmes réveillés bien avant le jour, et nous partîmes en courant vers la Borderie où, chaque année, tous ceux du domaine se retrouvaient, car il était d'usage de commencer par la réserve. Et ce fut le début de trois semaines de rêve, d'enchantement malgré le travail, car c'étaient les adultes qui travaillaient le plus : nous, les enfants, nous les aidions de notre mieux, mais ils ne se montraient pas très exigeants avec nous, encore moins avec Grégoire et moi, qui, pourtant, tenions à nous montrer aussi vaillants que les enfants des métayers. Particulièrement pour Laurine et pour Sabrina, aux yeux desquelles nous ne pouvions déchoir, tant elles manifestaient d'ardeur tout en riant, secouant leurs cheveux, escaladant les échelles des greniers en faisant voler leur jupe autour de leurs chevilles, balayant l'aire de battage en faisant mine de danser.

Grégoire et moi n'étions pas seuls à vivre dans la fascination de ces deux filles. Louis, Fernand et Antonin étaient aussi subjugués que nous, mais nous n'en parlions jamais : il y avait là quelque chose d'indicible, de trop étrange et de trop envoûtant pour que ce charme donnât lieu au moindre aveu. Un silence tacite leur tenait lieu d'auréole et de muraille. Elles le savaient, bien sûr – Sabrina m'en fit l'aveu plus tard –, mais elles n'en laissaient rien deviner, d'autant que la présence de leurs parents, leur éducation spartiate les portaient à la prudence.

Que ces jours étaient beaux ! Ils ont gardé dans mon souvenir une odeur de grains chauds, de paille sèche, et nulle moisson après coup ne m'a donné tant de bonheur. Car il n'existe rien de comparable avec ces premières fois, ces éveils au monde que nul malheur n'a troublés, quand tout est mystère encore, que l'on ne sait pas combien la vie nous étrille plus tard, pour peu que l'on n'y prenne garde.

Le dernier soir, avant le repas de la gerbebaude, je me suis trouvé seul un instant avec Laurine dans le grenier où l'on entassait les gerbes de paille délivrées de leurs grains. Les autres étaient redescendus, appelés par Elise Chanourdie qui mettait la table sous le tilleul. Nous venions de porter à deux la dernière gerbe sur le tas qui nous dépassait d'une tête. Reprenant notre souffle, nous nous sommes retrouvés à moins d'un mètre l'un de l'autre, et ce fut comme si les yeux de Laurine se posaient sur moi pour la première fois. Noirs, ourlés de reflets mauves, ils ne cillaient pas, ils m'interrogeaient.

– Antoine ! dit-elle doucement, si doucement que je l'entendis à peine et pourtant je ne sais par quel miracle je l'entends encore aujourd'hui, après tant d'années.

J'ai tendu un bras vers elle mais je ne l'ai pas touchée. Je n'aurais jamais osé.

– Antoine ! Si tu savais ! a-t-elle ajouté, puis elle s'est enfuie et a dévalé l'échelle avant que j'aie eu le temps de prononcer le moindre mot.

Pas une seule fois, au cours du repas de fête qui a suivi, son regard n'a croisé le mien. Mon père se trouvait parmi ses métayers, comme c'était la coutume, mais aussi Aurélien, et leur présence ne m'était pas agréable. C'était comme si elle faisait entrer une menace dans un univers où ne rôdait jamais le moindre nuage, où tout n'était que lumière, rêve et insouciance. Je finis heureusement par les oublier, la chaleur de la nuit, les étoiles très proches, le murmure des grands arbres et les rires des convives m'ayant restitué le charme de ces heures inoubliables.

Les beaux jours s'abîmèrent ensuite dans des orages qui nous contraignirent à moins courir les chemins, mais nous savions qu'un répit nous était encore accordé avant le mois d'octobre, une autre fête qui nous réunirait tous, enfants et adultes, garçons et filles : les vendanges. Et de nouveau le grand soleil illumina ma vie, le regard de Laurine croisa le mien, alors que face à face dans un rang de vigne, nous coupions les raisins. Je me gardai bien d'en parler à Grégoire qui, lui, semblait davantage préoccupé par une échéance de plus en plus proche. Nous goûtâmes le vin nouveau en mangeant des noix, nous courûmes encore vers les métairies sous les prétextes les plus futiles, dans les lourds après-midi de l'automne que des soirs aux teintes violettes raccourcissaient périlleusement. Grégoire et moi, nous ne pouvions plus douter que la vie allait s'arrêter, le monde extérieur nous faire basculer vers des rives que nous refusions de toutes nos forces, et que, peut-être, rien ne serait plus jamais comme avant.

Jusqu'au dernier moment nous nous sommes refusés à l'inéluctable. Nous n'avons pas voulu voir le trousseau que confectionnait Mélinda pour Grégoire, ni écouter les recommandations de notre père auxquelles Aurélien, ce traître, mêlait sa voix. Ce n'est que la veille du départ à Périgueux que nous nous rendîmes à l'évidence : le piège s'était refermé sur nous et nous n'avions pas d'autre issue que de mettre en œuvre le plan arrêté au début de l'été.

Je me souviens de cette nuit avec une netteté troublante. Il n'y avait pas de lune quand nous nous sommes enfuis, Grégoire et moi, pour gagner les collines. D'épaisses rafales de vent parcouraient la vallée et se brisaient sur les arbres qui semblaient se courber jusqu'à terre, comme pour nous accompagner. Je n'aurais jamais laissé Grégoire seul gagner son refuge. Il avait besoin de moi et j'étais à ses côtés, comme je l'ai toujours été, même aux pires moments de notre vie. Sans lune, pourtant, et les nuages nous empêchant d'apercevoir les étoiles, nous eûmes bien du mal à trouver la hutte complice. Nous avions pris soin d'apporter avec nous des victuailles que nous avions dissimulées dans l'écurie, sous de la paille, avant le repas du soir. Sylvain, le cocher qui faisait aussi office de jardinier, affichait une soixantaine paisible, et de surcroît il était muet. Je pourrais échapper aisément à la surveillance dont j'allais faire l'objet – je ne pouvais pas en douter – puisque je n'aurais pas à ravitailler Grégoire pendant trois ou quatre jours.

L'obscurité, d'abord menaçante de la cabane, devint plus accueillante à la lumière de la bougie, mais le balancement des grands arbres et le souffle du vent la rendaient pourtant moins hospitalière que nous l'avions cru. Je craignis un moment que Grégoire ne renonce, mais c'était lui qui, plus que moi, était menacé et il ne pouvait décidément pas accepter ce qui l'attendait.

– Jure-moi que tu ne me trahiras pas ! me dit-il d'une voix impérieuse.

– Je n'ai pas besoin de jurer. Tu sais bien que je ne te trahirai jamais.

– Ils vont t'interroger.

26

– Et alors ?

– Ils vont te menacer.

– Me menacer de quoi ?

– Te punir, t'empêcher de sortir.

– Ça m'est égal ! Je ne veux pas que tu t'en ailles. Il ne faut pas, je ne le supporterai pas.

– Pas plus que moi.

Nous restâmes un long moment silencieux, puis Grégoire s'ébroua et me dit :

– Il faut que tu redescendes maintenant. On ne sait jamais : tu peux te perdre.

– Sois tranquille, je ne me perdrai pas.

– Va, dit Grégoire. Il vaut mieux.

Je me levai, lui aussi, et il me serra dans ses bras en murmurant :

– N'oublie pas, Antoine, je n'ai que toi.

Je partis, courant d'abord, puis marchant, et m'arrêtant, enfin, pour me repérer dans cette nuit hostile, où la lune n'avait toujours pas paru. Je me sentais seul au monde, terriblement seul, et très inquiet pour Grégoire que je savais capable d'aller jusqu'au bout de sa résolution. Il me fallut presque une heure pour trouver la route du château, où les chiens, qui me connaissaient bien, n'aboyèrent pas. Je rentrai par la porte de la cuisine qui fermait mal, gagnai l'escalier et montai sans faire de bruit dans ma chambre où je ne m'endormis qu'au matin.

Ce furent des éclats de voix qui me réveillèrent : ceux de mon père et ceux de Mélinda, qui avaient trouvé vide la chambre de Grégoire. Ils m'interrogèrent dans la grande cuisine, en bas, où j'avais l'habitude de prendre mon petit déjeuner.

– Est-ce possible ? tonnait mon père. Je n'aurais jamais cru ça de lui.

– Il est peut-être simplement allé faire un tour, suggéra Mélinda.

– Ça m'étonnerait ! dit Aurélien, accouru aux nouvelles après avoir entendu les éclats de voix.

– Pourquoi dis-tu ça ? demanda mon père, sais-tu quelque chose ?

– Je sais comme nous tous qu'il ne voulait pas partir. Il nous l'a assez répété, non ?

Le regard de mon père pesait sur moi, cherchait la vérité. Il me prit brusquement par le bras et me dit :

– Viens avec moi !

Il m'entraîna dans son bureau du rez-de-chaussée, me laissa un long moment debout devant lui, se méfiant probablement de sa colère, car c'était un homme réfléchi, qui ne s'emportait pas souvent. Il détestait les conflits, manifestait son autorité sans élever la voix : il n'en avait pas besoin, possédant l'autorité naturelle de ceux qui ont fait de brillantes études.

– Alors ? m'interrogea-t-il d'une voix un peu plus posée.

Je ne répondis pas.

– Où est-il ?

– Je ne sais pas.

– Ne mens pas, Antoine, je ne le supporterai pas.

Je demeurai muet mais baissai mon regard, n'osant pas affronter le sien. J'avais compris que je faisais de la peine à cet homme qui m'avait toujours fait confiance.

– Je te le demande une dernière fois, Antoine : où est Grégoire ?

Je laissai passer quelques secondes et murmurai :

– Je ne sais pas.

Je crus qu'il allait me frapper, ce qu'il n'avait jamais fait, mais il soupira et dit d'une voix froide :

– Eh bien tu resteras enfermé dans ta chambre jusqu'à ce que tu retrouves la mémoire.

Il me prit de nouveau par le bras et me conduisit dans ma chambre dont il tourna la clef et l'emporta.

Je me sentis soulagé de ne plus me trouver sous les regards accusateurs de ceux qui m'aimaient. Je n'étais pas tellement inquiet car je savais que l'école allait reprendre dès le lendemain, et que mon père ne pourrait pas me retenir longtemps prisonnier.

Il revint deux heures plus tard, peu avant de conduire Aurélien à la gare.

– Tu n'as toujours rien à me dire ?

Et, comme je ne répondais pas :

– Réfléchis bien, Antoine, c'est très grave. S'il ne réapparaît pas, je vais être obligé de le faire rechercher, peut-être par les gendarmes.

Mon cœur fit un bond dans ma poitrine, mais je demeurai muet, et mon père sortit, furieux, claquant la porte derrière lui avant de la fermer à clef. Je l'entendis descendre l'escalier, sortir, faire ses adieux à Aurélien, et, quand la voiture eut disparu, partir vers la fabrique où il avait à faire. Je compris qu'il avait confié la clef à Mélinda quand elle apparut vers onze heures, et, d'un air affligé, me dit :

– A quoi ça ressemble, tout ça ? Vous n'êtes pas un peu tombés sur la tête pour nous monter une affaire pareille ?

Je n'osai pas croiser le regard de cette femme qui avait si bien remplacé ma mère et à laquelle me liait une grande affection.

– Tout de même, reprit-elle, tu sais bien comment ça finira : on le retrouvera. Un peu plus tôt ou un peu plus tard, qu'est-ce que ça peut faire ?

– On ne le retrouvera pas, répondis-je avec une conviction qui l'affola.

– Qu'est-ce que tu me racontes ? Qu'a-t-il fait ? Où est-il parti ?

– Loin. Très loin.

Elle porta la main à sa poitrine, puis elle tourna sur elle-même et partit sans fermer la porte derrière elle, tant elle était bouleversée. Je me gardai bien de m'enfuir à mon tour : je ne devais pas faillir à ma mission de ravitailler Grégoire. Malgré mon remords d'avoir trompé Mélinda, j'étais assez satisfait car j'avais semé le doute chez mes proches, et probablement desserré l'étau refermé sur Grégoire et sur moi.

Je la vis par la fenêtre partir vers la fabrique pour alerter mon père qui surgit un quart d'heure plus tard, cette fois déterminé à venir à bout de ma résistance.

– Antoine, me dit-il, ce qui se passe est très grave. Si vraiment Grégoire s'est enfui, il se trouvera à un moment ou à un autre en danger. S'il lui arrive malheur, tu en porteras une part de responsabilité. Est-ce que tu me comprends ?

– Je comprends, dis-je.

– Alors dis-moi où se trouve ton frère.

– Je ne sais pas.

– Tu ne sais pas ou tu ne veux pas ?

Je compris qu'un mensonge de plus allait exaspérer cet homme que j'aimais tant et je murmurai :

– Je ne peux pas.

– Et pourquoi donc, s'il te plaît ?

– Parce que j'ai promis.

Mon père se détendit d'un coup, comme s'il était rassuré ; il avait trouvé dans ma réponse un soulagement, du moins une voie qu'il pouvait suivre avec quelque certitude.

– Une promesse n'engage pas un enfant quand il s'agit de se confier à son père, me dit-il d'une voix douce, en plantant dans mes yeux son regard paisible.

– La mienne, si.

– Alors tu préfères ton frère à ton père ?

– Non.

– Eh bien, parle !

– Non ! Je ne peux pas. J'ai promis.

Mon père demeura un long moment silencieux, puis

il soupira et sortit sans ajouter le moindre mot. A la porte, cependant, il se retourna, je sentis son regard s'appesantir sur moi, et, lorsque je levai la tête, je compris qu'il n'y avait plus vraiment de colère dans ses yeux. Quand il eut gagné la cour, je le vis sortir sa voiture et je l'entendis partir vers la Borderie.

Je demeurai seul jusqu'à midi, et ce fut Mélinda qui m'apporta à manger dans ma chambre. Elle ne me dit rien, se contenta de hocher la tête plusieurs fois d'un air affligé. Mon père n'était pas rentré. Il ne revint que vers trois heures de l'après-midi, gara sa voiture et regagna d'un pas vif la fabrique sans monter me voir. Allongé sur mon lit, je réfléchissais : allait-il m'interdire d'aller à l'école le lendemain matin ? Et comment, si j'étais surveillé, allais-je pouvoir ravitailler Grégoire ? Ces questions m'occupèrent tout l'après-midi, mais il ne se passa rien d'important, et je ne fus édifié sur mon sort qu'à l'heure du repas du soir, quand Mélinda et mon père montèrent ensemble me voir.

– Demain, tu n'iras pas à l'école, décida mon père. Après tout, un ou deux jours de retard n'auront pas grande importance.

Il n'ajouta rien de plus et j'eus beau interroger Mélinda quand elle revint chercher le plateau, je n'en appris pas davantage.

La nuit tombait tôt en cette saison, et je pensais à Grégoire, seul dans sa hutte, d'autant que la pluie menaçait. Je ne doutais pas de sa détermination, mais je me demandais s'il aurait le courage de tenir longtemps, surtout quand l'hiver serait là, apportant le froid et la neige. Je crois bien n'avoir pas fermé l'œil de cette nuit-là, sinon vers le matin, épuisé.

Mélinda me réveilla très tard, comme si elle avait voulu laisser passer l'heure de l'école, craignant peut-être une révolte de ma part. Pourtant, l'idée de me rebeller pour aller à l'école ne m'aurait jamais effleuré l'esprit. A plus petite échelle que le collège de Périgueux, l'école de Saint-Martial représentait déjà pour moi un exil. Les mots qu'avait prononcés mon père la veille au soir me revinrent à l'esprit : « Un ou deux jours de retard n'auront pas grande importance. » Il ne doutait donc pas de retrouver Grégoire avant deux jours. D'où tenait-il cette certitude ? Avait-il compris que Grégoire se cachait à l'intérieur du domaine ?

Je n'eus pas à attendre longtemps avant d'être fixé. A onze heures, des cris dans la cour m'alertèrent. Je bondis vers la fenêtre, aperçus Grégoire qui se débattait entre Mestre et Chanourdie, suivis par mon père.

– Antoine ! criait mon frère. Antoine, pourquoi ?

– Ce n'est pas moi ! criai-je. Je te jure Grégoire que ce n'est pas moi ! Je n'ai rien dit, je te jure !

Je quittai la fenêtre, me jetai sur la porte, mais elle était toujours fermée à clef. J'entendis encore un moment crier Grégoire, en bas, puis tout se tut. Le château demeura longtemps silencieux, mais je compris à quelques bruits, ayant ouvert ma fenêtre, qu'ils étaient en train de manger. Mélinda ne m'avait rien apporté, ce qui ne me laissait augurer rien de bon. Quelque part rôdait une menace dont j'avais tout à redouter. Effectivement, une heure plus tard, j'entendis des portes claquer, puis, de nouveau crier Grégoire :

– Antoine ! Antoine ! Aide-moi !

Mon père le tenait fermement par le bras et l'obligeait à s'asseoir dans sa Renault de dix-huit chevaux qu'il avait achetée l'année précédente.

– Grégoire ! Je te jure ! Ce n'est pas moi ! criai-je une nouvelle fois.

Mais il ne tourna même pas la tête vers moi et j'eus la conviction qu'il me croyait coupable. Bientôt la voiture démarra, fit voler les graviers de l'allée, puis elle disparut au-delà du portail et le silence retomba.

Ainsi se termina cet été magnifique dont le souvenir

ne s'est jamais éteint en moi. Pourquoi faut-il que dans nos vies rien ne puisse durer qui nous rende définitivement heureux ? La pluie qui menaçait depuis la veille se mit à tomber, noyant mes rêves et donnant tout à coup au monde environnant des teintes qui ne m'étaient plus familières. J'étais seul, désormais, sans frère près de moi, et je crus que j'en demeurerais à tout jamais inconsolable.

La vie reprit, pourtant, ou ce qu'il en restait. Les enfants, heureusement, ont une faculté d'oubli au moins aussi importante que leur faculté à s'émouvoir d'une perte ou d'une blessure. Grégoire revint à la Toussaint, et il me rassura : il savait que je ne l'avais pas trahi. Les métayers n'avaient pas eu besoin d'aide pour le retrouver : ils connaissaient trop bien le domaine et le plus petit abri des forêts. Ces deux mois ne l'avaient pas changé et les couleurs de l'hiver approchant lui faisaient regretter un peu moins de vivre loin de Grandval.

– L'été reviendra, me dit-il, et nous serons heureux.

Et, comme je regrettais qu'il fût si loin, Grégoire ajouta :

– Ne t'inquiète pas pour moi : de toute façon, quand je serai en âge de décider, personne ne pourra m'empêcher de vivre ici.

Cette assurance, cette conviction me firent du bien et m'aidèrent à traverser le désert des jours qui nous séparaient de la belle saison. L'école ne m'intéressait pas, au grand désespoir de mon père : non que je fusse incapable de comprendre ce que l'on m'enseignait mais je n'écoutais pas le maître. Mon esprit vagabondait sans cesse, j'étais ailleurs, sur les chemins du domaine, sur les rives de l'Auvézère, près de

Grégoire dont, hélas, je n'entendais plus les mots passionnés.

Il plut beaucoup, cet hiver-là, au point que mon père redouta une inondation, qui heureusement n'eut pas lieu. Les jours étaient trop courts pour que je pusse raccompagner Antonin, Paul, mais surtout Laurine et Sabrina sur le chemin des métairies.

A Noël, heureusement, mon père invita les gens du domaine au réveillon et nous retrouvâmes un peu de l'atmosphère heureuse des banquets consécutifs aux foins et aux moissons. C'était une tradition qu'il avait tenu à perpétuer car, à ses yeux, elle symbolisait la solidarité des hommes et des femmes de Grandval, resserrait leurs liens, exprimait la singularité d'un îlot protégé à l'écart des tempêtes du monde. Mais contrairement à l'époque où les ouvriers de la forge habitaient dans les communs du fait qu'ils travaillaient aussi la terre, ceux d'aujourd'hui vivaient ailleurs, dans les villages ou les fermes isolées. Seuls étaient considérés comme gens du domaine, ceux qui ne le quittaient jamais, à savoir la famille Mestre de la Borderie, les familles Bessaguet et Chanourdie des métairies, sans oublier Sylvain, l'homme qui faisait office de cocher et de jardinier. Les temps avaient changé : les ouvriers avaient conquis leur indépendance et s'étaient organisés. Certes on était encore loin des syndicats et des mœurs de la ville, mais les ouvriers de la forge ne pouvaient plus être confondus, comme au temps du haut-fourneau, avec les gens de la terre.

Pour ma part, je n'en étais pas mécontent, car je fréquentais peu la forge qui représentait un monde que je n'aimais pas. Je préférais, et de beaucoup, les terres et les chemins du domaine où s'exerçait une liberté que je savais menacée et qui n'en était que plus précieuse. Et cette nuit-là, la présence au château de Laurine et de Sabrina, des garçons si complices de nos jeux et de nos aventures, me faisait oublier le départ de Grégoire, ma solitude en dehors des périodes de vacances, m'aidait à penser aux beaux jours qui reviendraient.

Après le réveillon, des chants de Noël s'élevèrent dans la grande salle à manger du château, et il se passa quelque chose d'incompréhensible pour moi. Laurine, qui chantait debout, près de sa sœur, s'écroula tout à coup, provoquant les cris des femmes qui se précipitèrent. Surpris, effrayé même par un événement auquel je n'avais jamais assisté, je m'écartai de quelques pas, sans pouvoir détacher mon regard du corps que l'on avait assis, mais qui ne manifestait aucun signe de vie. De longues minutes s'écoulèrent avant que les femmes ne parviennent à ranimer celle que, un instant, j'avais crue morte. Elle se mit alors à pleurer, ce qui, d'un côté, me rassura, mais le charme de ce réveillon avait été brisé. On ne tarda pas à se séparer, non sans se souhaiter un bon Noël, et pour la première fois j'embrassai Laurine et Sabrina.

Si je devais me souvenir d'une seule chose de ces années-là, ce serait de ce baiser maladroit sur les joues, de cette caresse dont la douceur devait me poursuivre pendant des années, de ce parfum inconnu qui m'accompagne encore si je ferme les yeux, et me renvoie vers ce Noël où la peur – la vraie peur – m'avait saisi pour la première fois. Il me sembla que la joue de Laurine s'attardait sur la mienne plus que les usages ne le permettaient. Elle murmura quelque chose que je ne compris pas, et je ne sus si ce murmure provenait de sa bouche ou de ses cheveux dans lesquels, un court instant, mon visage s'était enfoui.

Avant de me coucher, je demandai à Mélinda quelle était la raison de ce malaise qui, m'avait-il semblé, avait surpris tout le monde.

– Elle a été indisposée parce qu'elle a trop mangé, c'est tout, me répondit-elle.

Et elle ajouta, comme je ne paraissais pas convaincu :

– Ne t'inquiète pas, ce n'est pas grave, ça arrive parfois.

Grégoire, consulté le lendemain matin, ne parut pas ému par l'incident, mais davantage préoccupé par l'urgence d'aller relever nos pièges à grives au pied des genévriers. Ce fut l'activité essentielle de ces vacances bien courtes, au terme desquelles il repartit toujours aussi décidé à ne rien faire au collège, afin de démontrer à notre père qu'il avait eu tort de lui imposer cet exil. Il faut dire qu'il y réussissait très bien : ses notes et les appréciations de ses professeurs étaient catastrophiques. Je le mis en garde contre des sanctions qui pouvaient consister en des privations de sortie dont il ne souffrirait que davantage, mais il était au-delà de tout cela : il ne pensait qu'aux vacances, qu'à Grandval, à ce monde béni dont on le privait à ses yeux cruellement.

Heureusement, le printemps fut précoce et les congés de Pâques nous donnèrent un avant-goût de ce que serait l'été : le vent avait tourné au sud, négligeant les saints de glace qui, d'ordinaire, s'ils coïncidaient avec la lune rousse, ramenaient le gel. La vallée reverdit en huit jours, donnant déjà à l'herbe des prairies la vigueur qui faisait penser aux foins à venir. Grégoire ne put y participer, cette année-là, car il fallut faucher plus tôt, mais j'y trouvai, moi, l'occasion de quitter l'école avant la fin du mois, de même que les enfants des métairies.

Alors commença le dernier été de l'insouciance et du bonheur, car nous étions en 1913, et le suivant ne ressemblerait à aucun autre. J'aidai à écarter les andains avec une fourche aux dents de bois, à charger les charrettes, à entasser le foin dans les fenils où nous suffoquions de chaleur, couverts de sueur, des brins d'herbe dans les cheveux. En écrivant ces lignes, j'ai l'impression de solliciter une mémoire plus ancienne que ma vie. Comme si j'avais connu ces moments de toute éternité – comme si j'étais né pour les vivre, et eux uniquement.

Et, de fait, ce qui se passa le dernier soir où je me retrouvai seul en présence de Laurine influa tellement sur ma vie que, même si je l'avais souhaité, je n'aurais jamais pu l'oublier. Je crois bien que nous avions manœuvré, elle et moi, pour nous retrouver seuls comme l'année passée, à la fin des moissons. Seuls, nous croyions l'être mais nous ne l'étions pas. Elle s'approcha de moi, et dit de la même voix étrange et douce :

– Si tu savais, Antoine.

Et, enserrant mon torse de ses bras, posant sa tête sur mon épaule, elle ajouta :

– Comme je t'aime.

C'est à cet instant-là, si merveilleux des amours enfantines, que surgit Grégoire en haut de l'échelle de meunier qui conduisait au grenier. Il ne dit pas un mot, mais il marcha vers nous et nous dévisagea avec une réelle douleur dans le regard. Je me détachai de Laurine, qui cria en apercevant Grégoire qu'elle n'avait pas entendu arriver, et disparut.

Nous restâmes un long moment face à face, puis Grégoire me dit :

– Laurine est pour moi. Toi, tu as Sabrina, elle est de ton âge.

Ce n'étaient qu'enfantillages, et pourtant la blessure que m'infligea Grégoire me meurtrit réellement. C'était notre première querelle, la première fois que j'entendais un reproche dans sa voix, une voix que je n'avais pas reconnue, et dont la froideur m'avait transpercé. Nous ne savions rien à l'époque de ce penchant des Grandval pour les mésalliances. Cette loi non écrite pesait sur nous depuis longtemps – je devais l'apprendre plus tard dans les écrits de mon grand-père – comme si toutes nos vies devaient s'inscrire à l'intérieur du domaine pour le préserver. Notre père ne côtoyait pas la bonne société locale, mais celle des affaires à Périgueux ou à Paris. Nous ne fréquentions que les gens de Grandval, il n'était donc pas étonnant que se nouent là des alliances ou des amours, fussent-elles apparemment sans importance.

De tout cet été-là je ne contestai pas le « diktat » de Grégoire. Laurine et Sabrina, malgré leurs différences, se ressemblaient comme deux gouttes d'eau. Dans les yeux verts de Sabrina brillaient les mêmes pépites que dans ceux, noirs, de sa sœur. Les boucles blondes de ses cheveux volaient avec la même grâce autour de ses épaules que les cheveux de jais de son aînée, la même espièglerie rayonnait dans leur visage à la peau mate, si bien que le partage décrété par Antoine me parut acceptable.

Les moissons succédèrent aux foins dans la paix d'une saison miraculeuse : les nuits rafraîchissaient juste ce qu'il fallait la température des interminables journées sous un soleil couleur d'orange. Je veillai à rester proche de Sabrina et à m'éloigner de Laurine, non, cependant, sans un pincement au cœur. Mais pour Grégoire j'étais prêt à tout. L'enfance est le temps de la clarté et de l'innocence. Je ne savais pas que la vie est plus forte que les résolutions de cet âge où le bonheur va de soi, pour peu que l'on sache reconnaître sa présence lumineuse. J'ignorais également que nous vivions le dernier été de l'insouciance et de la paix. J'étais persuadé que ce bonheur-là allait durer toujours,

au cœur du domaine où rien, jamais, ne nous menace-
rait. Même les nuits apportaient leur présent de rêves
dans le murmure des grands arbres du parc. L'air sentait la paille, le grain, la poussière des chemins. Laurine
et Sabrina sentaient les fleurs des champs, depuis toujours et pour toujours.

2

Cette harmonie si heureuse, que nous avions toujours connue et partagée, se rompit un soir de juin 1914, lorsque mon père, préoccupé, nous parla de l'assassinat d'un archiduc dans la ville lointaine de Sarajevo. En tant qu'ancien militaire, il était au fait des affaires du pays car il avait gardé des relations dans l'armée, et donc il savait : nous courions à la guerre. Il nous réunit dans son bureau, le lendemain soir de l'arrivée de Grégoire et d'Aurélien, pour nous révéler d'une voix grave ce qui allait se produire, tout en nous interdisant d'en parler à qui que ce soit :

– C'est inévitable, dit-il, nous n'y échapperons pas.

Et, devant notre mine stupéfaite, qui exprimait autant de surprise que d'interrogation :

– Sûrement avant la fin de l'année.

Il ajouta, avec, me sembla-t-il, une fêlure dans la voix :

– Il ne faut pas vous inquiéter : elle sera terminée bien avant qu'Aurélien soit en âge de partir. Les armes sont trop puissantes aujourd'hui pour que ça dure longtemps.

Nous étions debout tous les trois devant son bureau, lui de l'autre côté. Il fit le tour, s'approcha de nous, ajouta :

– Ce qui me préoccupe, c'est que je vais perdre une

grande partie de mes ouvriers. Il va falloir que vous m'aidiez.

J'avais dix ans, Grégoire quatorze, et Aurélien dix-sept. Je ne comprenais pas grand-chose à cette menace, ni à ses conséquences, car je ne savais pas en quoi consistait exactement le travail dans la forge. J'ignorais que la moitié de son activité était consacrée à la fabrication de pièces pour l'Armurerie de Ruelle et l'Arsenal de Rochefort. L'autre moitié était réservée à la fabrication de matériel agricole que mon père écoulait non seulement dans la région mais dans tout le pays.

– Antoine est trop jeune encore, mais toi, Grégoire, à partir de demain tu viendras travailler avec moi, comme Aurélien, à la fabrique.

Grégoire tenta de protester, s'emberlificota dans des arguments dérisoires, qui ne tenaient évidemment pas devant la menace qui rôdait. Voilà pourquoi ce bel été 1914 ne ressembla pas aux autres et marqua la fin, en quelque sorte, de notre enfance lumineuse.

Je courus les chemins sans Grégoire, retrouvai seulement Antonin Bessaguet qui avait mon âge et parfois Laurine et Sabrina, car Paul, leur frère, avait un an de plus que moi, et il était de plus en plus souvent requis par ses parents pour les aider. Je me gardai bien de leur dévoiler les secrets que je tenais de mon père, et leur insouciance, en tous points semblable à celle des années précédentes, me rassura. J'aurais fini par oublier la menace si l'absence de Grégoire à mes côtés ne me prouvait chaque jour que quelque chose s'était déréglé dans la marche du monde. Le soir, Grégoire m'interrogeait sur ce que j'avais fait dans la journée, qui j'avais vu, me questionnait au sujet de Laurine et de Sabrina, se désespérait de ne pouvoir, comme moi, vivre dans cette liberté magnifique qui nous avait toujours éblouis.

Ce fut un été très chaud que cet été-là, tout en touffeurs lourdes de l'odeur des épis dans les grands champs de la vallée, des nuits violettes où passaient des murmures étranges, des orages qui rafraîchissaient les jours juste ce qu'il fallait, de grandes ombres en lisière des bois dans lesquelles il faisait bon s'allonger, avant de dévaler la pente vers l'Auvézère dont l'eau chantait toujours aussi joyeusement sur les galets. Pour ne pas trahir Grégoire, je m'efforçais de me rapprocher de Sabrina et de m'éloigner de Laurine qui en souffrait. Je surpris une dispute entre les deux sœurs qui se termina par une bataille d'une telle violence qu'au lieu d'intervenir je m'enfuis, effrayé. Elles en portèrent les stigmates – griffures, morsures – pendant plusieurs jours mais n'en soufflèrent mot. Et le mois d'août succéda à juillet, sans le moindre changement de température, le moindre souffle d'air frais, dans un embrasement des jours qui accablait hommes et bêtes.

Mon père se montrait de plus en plus nerveux, pressait Jean Mestre d'entreprendre les moissons, mais celui-ci regimbait : pour lui, les épis n'étaient pas assez mûrs. Il fallait attendre. Sans doute mon père lui révéla-t-il ce qui allait arriver, car nous fûmes les premiers à moissonner le 25 juillet. A cette occasion-là, Grégoire fut autorisé à délaisser la fabrique et à venir à la Borderie pour aider. Dès lors, nous oubliâmes la menace, pour retrouver un peu de cette insouciance, ce bonheur d'être au monde que nous connaissions si bien.

Un soir que j'allais chercher la dernière javelle à l'extrémité d'un champ, Grégoire étant juché sur la charrette qui allait ramener les gerbes à la Borderie, Laurine courut derrière moi, la ramassa avant moi, se retourna et me dit :

– C'est pas Grégoire que je veux, c'est toi.

Elle ajouta, comme je restai muet, jetant un regard vers la charrette où Grégoire, heureusement, était occupé :

– Toi seul, Antoine, et pour toujours.

En écrivant ces lignes, je revois avec autant de netteté que ce jour-là son visage grave, ses yeux d'un noir si brillant, la lumière chaude qui s'en dégageait. Si seulement j'avais été plus âgé, plus sûr de moi, plus au fait des pertes irrémédiables que nous inflige la vie, j'aurais alors été capable de la prendre dans mes bras, de l'emporter dans un refuge secret et de la garder comme un trésor que rien, jamais, n'aurait souillé. Mais ce jour-là, je n'ai pu esquisser le moindre geste, prononcer le moindre mot, et elle m'a jeté la gerbe qu'elle portait dans les bras puis elle s'est enfuie vers la charrette près de laquelle sa mère l'attendait.

Le lendemain, alors que nous commencions à moissonner à la Brande, tous les clochers alentour se mirent à sonner. Ce n'était pas l'appel habituel des offices du dimanche ou des fêtes religieuses, c'était beaucoup plus pressant, un peu angoissant, et tous les hommes présents cherchèrent une fumée des yeux, croyant à un feu de forêt. Les cloches de Saint-Martial, Cherveix, Tourtoirac, Saint-Agnan, Hautefort se répondaient dans un rythme endiablé, donnant l'impression qu'elles ne cesseraient jamais. Nous, les enfants, nous nous étions rapprochés instinctivement des femmes qui interrogeaient leurs maris avec, dans les yeux, la prémonition d'un événement redoutable. Les clochers se répondaient encore quand mon père arriva.

Il descendit lentement de voiture, marcha vers les hommes ruisselants de sueur.

– C'est la guerre, dit-il.

Nul ne prononça un mot. Les hommes cherchaient dans leur tête ce que ce terme inusité impliquait, mais ils ne trouvaient pas, et ils hésitaient à se remettre au travail, reprendre le geste un moment suspendu. Certes, les jours précédents ils avaient entendu parler de ce qui se passait dans le monde, mais ils ne croyaient pas vraiment à l'imminence d'une guerre, à part Jean Mestre, que mon père avait prévenu de l'inéluctabilité d'un conflit.

— Je ferai mon possible pour garder ici tous ceux que je pourrai, reprit mon père. Mais il faut bien défendre le pays, n'est-ce pas ?

Les cloches sonnaient toujours, et je n'avais qu'une hâte : qu'elles s'arrêtent enfin, que cesse cette alarme qui venait brusquement briser la paix d'un samedi dont le ciel ne portait pas le moindre nuage.

— Qui va partir ? demanda le père Bessaguet.

— Je ne sais pas encore, mais le garde champêtre va passer. Il nous le dira.

— On n'arrive pas à moissonner comme il faut, dit le père Bessaguet, comme si le travail primait sur la terrible nouvelle. Les épis ne sont pas assez mûrs.

— Je sais, répondit mon père avec lassitude, mais on ne pouvait pas faire autrement.

— Alors qu'est-ce qu'on décide ? demanda Jean Mestre.

— Avancez la moisson le plus possible jusqu'à ce soir, répondit mon père. On avisera demain.

Il partit, et tous, hommes et femmes, demeurèrent un long moment muets, sans bouger, puis l'un d'eux fit un geste et le travail reprit, mais sans joie, péniblement, comme si une chape de plomb venait de se refermer sur la vallée.

Je m'aperçus que Laurine s'était approchée de moi et je fis mouvement vers Grégoire, qui s'en était aperçu. Je lus dans son regard de la gratitude, et même davantage : une confiance totale pour le frère que j'étais. De ce jour-là, autant que de la guerre, c'est de son regard que je me souviens le mieux. Les hommes, les femmes et les enfants demeurent flous, comme absents de ce monde qui venait de basculer vers quelque chose d'inconnu, de redoutable, et que, déjà, je refusais de toutes mes forces.

Les cloches n'appelaient plus et, cependant, il y avait comme une rumeur nouvelle dans l'air, celle – je l'ai compris plus tard – de tous ceux qui s'étaient mis en marche vers les places, les mairies, pour savoir ce qui se passait. Sur l'aire, tout le monde avait la tête ailleurs, ce qui énervait beaucoup Mestre. On finit tard, ce soir-là, sans doute vers huit heures, mais malgré l'heure tardive, j'incitai Grégoire à raccompagner avec moi Laurine, Sabrina et leur frère Paul à la Ferrière. Malgré notre âge, nous sentions bien que le cristal étincelant de notre bonheur venait d'être brisé. Nous ne parlions pas. Seule Sabrina, par moments, retenait un sanglot, fusillée du regard par Laurine qui pensait qu'elle voulait attirer l'attention des garçons.

Il faisait chaud, très chaud, sur le chemin de terre bordé de noisetiers, de petits chênes et d'acacias. Nous étions cinq enfants étreints par une peur indéfinissable, incapables de l'exprimer, et soucieux seulement de rester ensemble pour mieux l'apprivoiser. Nous ne pûmes cependant pas aller jusqu'à la Ferrière, car nous étions à la fin de juillet et la nuit tombait plus vite qu'aux derniers jours de juin. Résignés, nous retournâmes vers le château, après avoir fait des adieux maladroits à Paul et à ses sœurs, immobiles face à face, conscients d'une fracture dans nos vies, mais dont nous ne pouvions mesurer l'exacte gravité.

Nous avons couru sur le chemin du retour, longeant l'Auvézère qui murmurait paisiblement sur les galets. Grégoire s'est arrêté subitement à cinq cents mètres du château, m'a pris les mains et m'a demandé :

– Si la guerre vient par chez nous, est-ce que nous allons mourir, Antoine ?

– Mais non, ai-je répondu, tu as bien entendu : tout sera fini avant la fin de l'année.

Nous sommes rentrés en marchant lentement et nous avons dîné sans notre père qui se trouvait avec le maire et le sous-préfet. Aurélien, qui nous l'apprit, paraissait très inquiet. Comme Grégoire lui demandait s'il n'avait pas peur de partir, il répondit :

– Je ferai mon devoir.

Puis il nous laissa seuls, Grégoire et moi, dans la grande salle à manger où Mélinda nous servit, en soupirant, de la soupe et un morceau de rôti froid. Nous y touchâmes à peine, car l'émotion nous avait coupé l'appétit. Nous sortîmes sur la terrasse pour attendre notre père, qui ne revint que vers minuit. Le tonnerre roulait au-dessus des collines, et les premiers éclairs de l'orage qui menaçait depuis de longs jours déchirèrent la nuit avec une odeur de soufre.

Le lendemain matin, il y eut de très bonne heure une agitation inhabituelle dans le parc du château, à la fabrique et sur tous les chemins. Les mobilisés se mettaient en route vers les gares d'Hautefort et de Périgueux, les ouvriers de la forge faisaient leurs adieux à ceux de leurs collègues qui ne partaient pas, et Sylvain rassemblait les chevaux du domaine que mon père l'avait chargé de mener à la réquisition. Le maître de Grandval s'était installé sur la terrasse où il avait fait porter un petit secrétaire couleur d'acajou et un fauteuil, et il tentait de renseigner ceux qui demandaient des précisions sur le sort de leur famille. Il avait réussi à garder une vingtaine d'ouvriers, du fait qu'il travaillait pour l'Armurerie de Ruelle et l'Arsenal de Rochefort. A ce titre, il allait collaborer à l'effort de guerre et le gouvernement avait besoin de lui.

Je vis accourir des femmes qui venaient le supplier de garder leur fils ou leur mari. Certaines pleuraient, d'autres se jetaient à ses pieds, et il tentait de les rassurer de son mieux, les relevant, les raccompagnant à l'entrée du parc, répétant que les hommes seraient de retour avant la fin de l'année.

Avec Grégoire, nous l'interrogeâmes pour savoir qui devait quitter la Borderie et les métairies. Il nous apprit qu'à la Ferrière, Eloi, le père de Paul, de Laurine et de Sabrina, était déjà en route pour Périgueux. A la Brande, Baptiste Bessaguet rejoignait Angoulême, mais mon père avait réussi à garder le père Bessaguet qui, normalement, aurait dû partir dans la territoriale. A la Borderie, Jean Mestre, le père de Félicien et de Louis, s'en allait aussi. Félicien, l'aîné, ne tarderait pas, car il avait dix-neuf ans et devait partir de toute façon à l'automne au service militaire. Mon père avait décidé de confier la responsabilité des travaux du domaine au grand-père Bessaguet, prénommé Albert.

– Vous, les enfants, vous l'aiderez à partir de demain pour le dépiquage. Aujourd'hui, c'est la journée des adieux.

Avec Grégoire, nous nous félicitâmes de son sens de l'organisation, mais nous pensâmes aussi à nos camarades qui, tous, allaient voir partir leur père. Le nôtre, bien qu'il fût ancien militaire, avait plus de cinquante ans, et de toute façon il devait assumer ses responsabilités dans une usine indispensable à l'armée française. A partir de ce jour, il était placé sous l'autorité directe de Ruelle, et devrait fournir les pièces qu'on lui commanderait.

Ce matin-là, nos pas nous portèrent d'abord vers la place de Saint-Martial où Sylvain conduisait les chevaux. Je l'aimais beaucoup, à cause de sa placidité mais surtout pour son amour des bêtes qu'il soignait amoureusement. Je les connaissais toutes par leur nom et j'allais souvent dans l'écurie, à l'extrémité du parc, pour leur donner de l'avoine ou pour les bouchonner. Nous en possédions cinq. Quatre partaient, que nous ne reverrions sans doute pas.

Nous n'eûmes pas le cœur, Grégoire et moi, de rester longtemps sur cette petite place où les bêtes patientaient dans un enclos fermé par des cordes, et où les paysans tentaient de fléchir le garde champêtre chargé de l'opération, pour sauver l'animal qui leur était précieux.

Il nous parut préférable d'aller à la rencontre de ceux dont le père était parti – ou qui allait partir dans la journée. Et d'abord à la Ferrière où nous trouvâmes Paul, Laurine et Sabrina désœuvrés, sur le pas de la porte, car leur mère avait accompagné son mari à la gare. Je tentai de les rassurer, en répétant ce que mon père affirmait, à savoir que tout le monde serait revenu avant la fin de l'année.

– Arrête de pleurer ! répétait Laurine à sa sœur.

– Je pleure pas, répondait Sabrina en retenant de brefs sanglots nerveux.

Paul, lui, se taisait, mais on voyait bien qu'il ne croyait pas à ce que je lui disais.

Ce fut une triste journée, qui nous vit aller et venir d'une métairie à l'autre, pour, d'instinct, apporter le soutien dont les familles avaient besoin. Mais le seul homme qui restait était le grand-père Bessaguet, et les absences brutales des pères laissaient les femmes et les enfants complètement désorientés, incapables de retrouver les gestes quotidiens, comme dans l'attente angoissée, déjà, de ceux qui n'étaient plus là.

Le soir, lors du repas au château, mon père nous interrogea sur la manière dont les choses se passaient dans les métairies, et il nous parut très soucieux. Pour la première fois il me sembla fragile, ses traits s'étant amaigris sous la noirceur de ses cheveux qu'il perdait de plus en plus, au fil des ans. Mais cela ne dura pas ; il nous donna des instructions précises sur ce qu'il attendait de nous : d'abord aider au dépiquage, ensuite venir à la forge pour combler le vide des ouvriers partis faire leur devoir.

– Toi aussi, Antoine, tu me seras utile.

Je me demandai à quoi, mais n'osai pas poser la question. La forge demeurait pour moi mystérieuse car je ne m'en étais jamais approché vraiment, préférant courir les chemins en compagnie de Grégoire.

Heureusement, dès le lendemain, nous partîmes, Grégoire et moi, vers la Brande, où nous retrouvâmes les femmes et les enfants désormais placés sous l'autorité d'Albert Bessaguet. C'était un homme grand et maigre, très nerveux, qui s'impatientait continuellement. Il ne cessait de vitupérer contre le gouvernement qui nous avait pris les hommes, les épis qui n'étaient pas assez mûrs, le bétail réquisitionné, et ce fut le début d'une semaine dont je tentai de profiter des moindres instants, malgré le travail qui pressait, sachant ce qui m'attendait à la forge, une fois la moisson achevée.

– Alors on ne se verra plus ? demanda Laurine, un jour à midi, alors que nous mangions des tomates à l'ombre du tilleul de la Brande.

– Mais si, répondit Grégoire, on ne travaillera pas le dimanche, tout de même.

La joie, le bonheur s'étaient enfuis loin de ces champs couleur de cuivre où nous avions été si heureux. Et cependant le temps s'était remis au beau, comme si le ciel et la terre ne se souciaient pas de la folie des hommes, comme si rien ne s'était passé, comme si cet été devait ressembler aux autres, dans la paix d'une saison dont les jours semblaient ne jamais devoir basculer vers la nuit.

Nous rentrions le soir épuisés, Grégoire et moi, le long des chemins qui sentaient si bon, et nous allions nous baigner rapidement dans l'Auvézère pour nous délivrer de la poussière et de la sueur accumulée tout au long du jour. Nous avions alors l'impression de retrouver le monde d'avant, celui qui était garant d'un bonheur sans menace, et nous rentrions très tard, sans que personne – ni mon père, ni Mélinda – ne nous en fît le reproche.

Le dernier soir, peu avant d'arriver, Grégoire s'arrêta brusquement et me dit :

– S'il a vraiment besoin de moi, je ne repartirai pas à Périgueux.

– Tu te plais donc tant que ça, à la forge ?

– Non, mais au moins je suis à Grandval.

Et il ajouta, fort d'une résolution que je compris mal :

– Je vais tâcher de me rendre indispensable, c'est la seule solution.

Je compris à quel point il s'agissait d'une résolution désespérée, quand je pris pied, le lundi suivant, dans l'univers sombre et violent de la forge. Je m'en étais toujours tenu à l'écart, d'instinct, devinant qu'il y avait là quelque chose d'incompatible avec la lumière, la douceur de la vallée et la liberté qui y était liée. Mais jamais je n'aurais imaginé les chocs monstrueux des marteaux hydrauliques, les coups lancinants de ceux, manuels, utilisés par les forgerons, les éclairs brefs des souffleries, le rougeoiement des fers portés au rouge et sur lesquels il était interdit de laisser dériver les regards, des martèlements incessants, des grincements, des crissements de ferraille, tout cela dans un monde noir, sombre, froid, y compris les tabliers de cuir, les blouses, les sabots, les visages où des mains éternellement souillées tentaient vainement d'arrêter la sueur.

Dès le premier instant je détestai ce monde-là, si hostile, si différent de celui que j'aimais, et j'en fus gravement ébranlé. J'avais été chargé de transporter dans un chariot les pièces fumantes des culasses jetées dans un baquet plein d'eau par un forgeron vers trois ouvriers qui les affinaient à la lime, dans un atelier séparé.

– Un vrai forgeron, dit mon père, fier de moi, le premier soir, alors que je n'avais pas réussi tout à fait à éliminer les traces noires sur mes mains.

Je serrai les dents, ne répondis pas, mais tout mon être se refusait à la nouvelle vie dans laquelle j'étais entré, pour mon plus grand malheur. Ainsi, d'abord, la guerre, ce fut cela, pour moi : le bruit, le fer et le feu de la fabrique qui évoquaient assez bien, sans que j'en eusse conscience, ce qu'elle était réellement dans le nord du pays. Mon père, porté par l'élan patriotique et la nécessité de l'effort à conduire, ne se rendit pas compte à quel point j'en étais dévasté. Au bout de dix jours, un matin, je tombai et perdis connaissance. Je m'étais appliqué à ne pas me plaindre, pas même à Grégoire, mais c'était trop pour moi, à dix ans, que cette fureur violente et trépidante.

Le docteur Larribe, appelé dans l'urgence, le comprit sans que j'eusse à m'en expliquer. Mon père en conçut du remords, vint me voir le soir, dans ma chambre, et ne me fit aucun reproche, au contraire.

– Antoine, il fallait me le dire, je ne pouvais pas deviner, d'autant que Grégoire...

Grégoire avait quatre ans de plus que moi, et il était porté par une autre détermination que moi, une nécessité de s'absoudre d'un péril à ses yeux bien plus grand que celui de la forge. Je me tus, ne trouvai rien à répondre, assez honteux, finalement, d'une faiblesse qui laissait mal augurer d'un statut de forgeron dont mon père se montrait si fier.

Je mis une semaine à me remettre. Pour ne pas perdre l'estime de moi-même et de mon père, je lui proposai d'aller travailler tous les jours sous l'autorité d'Albert Bessaguet, et il eut l'intelligence d'accepter. Sans doute pensa-t-il qu'il n'était pas nécessaire que tous ses fils fussent plus tard forgerons, qu'il n'était pas inenvisageable que l'un d'entre eux fît sa vie ailleurs, et je me gardai bien de le détromper. Il n'était pas question que je quitte un jour le domaine, mais je savais que je pouvais encore garder le secret, d'autant que la guerre allait sans doute retarder les échéances.

Elle retarda au moins la rentrée scolaire car le maître d'école avait été mobilisé et l'on attendait un remplaçant qui n'arrivait pas. Mais ce ne fut pas là le souci essentiel de mon père, qui fut frappé de stupeur par la déroute de l'armée française qu'il avait crue, à son image, invincible. En effet, après les nouvelles rassurantes du début du mois d'août, on apprit soudainement que nos soldats battaient en retraite et que les ennemis étaient aux portes de Paris, où, disait-on, c'était la panique.

Que se passait-il ? Mon père, qui était bien informé, connaissait la vérité, mais il s'efforçait de garder son calme et de ne pas inquiéter les familles qui s'interrogeaient sur le sort de leurs soldats. Ce fut dans cette atmosphère d'inquiétude trouble que les vendanges apportèrent un peu de sérénité, d'autant qu'elles s'annonçaient belles. Elles coïncidèrent avec enfin une bonne nouvelle : celle de la victoire remportée sur la Marne grâce à Joffre, une victoire qui avait mis fin à l'avance des Allemands et sauvé le pays.

Mon père retrouva alors son entrain et son optimisme, et d'un coup la guerre se fit moins présente, un peu comme si elle s'endormait, là-haut, dans le Nord. Une jeune institutrice fut nommée en novembre à Saint-Martial et je pus retrouver le chemin de l'école, bientôt rejoint par Paul, Laurine, Sabrina, Fernand et Antonin libérés des travaux des champs par la proximité de l'hiver.

Jusqu'au début de l'année suivante, le sort des hommes au combat ne nous inquiéta pas vraiment. Ce Noël-là fut certes beaucoup moins joyeux que les précédents, mais il nous réunit tous, cependant, dans la grande salle à manger du château, et mon père sut trouver les mots pour rassurer les familles, malgré le fait que, contrairement à ses prévisions, la guerre durait toujours. Les nouvelles envoyées par les soldats les rassuraient également : ils n'avançaient ni ne reculaient, ils s'étaient enterrés et les dangers qu'ils couraient semblaient moins importants.

A la forge, mon père avait embauché quelques femmes des villages alentour pour compenser le manque de main-d'œuvre. A partir de janvier, donc, Aurélien et Grégoire avaient regagné Périgueux, le premier en tentant vainement de démontrer que sa présence était indispensable, le second finalement pas trop mécontent de son sort, le travail à la forge, épuisant, lui ayant redonné, au moins provisoirement, l'envie d'étudier. Il s'était résigné en me disant :

– Les beaux jours reviendront, et on aura plus besoin de nous dans les champs qu'à l'usine.

C'était aussi mon espoir, et je guettais les prémices d'un printemps, qui, heureusement, ne tarda pas : dès le mois de mars, le vent tourna au sud, faisant passer sur la vallée des caresses tièdes qui réveillèrent très tôt les oiseaux, puis fit naître début avril les premiers bouquets de verdure.

J'avais retrouvé une certaine confiance dans les hommes et le monde, quand la foudre nous tomba dessus à la fin du mois d'avril, sous l'aspect d'une enveloppe bleue que le maire apporta à mon père : Baptiste Bessaguet avait été tué en Artois, laissant une veuve et deux enfants. On entendit les cris de Léa, la femme de Baptiste, depuis le château. Mon père revint tard, livide, décomposé, ne put avaler le moindre aliment, et il s'interrogea à voix haute, devant moi-même et Mélinda, sur l'issue de cette guerre qui venait d'apparaître dans sa vérité tragique :

– Je me demande si tout ça sera fini l'an prochain, quand Aurélien sera en âge de partir.

Il me recommanda de me montrer attentionné envers Antonin qui fréquentait l'école ; Fernand, lui, qui était âgé de quatorze ans, restant à la Brande pour aider son grand-père Albert. Mais, dès lors, je m'inquiétai vraiment pour Paul, Laurine et Sabrina, qui pouvaient être frappés, eux aussi, par ce genre de catastrophe dont, grâce à mon père, je les avais crus protégés. Je les raccompagnais fidèlement, chaque soir, jusqu'à la Ferrière, mais un lourd silence régnait souvent entre nous, malgré le ciel bleu et le murmure paisible de l'Auvézère que nous longions, peu avant la métairie.

Les jours passèrent, cependant, et nous amenèrent doucement vers les foins, leur parfum qui demeurait le même, pour moi aussi troublant, que celui de Laurine et de Sabrina, près desquelles je retournais les andains à la fourche, sans que ni l'une ni l'autre ne songent à reprendre le jeu d'une séduction qui, pourtant, j'en étais persuadé, avait ensoleillé leurs jeunes vies d'un bonheur aussi fort que le mien.

Grégoire n'était pas rentré de Périgueux, pas plus qu'Aurélien, mais ils seraient là pour les moissons. Il n'y avait dans les prairies aucun homme jeune mais seulement des femmes, des enfants et des adolescents. Félicien Mestre était parti à l'automne, et le premier sur la liste se trouvait être maintenant Aurélien, mon frère aîné, qui devait partir au début de l'année à venir.

Le temps, heureusement, ne passe pas vite, pour les enfants, et cette perspective me semblait très lointaine, même si elle inquiétait fort mon père.

Il n'y eut pas de repas de la gerbebaude à la fin des moissons, pas plus qu'à la fin des vendanges, cet été-là. La famille Bessaguet n'en finissait pas de pleurer le père disparu, mais sans se plaindre, avec des larmes silencieuses, du courage au travail, et nul, parmi les autres familles, ne parlait jamais de la menace qui pesait sur elles. Seule Laurine l'évoqua, un soir, devant moi, avec des mots qui me transpercèrent :

– Si mon père ne revient pas, je me tuerai.

Elle me parut si farouche, si déterminée, que je m'empressai de la rassurer, mais je ne cessai plus d'y penser, au point que je m'en ouvris à Grégoire, qui, après tout, était concerné plus que moi, du moins en apparence. Laurine était plus sauvage, plus rebelle que sa sœur, et donc plus attirante. En outre, comme elle était plus âgée de deux ans, elle possédait déjà le mystère des femmes, tant il est vrai que les ans comptent double à cet âge-là. Grégoire s'émut évidemment de cette révélation et me dit :

– Si un malheur arrivait, il faudrait que tu m'aides, Antoine.

Et il ajouta, la mine grave :

– Je ne voudrais pas la perdre, sans quoi...

Ah ! Jeunesse ! Tels étaient nos tourments dans cet été si sombre et si lumineux, alors que nous étions loin de penser que les dangers courus par les hommes à la guerre étaient pires que ceux que nous pouvions imaginer.

Ils revinrent pourtant, du moins en permission, à l'automne : d'abord Jean Mestre, puis Eloi Chanourdie, le père de Paul, Laurine et Sabrina. On les trouva changés, ils ne parlaient plus, ou à peine, refusaient de répondre aux questions qu'on leur posait, même celles de mon père, près de qui j'assistai, intrigué, un soir, à un entretien avec Jean Mestre. Ils restèrent huit jours à Grandval puis ils repartirent, toujours aussi fermés sur eux-mêmes, comme s'ils avaient fait connaissance avec le diable dans le nord du pays, si loin de chez eux.

L'année s'acheva dans un froid qui figea les combats dans la boue et la neige. C'est à peine si l'on fêta Noël, tant la hantise d'un drame pesait sur Grandval. Et déjà pour Aurélien ce fut l'heure de partir. Le 20 janvier, je m'en souviens comme si c'était hier : mon père n'avait pas voulu faire jouer ses relations pour lui éviter la guerre. Il aurait pu en justifiant d'une présence indispensable dans une usine qui concourait efficacement à l'effort de guerre – il fabriquait à présent, en plus des culasses de fusil, des pièces de canon pour l'Arsenal de Rochefort. Mais vis-à-vis de ses métayers, également des familles de ses ouvriers partis se battre, il ne s'en était pas senti le droit. Aurélien, quant à lui, tenait à faire son devoir, ainsi qu'il l'avait affirmé depuis le début.

Le dernier soir, nous étions tous rassemblés autour de la table, y compris Grégoire qui, pour l'occasion, était rentré de Périgueux, et nous dînions en silence, incapables de prononcer le moindre mot, vaguement conscients que peut-être nous étions réunis pour la dernière fois. A la fin, pourtant, notre père prit la parole sur un ton faussement optimiste, répétant que « tout cela ne pouvait pas durer longtemps ».

– D'ailleurs, ajouta-t-il, alors que nous levions un regard incrédule sur lui, les Américains s'engageront bientôt à nos côtés, et leur aide sera décisive, j'en suis sûr.

J'admirai la force de caractère d'Aurélien qui ne montrait aucune angoisse. Il nous parla simplement, nous demanda d'aider notre père du mieux possible, et il nous embrassa au moment de nous séparer, à plus de minuit. Je ne dirai pas que j'eus le pressentiment d'une séparation définitive quand il me serra dans ses bras, et cependant je ne dormis pas de la nuit, hanté par ce jour où mon père était venu annoncer la mort de Baptiste Bessaguet. Si bien que le lendemain, je fus debout de bonne heure pour assister au départ de ce frère qui m'avait été proche mais qui ne l'était plus, et que j'aimais, pourtant, bien plus que je ne le croyais.

Grégoire aussi s'était levé, alors que la nuit régnait encore sur le parc de Grandval. Comme il n'était que sept heures, mon père avait approché la voiture de la terrasse afin de charger les bagages d'Aurélien à la lumière des lanternes. Peu avant de monter, Aurélien nous serra de nouveau dans ses bras et nous dit :

– A bientôt.

Au moment où la voiture démarra, j'eus un mouvement vers elle, comme pour l'en empêcher. Je criai le prénom de mon frère avant de me résigner et de rentrer tristement dans la salle à manger pour tenter de me réchauffer au grand feu qui flambait dans la cheminée.

L'hiver passa, puis le printemps, et nous oubliâmes un peu la peur qui nous avait frappés à la mort de Baptiste Bessaguet. Notre père lisait les journaux tous les jours, mais la censure sévissait. Il en apprenait beaucoup plus lors de ses voyages à Ruelle, ne pouvait se retenir d'en parler à Mélinda, mais nous le cachait soigneusement. En fait, dans ce début d'été que le parfum des herbes hautes parait des charmes merveilleux du passé, les combats sur le front s'intensifiaient. Dans les métairies, nous entendions parler de Verdun, du fort de Douaumont, mais tous ces lieux nous semblaient très lointains, étrangers, et les travaux de l'été nous occupaient suffisamment pour ne pas trop y penser, d'autant que le manque de bras, en l'absence des hommes, requérait notre présence du matin jusqu'au soir.

Nous parvînmes à en venir à bout, mais nous en terminâmes à la fin du mois d'août, plus tard que d'habitude, alors que les soirs saignaient sur les collines, que les jours diminuaient, comme si, à l'exemple des hommes, ils avaient hâte d'échapper à l'écrasante chaleur qui durait depuis la mi-juin.

Ce fut le lendemain de la fin du dépiquage que le maire accourut au château, vers midi et demi, alors que nous étions en train de manger. Nous ne l'avions pas entendu arriver, car les volets étaient clos pour protéger la salle à manger de la chaleur, et les chiens, qui le connaissaient, n'avaient pas aboyé. Il apparut brusquement dans l'embrasure de la porte restée ouverte pour favoriser les courants d'air, une enveloppe à la main. Mon père se dressa, livide, soudain, n'osant poser la moindre question et son regard se fixa sur Grégoire et sur moi, comme pour nous protéger. Mais il comprit qu'il ne pourrait pas nous éloigner et son visage trahit de la colère vis-à-vis du maire, un gros homme chauve, toujours en sueur, mais dont les yeux couleur de châtaigne avouaient le caractère serviable et débonnaire. Il se balançait d'un pied sur l'autre, hésitant à parler, accablé, prêt à faire demi-tour devant la terreur qu'il devait lire dans nos regards.

– Aurélien ? fit mon père d'une voix que je ne reconnus pas.

– Non, répondit le maire, comme soulagé, et pourtant il ne put en dire plus, tellement l'émotion l'étreignait.

– Qui ? demanda mon père après un instant.

– Eloi Chanourdie.

Le père de Laurine et de Sabrina ! Je regardai Grégoire, qui avait blêmi. Comme moi, il devait penser à

ce qu'avait dit Laurine – dit et répété plusieurs fois :
« Je me tuerai, je me tuerai. » Mon père soupira,
s'assit, les jambes fauchées.

– Entre ! dit-il au maire. Viens boire un verre, tu
dois en avoir besoin.

Celui-ci ne se fit pas prier. Mélinda lui servit un
grand verre de vin qu'il avala d'un trait. Nul ne parlait
autour de la table. Les deux hommes pensaient à ce
qu'ils allaient devoir annoncer, Grégoire et moi son-
gions à Sabrina et à Laurine dont nous imaginions la
douleur.

Le repas s'acheva car nous étions incapables
d'avaler la moindre bouchée. Les deux hommes
demeuraient immobiles, anéantis, ne trouvant pas la
force de se lever. Il le fallut bien, cependant, et, pour
en trouver l'énergie, ils eurent recours, malgré la chaleur, à un demi-verre d'eau-de-vie.

Il ne fut pas question de nous emmener, malgré le
souhait exprimé par Grégoire. Le cabriolet du maire
attendait dans le parc, à l'ombre du grand chêne. Les
deux hommes y montèrent péniblement, le maire fit
claquer les rênes et le cheval se mit en route au pas,
avant de prendre le trot une fois sur le chemin. Grégoire
et moi, nous n'eûmes pas la moindre hésitation : dès
que l'attelage se fut éloigné, nous prîmes à travers
champs et commençâmes à courir, épiant sur notre
droite la progression du cabriolet, à une centaine de
mètres devant nous. Nous courions, nous courions,
comme fous, persuadés l'un et l'autre que de cette
course dépendait le sort de Laurine, et peut-être de sa
sœur.

Nous arrivâmes à la Ferrière presque en même temps
que l'attelage qui avait ralenti à l'approche de la métairie,
comme si notre père et le maire ne se décidaient pas à
entrer dans la cour. Nous nous cachâmes derrière le bos-
quet de noisetiers qui se trouvait entre la grange et

l'étable. Le chien se mit à aboyer quand le cabriolet fit crisser le gravier de la cour. Une femme parut sur le seuil, s'essuyant les mains à un tablier noir, puis deux filles sortirent derrière elle : Laurine et Sabrina. Quand mon père et le maire descendirent du cabriolet, Elise Chanourdie poussa un cri, puis elle se baissa subitement, ramassa une pierre et la lança en direction des deux hommes dont la seule présence avait suffi à lui faire deviner le malheur qui venait de la frapper.

– Qu'est-ce que vous voulez ? cria-t-elle. Partez ! Partez !

Je vis alors ses deux filles ramasser des cailloux et, comme elle, les lancer en direction de la voiture, derrière laquelle se réfugièrent les deux hommes. Paul surgit à cet instant de la grange où il faisait la sieste, comprit tout en un éclair, courut vers sa mère et la prit dans ses bras. Elle cria, d'un cri de gorge, si terrible, si désespéré qu'il fit se lever les pigeons du toit, dont les ailes battirent bruyamment. Là-bas, devant nous, Laurine et Sabrina cherchaient toujours des pierres, mais il n'y en avait plus. Elles se précipitèrent vers leur frère et leur mère, s'agrippèrent à ses jupes, comme pour lui faire un rempart de leur corps face aux deux hommes qui s'approchaient.

Je n'entendis pas les mots que prononça mon père, pas plus que ceux du maire, mais j'entendis le cri que poussa Laurine à l'instant où sa mère s'effondra, ayant perdu connaissance. Alors, comme les hommes la portaient à l'intérieur, Laurine, tout à coup, s'enfuit en courant. Elle disparut derrière la grange, nous l'aperçûmes entre deux peupliers et nous n'eûmes pas la moindre hésitation : nous nous lançâmes à sa poursuite, sans un regard pour ce qui se passait sur le seuil de la métairie, persuadés qu'elle allait se tuer.

Tout en courant, elle criait : « Non ! Non ! Pas lui ! Pas lui ! » – et nous avions du mal à la suivre, car elle avait toujours été agile et connaissait aussi bien que nous les sentiers. Nous avions compris qu'elle courait vers la rivière, précisément vers le trou de l'ancien bac, un endroit où il y avait plus de deux mètres d'eau. J'entendais Grégoire haleter à côté de moi et je savais ce qu'il pensait : si nous n'arrivions pas assez tôt, elle allait se noyer. Nous étions cinquante mètres derrière elle quand elle disparut entre les arbres de la rive, basculant vers l'avant, comme si elle se jetait dans le vide.

– Vite ! gémit Grégoire.

Au moment où nous franchîmes le rideau des arbres, nous ne vîmes rien sur l'eau, sinon les cercles concentriques qui indiquaient qu'elle avait été trouée par un corps ou un objet. Grégoire plongea le premier, je le suivis sans hésiter. Je crois que nous rencontrâmes le corps en même temps, car le trou, pour être profond, n'était pas large. Nous n'eûmes pas trop de mal à remonter avec elle, mais, dès qu'elle ouvrit les yeux, elle se mit à se débattre, et nous ne fûmes pas trop de deux pour la ramener sur la berge.

Alors, de nouveau elle cria, puis elle s'évanouit. Affolé, la croyant morte, Grégoire lui tapota les joues, et elle finit par revenir à elle, roulant des yeux effarés, mais sans le moindre cri maintenant, et sans la moindre plainte. Elle tremblait, claquait des dents, si bien que Grégoire la prit dans ses bras pour la réchauffer.

Je ne crois pas que nous ayons trouvé les mots qu'il aurait fallu prononcer, cet après-midi-là : nous en étions tous les deux incapables, car nous n'avions jamais approché de si près le malheur. D'ailleurs, il n'en existait probablement pas. Nous sommes restés longtemps assis côte à côte, Laurine entre nous deux, écrasés, incapables de parler – peut-être une heure ou deux, jusqu'à ce que les appels de Paul et de Sabrina nous hissent hors de l'état d'hébétude dans lequel nous étions plongés.

– Va voir, me dit Grégoire.

J'escaladai le talus, émergeai du couvert des arbres, aperçus Paul à une centaine de mètres.

– Nous sommes là ! criai-je.

Il ne parut pas surpris de ma présence ni de celle de Grégoire auprès de Laurine. J'appris un peu plus tard que Sabrina nous avait vus nous élancer derrière elle, d'où le fait que Paul ne s'était pas trop inquiété de sa fuite.

Nous retournâmes sans un mot à la Ferrière, Paul soutenant Laurine d'un côté, Grégoire de l'autre. Elle semblait avoir perdu la parole, poussait de temps en temps un soupir qui s'achevait dans un sanglot. C'était un après-midi lourd et chaud, sans le moindre souffle de vent, aussi oppressant que la terrible nouvelle qui nous accablait, adultes et enfants. A la Ferrière, mon père et le maire se trouvaient encore là, n'ayant pas voulu laisser Elise seule. Ils étaient assis autour de la table, Elise baissait la tête, sans la moindre plainte, maintenant, sans la moindre larme.

Avant de partir, mon père nous demanda de rester jusqu'à la nuit auprès des enfants. Des femmes arrivaient depuis les métairies voisines, la nouvelle s'étant répandue dans la vallée. Paul montrait beaucoup de courage. Il était livide, hagard, mais il faisait face. A présent c'était Sabrina qui soutenait sa sœur. Ni l'une ni l'autre ne parlaient. Seule Laurine étouffait de temps en temps un sanglot. Et nous, nous restions là, impuissants, malheureux, sans pouvoir manifester le moindre secours, sinon celui d'une présence que nous sentions dérisoire.

Nous partîmes à la tombée de la nuit, Grégoire et moi, dans l'odeur poignante des chaumes grillés par le soleil, le doux frémissement des frênes de la rive, sous les étoiles qui s'allumaient une à une. Jamais le chemin de la Ferrière ne me parut si douloureusement beau, si étranger au drame qui nous avait frappés. Grégoire paraissait frappé de stupeur. Peu avant d'arriver, il s'arrêta brusquement et me dit :

– Il ne faudra plus la quitter. Tu m'aideras, Antoine ?

– Je t'aiderai.

Nous rentrâmes à la nuit noire, accueillis par notre père et par Mélinda qui nous avait attendus pour dîner. Mais personne n'eut la force d'avaler quoi que ce soit. Je n'avais jamais vu mon père aussi bouleversé. Sans doute pensait-il à son fils aîné qui risquait sa vie, comme Eloi Chanourdie et tant d'autres, en des lieux beaucoup trop lointains pour que nous puissions vraiment imaginer l'horreur dans laquelle ils se débattaient, alors que Grandval s'assoupissait dans la fin d'un été paisible et lumineux. Ce soir-là, la paix bleutée de la nuit ne nous fut d'aucun secours. Il était tard quand notre père nous dit avant de gagner son bureau :

– Allez à la Ferrière dès demain matin, et restez-y toute la journée. Ils auront besoin de vous.

Ne nous l'eût-il pas demandé, que nous serions partis dès l'aube vers la métairie. Il n'était pas question, dans mon esprit comme dans celui de Grégoire, de laisser seules Laurine et Sabrina. Nous étions persuadés que tout danger n'était pas écarté.

Aussitôt que mon père nous eut quittés, je montai me coucher et sombrai dans un sommeil lourd, agité de cauchemars, sans même me déshabiller.

Laurine avait perdu la parole, Sabrina ne souriait plus et Elise, leur mère, s'acharnait au travail comme pour se détruire. La blessure était toujours là, mais nul n'en parlait plus, comme s'il s'agissait de ne pas s'approcher trop près d'une flamme pour éviter de se brûler. Heureusement, l'incroyable faculté de vie des enfants agissait, n'autorisant pas l'oubli, mais les poussant à faire chaque jour les gestes nécessaires à une existence qui, hélas, ne serait plus jamais la même.

Mon père était intervenu afin que Paul, le fils aîné, qui devait être appelé au printemps 1917, soit considéré comme soutien de famille et ne parte pas. La famille Chanourdie avait alors repris un peu d'espoir. Elle s'était rapprochée des Bessaguet, à la Brande, qui avaient vécu le même drame avec la disparition de Baptiste. Heureusement, à la Borderie, les Mestre avaient échappé à l'épreuve tragique de la disparition d'un père ou d'un fils. Quant à nous, à Grandval, nous sentions toujours la menace rôder sur Aurélien, et nous nous tenions au courant de l'évolution des combats qui, après Verdun, s'étaient déplacés vers la Somme sans qu'aucun des belligérants ne puisse se targuer d'avoir franchi un pas décisif. On n'attendait plus de victoire que par épuisement de l'adversaire. Wilson, le président des Etats-Unis réélu en novembre 1916, se refusait toujours à intervenir. En mars 1917, on apprit qu'une révolution avait éclaté en Russie, puis, en avril, que les Américains étaient enfin entrés en guerre. La première nouvelle avait inquiété mon père, mais la deuxième l'avait réconforté. Le déclenchement de l'offensive Nivelle, en mai, fut un échec et provoqua une hécatombe douloureuse. Par chance, Aurélien ne se trouvait pas dans ce secteur du front et il revint en permission à la mi-juin.

C'est à peine si je le reconnus, tant il avait changé. Il resta trois jours sans nous adresser la moindre parole, puis il se détendit un peu et répondit du bout des lèvres aux questions de mon père. Il nous aida enfin à rentrer le foin, mais il travaillait lentement, le regard perdu, suspendant brusquement ses gestes, insensible au chaud soleil de l'été qui réveillait en nous – malgré nous – des sensations de bonheur oublié. Tous les gens de Grandval étaient de nouveau réunis depuis l'épreuve de l'an passé. J'entendis rire Laurine et Sabrina pour la première fois depuis longtemps. Je vécus le départ d'Aurélien, à ma grande honte, comme un soulagement, car sa présence m'empêchait d'être heureux comme je l'avais toujours été à cette saison-là, et je l'oubliai – ou plutôt me forçai à l'oublier – à l'exemple des enfants qui n'ont aucun goût pour le malheur.

Les moissons d'août furent très belles, avec des épis lourds, de longs après-midi de dépiquage aérés par un vent d'ouest qui emportait très vite et très loin les nuages d'orage. Elles durèrent longtemps car les bras manquaient : les femmes des villages alentour travaillaient pour la plupart à la forge où mon père peinait à faire face aux commandes dues à l'effort de guerre.

J'avais échappé à la forge, mais pas Grégoire, qui la regagna dès la fin des moissons. Il avait alors dix-sept ans et moi treize. Il me questionnait chaque soir au sujet de Laurine, craignant toujours qu'elle ne mette sa menace à exécution. Je le rassurai de mon mieux, et j'évitai de lui dire que de nouveau je sentais son regard posé sur moi, que les étincelles d'or s'étaient remises à flamber entre ses paupières mi-closes.

Ce fut l'époque où je me retrouvai le plus souvent seul avec les deux sœurs, y compris pour les vendanges qui durèrent plus d'une semaine en raison du manque de bras. Ensuite, à partir d'octobre, je repris l'école en compagnie de Sabrina ; Laurine, âgée de quinze ans, aidant désormais sa mère à la Ferrière. Au cours de cet automne qui sembla prolonger indéfiniment les beaux jours, je la raccompagnais chaque soir depuis Saint-Martial vers la métairie, cherchant les cèpes à la lisière des bois, respirant délicieusement les parfums profonds des chênes et des châtaigniers, me refusant à l'hiver qui viendrait bientôt contrarier ces promenades apaisantes au cœur de Grandval.

Laurine venait chaque soir à notre rencontre, comme si elle redoutait de me savoir seul avec Sabrina, qui me disait, en un murmure, lorsque nous l'apercevions, courant le long du sentier qui longeait la rivière :

– Tu sais, Antoine, elle rêve de toi.

Je sentais que Sabrina en était malheureuse, mais elle se montrait incapable d'en dire plus, craignant de déplaire à sa sœur comme moi de décevoir Grégoire. Je me sentais plus à l'aise avec Sabrina qui n'avait qu'un an de plus que moi, mais j'attendais cependant chaque soir avec impatience le moment où Laurine apparaîtrait sur le sentier, ses longs cheveux noirs dansant autour de ses épaules couleur d'abricot.

Le mois de novembre mit fin à ces tourments bien dérisoires en comparaison de ceux de la guerre. Des bourrasques de vent glacé annoncèrent un hiver rigoureux, et, de fait, il neigea un peu début décembre, puis le gel emprisonna dans sa poigne d'acier les collines et la vallée. Je voyais à peine mon père complètement débordé par les affaires de la forge, sinon le soir au dîner. Le travail l'empêchait de trop penser à Aurélien, même si, chaque matin, il lisait le journal ou rendait visite au maire de Saint-Martial. Il hésitait à organiser le réveillon traditionnel à Noël, le précédent ayant été annulé en raison du deuil de la famille Chanourdie. Mélinda l'y poussait, Grégoire et moi également, pour les raisons que l'on devine. Il avait repris un peu d'espoir depuis que Clemenceau avait été appelé au gouvernement. C'était, selon lui, le seul homme à pouvoir arracher la victoire et mettre fin à cette guerre qui n'en finissait pas de semer le malheur jusque dans le cœur de nos campagnes pourtant si éloignées du front.

La maire n'osait plus porter les lettres funestes. Des hommes étaient revenus estropiés : les uns gazés, les autres avec un bras ou une jambe en moins. Deux anciens ouvriers de la forge avaient été tués. L'étau se resserrait, mon père le sentait, au point qu'un dimanche, lors du repas de midi qui se prolongeait dans un délassement bien mérité, il se mit à s'interroger, devant nous à voix haute :

– Si je le voulais vraiment, je pourrais faire rentrer Aurélien.

Et, comme nous le dévisagions sans répondre, conscients du combat qui se livrait en lui :

– Je n'arrive plus à fournir les culasses, les percuteurs et les extracteurs qu'on me réclame. Le préfet ne cesse de me répéter que la guerre se gagnera à l'arrière.

Il ajouta, dans un soupir, détournant brusquement son regard :

– Il suffirait d'un mot de ma part.

– Fais-le rentrer ! dit brusquement Grégoire, faisant sursauter mon père qui, en fait, n'attendait de notre part qu'un acquiescement à une décision qu'il ne parvenait pas à prendre seul.

Le remords le torturait, car il savait pertinemment qu'il tenait la vie de son fils aîné entre ses mains. Mélinda, debout près de nous comme à son habitude, s'était arrêtée de desservir. Le silence durait, que nul n'osait troubler. Quelque chose de l'ancien militaire qu'il avait été se refusait en lui à faillir à un devoir sacré. Et vis-à-vis des familles du domaine, il ne se sentait toujours pas capable de demander une faveur, alors qu'elles avaient payé un si lourd tribut.

– Antoine ! fit-il, son regard brusquement posé sur moi.

Je sentis mon cœur s'affoler, car c'était la première fois qu'il me demandait un avis – de surcroît, si terrible. Il fallait qu'il soit vraiment désemparé pour s'adresser ainsi à nous, alors qu'il avait toujours pris ses décisions sans le secours de personne. J'avalai péniblement ma salive et je prononçai les seuls mots que me soufflait l'évidence :

– Il faudrait qu'il revienne vite !

Il nous dévisagea tous un par un, puis, après un soupir, il se leva et disparut dans son bureau d'où il ne sortit pas jusqu'au repas du soir. Il ne fut plus question de cela pendant les jours qui suivirent. Il décida seulement que cette année le réveillon aurait bien lieu, ajouta après nous l'avoir annoncé :

– Peut-être Aurélien aura-t-il une permission. Il sera heureux de retrouver Grandval comme avant.

Cette seule décision suffit à nous faire oublier la guerre, du moins pour quelques jours.

Dès que Mélinda et deux femmes du village commencèrent à plumer des chapons et des canards, puis à faire griller les dernières rémiges sur les flammes, je sentis effectivement renaître dans le château des odeurs familières, chaudes et heureuses, qui me firent du bien. D'autant que d'autres, aussi suaves, leur succédèrent : celles du lard dont on bardait les volailles, du civet de lièvre en train de mitonner, du foie gras et des cèpes sortis des bocaux, et, l'après-midi du 24, des tartes en train de dorer dans le four.

J'avais toujours aimé cette grande cuisine où régnait Mélinda, la longue cuisinière noire au-dessus de laquelle trônaient des casseroles, des marmites, des passoires, toutes sortes d'objets dont Mélinda usait avec adresse, pour notre plus grand bonheur. J'y passai une heure entière, cet après-midi-là, houspillé par les femmes qui n'aimaient pas être encombrées de la sorte. Je proposai de vider les truites de la rivière, mais Mélinda s'y opposa fermement, déclarant que j'étais capable de me couper un doigt.

Je sortis et gagnai l'écurie, où, comme dans la

cuisine, les odeurs symbolisaient pour moi celles de la vie – de la vraie vie. J'avais toujours décelé dans la proximité des animaux, surtout celle des chevaux, une présence réconfortante, affectueuse, en tout cas étrangère à la folie des hommes. Depuis que rôdait autour de nous la menace de la mort, je m'y réfugiais souvent, accueilli par Sylvain qui veillait sur la jument et les deux hongres que mon père avait rachetés depuis la réquisition, bien qu'il se déplaçât en voiture automobile. C'est Sylvain qui les utilisait, attelant tour à tour le cabriolet ou la jardinière.

Pourquoi ai-je gardé le souvenir précis de cette heure-là, ce 24 décembre de la Grande Guerre, au milieu des chevaux, dans l'odeur de la paille et du crottin, en présence d'un homme qui ne parlait pas mais qui devinait tout ? Sans doute parce qu'elle m'a réchauffé le cœur mieux que l'eût fait n'importe quelle parole, n'importe quelle autre présence. Aussi, probablement, parce qu'elle précédait un moment de bonheur, inattendu et merveilleux, quand, peu avant la tombée de la nuit, une voiture s'arrêta dans la cour, d'où descendit Aurélien. Le temps de l'embrasser et je courus vers la forge afin de prévenir mon père et Grégoire.

Heureux, soulagés, ils me suivirent sur-le-champ pour accourir au château et serrer dans leurs bras Aurélien épuisé. Epuisé, mais souriant, cependant, en retrouvant cette atmosphère de fête, de parfums qui réveillaient en lui comme en nous des souvenirs tous plus délicieux les uns que les autres.

Ce fut un soir où l'on oublia tout, même Aurélien qui se laissa aller à un bien-être qu'il avait cru définitivement perdu, avec, de temps en temps, une larme au coin de ses paupières, que nous avons feint de ne pas voir. Nous l'avons entouré sans oser lui poser la moindre question, nous réjouissant de le voir manger le pâté que Mélinda s'était empressée de lui servir, boire le vin de notre vigne, savourer la cuisse de canard confite qui se retrouva bientôt dans son assiette.

– Tu restes combien de temps ? demanda mon père quand il fut un peu rassasié.

– Six jours.

– A la bonne heure ! soupira mon père, dont le visage avait retrouvé le sourire qui l'avait déserté depuis plusieurs mois.

Et il ajouta, avec une voix redevenue confiante :

– Tu nous accompagnes à la messe ?

– Oui, je vais essayer.

Je me souviens des lumières et des chants de l'église, ce soir-là, d'Aurélien entre mon père et moi, de Grégoire à ma droite ; de cette sensation réconfortante de sécurité, au milieu des familles qui, pour une heure ou deux, comme nous, avaient oublié ce qui se passait dans le nord du pays. Nous sommes rentrés dans la voiture de mon père, serrés les uns contre les autres, et j'ai senti contre mon bras celui d'Aurélien, chaud, vivant, si vivant qu'il me parut impossible qu'un jour ce bras-là soit privé de vie.

Cette impression dura tout au long du réveillon dans la grande salle à manger du château, même si Aurélien, trop fatigué, ne put rester avec nous jusqu'au bout. Sabrina se trouvait à côté de moi, Laurine et Grégoire en face, et il me sembla que plus rien de grave ne pourrait frapper tous ceux qui étaient réunis, et qui, avec le vin et la bonne chère, trouvaient la force de rire et de plaisanter, sinon celle de chanter.

Une cinquantaine de personnes, celles de la forge et des métairies, le curé de Saint-Martial, rassemblées comme le voulait la tradition de Grandval, et que mon père tenait à perpétuer, persuadé que s'exprimait là une solidarité dont le domaine avait besoin. De temps en temps je sentais le regard de Laurine posé sur moi, mais je me gardai bien de le croiser, car j'avais la conviction que Grégoire n'aurait pas pu ne pas le remarquer. Si la disparition de son père lui avait fait oublier un temps son jeu de séduction, elle l'avait repris depuis quelques mois, ce qui m'avait, en un sens, rassuré. Mais je ne comprenais pas pourquoi elle s'intéressait à moi plus qu'à Grégoire, car j'étais trop jeune pour savoir que les penchants naturels auxquels nous obéissons ne s'expliquent pas.

Heureusement, on ne nous mesurait pas le délicieux vin de nos vignes, qui, à l'époque, était considéré comme un bien aussi précieux que le pain, et Grégoire, comme moi, flottait dans une douce béatitude. Si bien que pas la moindre ombre ne vint se poser sur cette nuit si belle, et que le festin ne s'acheva que vers deux heures du matin. J'eus tout juste la force de monter dans ma chambre et de sombrer dans un sommeil qu'éclaira jusqu'au matin le sourire énigmatique de Laurine.

Le lendemain, les lampions de la fête une fois éteints, la présence d'Aurélien parmi nous redonna à la vie sa vraie couleur, et je ressentis de nouveau une menace, dès la fin de la matinée, quand je me levai, et que Mélinda me dit qu'il s'était enfermé avec mon père dans le bureau. Ils n'en sortirent qu'à midi, pour le repas traditionnel au cours duquel on ne mangeait pas seulement les restes de la veille, mais aussi des boudins aux châtaignes, de la dinde et des marrons.

Mon père fit en sorte qu'il se passe bien et, contrairement à son habitude, parla beaucoup, sans doute pour compenser les lourds silences de son fils aîné, lequel, après la joie des retrouvailles, semblait rattrapé par le monde de fureur et de folie qu'il avait momentanément quitté. Je devinai que mon père lui avait parlé de la possibilité de le faire affecter à Grandval pour contribuer de manière moins dangereuse à l'effort de guerre et que, une fois de plus, Aurélien avait refusé. J'ai appris plus tard qu'il s'en était défendu de toutes ses forces et, malgré l'insistance de mon père, n'avait pas capitulé : il tenait à faire son devoir jusqu'au bout, quoi qu'il pût arriver.

Si longtemps après, je revois toujours le visage épais d'Aurélien, ses cheveux drus et bruns, ses yeux charbonneux sous des sourcils volontaires, et cette force qui se dégageait de lui, me donnant une nouvelle fois la conviction qu'il était assez fort pour échapper au sort de ceux, si nombreux, qui étaient tombés au combat. Nous passâmes l'après-midi au coin du feu, près de la grande cheminée au manteau de chêne de la salle à manger, où de grandes flammes couleur d'or ranimèrent en nous un peu d'espoir en l'avenir.

Les jours suivants, Aurélien se rendit avec mon père et Grégoire à la forge et je ne le vis presque plus, d'autant que je passai mon temps à l'extérieur, retrouvant Paul Chanourdie et, parfois, Laurine et Sabrina, pour relever les pièges à grives tendus sous les genévriers. Ces quelques jours de froid et de gel, au terme desquels je rentrais transi mais heureux d'avoir pu courir le domaine à ma guise, passèrent très vite, trop vite, pour pouvoir savourer la présence d'un frère comme je l'aurais dû.

Aurélien repartit le vendredi suivant, un peu apaisé, moins noué que lors de son arrivée et, me sembla-t-il, animé d'une énergie nouvelle. Je montai dans ma chambre pour regarder s'éloigner la voiture dans laquelle il avait pris place auprès de mon père et je n'eus pas, bizarrement, comme les fois précédentes, cette terrible sensation de l'avoir vu pour la dernière fois. Cela me rassura définitivement sur son sort, au moins pendant les semaines au cours desquelles le froid assura sa prise sur la vallée.

A la fin du mois de mars, après la paralysie du front consécutive à l'hiver, l'inquiétude revint en nous à l'annonce de l'offensive allemande qui enfonça la ligne tenue par les Britanniques, laissant à l'ennemi envisager une marche victorieuse en direction des rivages de la Manche et de la mer du Nord. Les Alliés confièrent alors à Foch le commandement en chef des armées lors de la conférence de Compiègne. Depuis le 23 mars, les obus de la Grosse Bertha tombaient sur Paris.

Mon père ne décolérait pas, jugeant les officiers incapables de nous conduire à une victoire rapide, malgré le renfort des troupes américaines qui, formées en deux ou trois semaines, montaient tout de suite au front. Moi, je ne pensais qu'à Aurélien, et le sort de la France, au bout du compte, m'importait peu, d'autant que je n'avais jamais vu le moindre Allemand et que les combats me paraissaient lointains, beaucoup trop éloignés de Grandval pour nous menacer un jour.

Au lieu de s'améliorer, la situation s'aggrava périlleusement en mai, après l'offensive ennemie sur le Chemin des Dames, où des centaines de batteries allemandes écrasèrent sous un déluge de feu la sixième armée française. Les Allemands exploitèrent la brèche ainsi créée et atteignirent à la fin du mois de mai la Marne, c'est-à-dire les mêmes positions qu'en septembre 1914.

Pour mon père, après la colère, ce fut l'abattement, d'autant qu'il savait Aurélien dans le secteur du Chemin des Dames. Nous vivions suspendus aux nouvelles de la guerre, nous attendant à chaque instant à voir arriver le maire porteur d'une funeste nouvelle. Il vint à quatre reprises à ce moment-là, mais ce ne fut pas, heureusement, pour Aurélien. Les travaux de juin me permirent d'oublier un peu ce qui se passait. Le temps était beau, l'herbe épaisse car il avait plu suffisamment au printemps, et les gestes paisibles des faneurs m'apportèrent le réconfort que j'en avais espéré.

Ce fut alors que les nouvelles devinrent meilleures : Foch affirmait que « le flot ennemi avait expiré sur la grève », que l'heure de l'offensive alliée avait sonné. Il confia l'opération au général Mangin – celui que l'on surnommait « le boucher » depuis avril 1917 et l'hécatombe du Chemin des Dames –, lequel lança l'assaut au petit matin du 18 juillet dans le secteur de la forêt de Villers-Cotterêts. Tout cela, évidemment, nous l'avons appris par la suite, quand nous avons voulu, notre père et nous, comprendre comment et où Aurélien était mort : promu lieutenant après les pertes effroyables du printemps, il était sorti en tête de sa compagnie des parallèles d'assaut, avait été haché par les balles d'une mitrailleuse ennemie, la première qui avait ouvert le feu.

La nouvelle nous parvint le 24 juillet, alors que nous nous apprêtions à moissonner. Je ne me trouvais pas au château, car je le fuyais volontairement tous les matins, comme pour me protéger de cette menace permanente que le merveilleux été de cette année-là ne réussissait pas à estomper. J'avais passé la matinée à la Ferrière, avec Paul, Laurine et Sabrina, à nettoyer le grenier en prévision des moissons et je revenais en courant, car j'étais en retard pour le repas de midi et mon père n'aimait pas cela. Ebloui par le soleil, enivré par les parfums qui montaient des blés où les épis lourds courbaient les tiges vers la terre chaude, j'avais de la sueur jusque dans les yeux quand je suis arrivé dans le parc dont les portes étaient ouvertes. Malgré cette sueur, j'ai aperçu mon père, Grégoire et Mélinda sur la terrasse, et j'ai tout de suite compris qu'ils guettaient mon arrivée. D'habitude, quand j'étais en retard, seule Mélinda attendait, exaspérée, fronçant les sourcils, s'essuyant les mains à son tablier, tandis que mon père et Grégoire commençaient à manger.

Je me suis arrêté au milieu du parc, le cœur fou, incapable de faire le moindre pas vers eux. Alors mon père a descendu les quatre marches, et j'ai deviné que ce que je redoutais depuis des mois était arrivé. Par une sorte de refus insensé, j'ai fait demi-tour et j'ai couru vers l'écurie où je me suis caché derrière des bottes de paille, me recroquevillant comme un animal blessé, ne réagissant pas à la voix de mon père, qui ne me trouva qu'avec l'aide de Sylvain.

Il me prit par le bras, me fit lever, me dit d'une voix qui me parut extrêmement calme :

– C'est fini. Aurélien est mort.

Je n'eus ni la force de crier, ni celle de me rebeller. Il me serra contre lui, me garda ainsi un long moment le visage contre son gilet, jusqu'à ce que Grégoire apparaisse, inquiet de ne pas nous voir ressortir. Alors nous sommes rentrés lentement, tête basse, dans le château où, bien évidemment, nous fûmes incapables de parler ou de manger.

Aujourd'hui, si longtemps après, je me rappelle les quelques mots prononcés dans l'écurie par mon père : « C'est fini. Aurélien est mort », et je me demande s'ils n'exprimaient pas aussi une prémonition à l'égard de Grandval. Avait-il deviné qu'à partir de ce jour – de ce malheur – le domaine allait subir les épreuves du temps, de l'économie et de l'évolution du monde environnant ? Je ne sais pas vraiment, mais sans doute y avait-il dans ces mots le début d'un renoncement, c'est ce qui me paraît évident aujourd'hui, en tout cas beaucoup plus nettement qu'à l'époque.

Je me souviens aussi que nous sommes restés dans le bureau de mon père une grande partie de l'après-midi, incapables de parler d'Aurélien, comme si nous avions voulu nier la terrible nouvelle reçue en fin de matinée. La douleur était trop forte. Nous ne pouvions pas la partager. Nous tentions seulement de la repousser loin dans un coin de notre tête et, pendant des semaines et des mois, nous n'avons pas trouvé la force de parler de lui.

Quand les gens du domaine sont arrivés pour la visite traditionnelle, je me suis réfugié dans ma chambre où là, enfin, mes larmes ont pu couler. Mélinda est venue me rejoindre, a su trouver les mots pour mettre un peu de baume sur mon immense chagrin. Epuisé, j'ai sombré dans un sommeil qui m'a délivré pour quelques heures seulement d'une perte inacceptable pour le garçon de quatorze ans que j'étais alors.

3

Comment ai-je trouvé la force, à quatorze ans, de survivre à une blessure pareille ? Je ne sais pas. Pas plus que je ne sais comment mon père et Grégoire l'ont trouvée. Chacun en a été changé douloureusement pour le reste de sa vie. Aurélien était mort le premier jour de l'offensive qui allait donner la victoire à la France, cette idée-là consolait quelque peu mon père, mais pas moi. Au contraire, dirais-je : aux nouvelles favorables qui se succédaient sur l'issue de la guerre, je me disais qu'à quelques mois près, Aurélien aurait pu être sauvé. Et je me fermais au monde extérieur, refusant sa cruauté, ne discernant plus la moindre beauté dans la fin de l'été ni le début de l'automne de cette année 1918, au point que je ne me souviens pas du tout des moissons ni des vendanges.

De même, Laurine et Sabrina sont absentes de mes souvenirs de cette époque. Qu'ai-je fait ? Où me suis-je réfugié ? Je l'ignore. La seule chose dont je me souvienne, c'est des cloches qui se mirent à sonner le 11 novembre, rassemblant les hommes et les femmes du domaine dans le parc du château, non pour se réjouir, mais pour témoigner de leur soulagement et de leur solidarité vis-à-vis de ceux qui avaient été frappés par le deuil.

Eprouvé, je l'étais vraiment, au point que je fus, le

premier, victime de l'épidémie de grippe espagnole que l'on ne qualifiait pas encore ainsi – la prenant pour une pneumonie – mais qui fit des ravages même dans les campagnes les plus reculées, comme si les épreuves endurées pendant quatre longues années n'avaient pas suffi. Probablement étais-je trop ébranlé pour que mon corps résiste au microbe qui s'empara de moi début décembre et me laissa entre la vie et la mort pendant quinze jours. Plusieurs fois, me dit mon père par la suite, il crut que je ne passerais pas la nuit. La toux, la fièvre, l'impossibilité d'avaler quoi que ce fût m'abandonnèrent en janvier, méconnaissable, maigre à faire peur, mais vivant, alors que tant d'autres, autour de moi, étaient morts.

Pourquoi ? Je me suis souvent posé la question sans vraiment trouver de réponse, sinon cette évidence que quelque chose, au fond de moi, avait besoin de vivre : peut-être cette part de moi-même qui était profondément ancrée dans le monde, la terre et les bois, la rivière et la vallée, lesquels m'arrimaient plus sûrement à la vie que ne l'eût fait le moindre médicament, la plus infime défense corporelle. Toujours est-il que je passai l'écueil, au grand soulagement de ma famille, de mon père en particulier, qui n'aurait pas supporté une deuxième disparition après celle d'Aurélien.

Il avait beaucoup de mal à s'en remettre, d'autant que les affaires de la forge allaient mal, une fois l'effort de guerre devenu inutile, l'économie tardant à se remettre en marche. Au reste, les bras manquaient dans la vallée, beaucoup de jeunes gens étant morts, les survivants ayant connu d'autres lieux, d'autres gens, d'autres coutumes, qui les incitaient à partir dans ces villes qu'ils avaient traversées soldats et dont ils gardaient un souvenir ébloui, leurs fastes relatifs ayant été sublimés par l'écart existant avec la vie de taupes qu'ils menaient dans les tranchées.

Ce fut le début d'une évolution irréversible contre laquelle mon père se mit à lutter avec toutes les forces qui lui restaient, mais qui achevèrent de l'épuiser. Heureusement, Grégoire, qui avait dix-huit ans, proposa de rester à Grandval, ce qui n'exigea pas de lui beaucoup de sacrifice, puisqu'il avait toujours rêvé d'y vivre. Je devinai que ce n'étaient pas les affaires de la forge qui préoccupaient le plus mon père, mais qu'il était surtout rongé par le remords de n'avoir pas passé outre la volonté d'Aurélien. Il aurait pu le sauver et il ne l'avait pas fait. Il n'eut donc aucun scrupule à intervenir pour faire exempter Grégoire du service militaire, en arguant de sa présence indispensable à la forge.

Puis, un soir, alors que nous achevions de dîner, il nous déclara, d'une voix blanche :

– Nous ne travaillerons plus jamais pour Ruelle et Rochefort.

Il ajouta, comme nous ne comprenions pas où il voulait en venir :

– Les armes, plus jamais. Quel que soit le prix à payer.

Il avait besoin d'une approbation car il nous demanda :

– Nous sommes bien d'accord ?

Grégoire approuva de la tête, moi aussi, sans bien savoir ce qu'une telle décision impliquait, mais devinant qu'il en allait de l'avenir de Grandval.

Je n'avais pas eu de difficulté à faire admettre à mon père de m'épargner le collège et de me garder auprès de lui et de Grégoire. Sans doute, après la disparition d'Aurélien, la présence de ses deux fils auprès de lui apparaissait-elle comme le seul bonheur possible. Un précepteur de Périgueux, M. Rigaudie, âgé d'une trentaine d'années, vint vivre à Grandval pour m'enseigner tout ce qui était indispensable. Il arriva au mois de mars 1919, m'apprit les mathématiques, les belles lettres et les sciences. Mon père contribua également à cet enseignement par des leçons administrées en soirée, contre lesquelles je ne me rebellai pas, conscient de ma chance de vivre à Grandval au lieu d'être enfermé dans ce collège de Périgueux que Grégoire et moi redoutions tant.

La vie reprit, ou ce qu'il en restait. Dans les campagnes privées des hommes jeunes, on se demandait comment on allait pouvoir venir à bout de tout le travail à venir. A la Borderie, Félicien Mestre était mort au cours des derniers combats, mais Jean, le père, était revenu, bien qu'amputé d'un bras. Il avait été convenu qu'il garderait la métairie en attendant que son deuxième fils, Louis, revienne du service militaire, car la loi de trois ans était toujours en vigueur et il n'en avait pas terminé, ayant été appelé en janvier 1918.

A la Brande, Baptiste Bessaguet était mort au début de la guerre ; Albert, le grand-père, n'avait pas résisté au chagrin et avait disparu en 1917. Fernand, le fils aîné, n'était toujours pas libéré, et Antonin allait partir. Mon père ne put s'opposer au départ de ce dernier, mais il réussit à obtenir une libération anticipée pour Fernand, lequel rentra si changé, si hostile, que l'on eut du mal à le reconnaître.

A la Ferrière, les choses se présentaient un peu mieux, puisque Paul avait pris la succession de son père, comme soutien de famille auprès de sa mère et de ses deux sœurs, lesquelles avaient grandi : Laurine avait à présent dix-sept ans et Sabrina seize. La force de vie qui était en elles leur avait fait un peu oublier leur chagrin, mais elles étaient devenues plus farouches, sans doute parce qu'elles se sentaient devenir femmes et que le regard des hommes sur elles avait changé. Je m'étais rendu compte qu'elles fuyaient Grégoire qui, à dix-neuf ans, entretenait toujours en lui son rêve d'enfance et tentait de s'approcher de la

Ferrière dès qu'il avait un moment de libre. Cela le mettait en fureur et il s'en désolait auprès de moi, me demandant si je connaissais la raison de la réserve manifestée par les deux belles. Il écrivait des mots pour Laurine qu'il me chargeait de transmettre, mais ces missives ne débouchaient jamais sur la moindre réponse. Il en était arrivé à me soupçonner de ne pas les remettre à sa destinataire, et je devais chaque soir me justifier, apporter des preuves, désolé de cette suspicion qui jetait une ombre sur notre complicité.

Moi, je me contentais d'être heureux en leur compagnie, de sentir mes forces revenir, persuadé qu'aux beaux jours je franchirais définitivement le gué qui me permettrait d'oublier cette dernière année. De fait, le mois de mai apporta les premières douceurs au parfum de feuilles, puis le soleil s'installa pour de bon vers le 20, me ralliant peu à peu à la vie d'avant, celle des chemins fleuris de graminées, de l'herbe haute, des longs après-midi sous un bleu de porcelaine, des soirées que les nuits semblaient ne pouvoir pas éteindre, sous le fourmillement complice des étoiles. Je respirais mieux, mon corps se réchauffait au soleil, je reprenais du poids : la vie, de nouveau, palpitait en moi qui attendais les foins avec impatience.

Préoccupé par l'absence de main-d'œuvre, persuadé que les bras allaient manquer à l'avenir dans les campagnes, mon père, toujours en avance sur son temps, avait deviné que les machines devaient remplacer les hommes. Pour ces premières fenaisons d'après-guerre, il avait monté une faucheuse, avec levier d'abaissement et barre de coupe, sur une Torpédo Citroën. Grégoire était chargé de la conduire le premier jour et d'en montrer le fonctionnement à Paul qui l'utiliserait sur toutes les terres de Grandval, dans la réserve et les métairies.

Ce fut une réussite : elle économisait dix faucheurs, venait à bout en moins de deux heures de plusieurs hectares de prairies. Pour rentrer le foin, mon père fit tirer les chars par un camion Renault qu'il avait racheté à l'armée et bricolé de manière à remplacer les bœufs. D'évidence, l'avenir se situait là : dans ces machines qui compenseraient le départ des hommes vers les villes et ouvriraient de nouvelles voies à l'agriculture traditionnelle.

Pour les moissons d'août, il remit en état la vieille batteuse à vapeur que nous n'avions pu utiliser pendant la guerre à cause du manque de bras, mais il l'avait perfectionnée par un moteur intégré à la batteuse, qui supprimait la locomotive si difficile à réguler. En outre, un système de sécurité dans les bras qui happaient les javelles permettait d'éviter les accidents auparavant si nombreux.

Ainsi donc, foins et moissons ne ressemblèrent pas aux précédents, me faisant mesurer combien la guerre avait modifié le cours des choses. La seule qui ne changeait pas, c'était Laurine et sa présence, près de moi, dans le fenil. On aurait dit qu'elle attendait ce moment, très tard, le soir, recréant pour quelques minutes cette intimité qui nous avait fugacement réunis à plusieurs reprises, au temps où nous ne savions pas que le malheur existait.

Ce soir-là, elle se cacha, rusa comme à son habitude, jusqu'à ce que la dernière charrette se fût éloignée, après avoir chassé Sabrina d'un regard impitoyable. Je rangeais les dernières bottes de paille, exerçant là mon goût pour les greniers, les lieux clos, qui chaque année me retenait jusqu'à la nuit dans le parfum grisant de l'herbe chaude. Grégoire, épuisé, s'en était allé avec mon père, m'ayant fait jurer de ne pas m'attarder.

Il faisait sombre déjà quand je sentis des bras se nouer autour de mon cou et des lèvres se poser sur les miennes, vite, très vite, si vite que j'eus l'impression d'avoir rêvé. Qui n'a pas connu ce genre de caresse dans une grange ou un grenier ne sait rien des charmes ineffables de la vie. Je demeurai un long moment immobile, mes mains n'ayant saisi qu'une ombre parfumée, tandis que des pas s'éloignaient déjà sur l'aire de la cour, sur laquelle naissait le chant des grillons. Je me laissai aller en arrière et tombai sur la paille, respirant bien à fond, les yeux clos, les doigts sur mes lèvres, cherchant à garder vivant ce baiser qui avait eu le goût des prunes chaudes.

Ce fut là, j'en suis sûr, que le sang épais de la vraie vie se reforma en moi et se remit à couler dans mes veines. Je ne sais combien de temps je restai là, peut-être une demi-heure ou une heure, car ce fut Paul qui me réveilla en venant fermer la grange. Il se montra surpris de me voir descendre l'échelle meunière, mais rassuré quand je lui dis que je m'étais endormi.

– Voulez-vous que je vous ramène ? me demanda-t-il simplement.

– Non merci, Paul, je vais rentrer à pied.

Je n'ai jamais oublié cette nuit à l'air torride qui m'a vu marcher lentement le long du sentier, ébloui de cette immense douceur éprouvée, de ce mystère entrevu, tandis que mon sang cognait dans ma tête, sous des étoiles que j'avais l'impression de pouvoir décrocher de la main. Même les feuilles des arbres semblaient vouloir caresser ma peau, alors que j'entendais l'eau de la rivière murmurer tout près, comme une voix qui m'aurait fait confidence d'un secret. C'était bien celle de Laurine, qui me poursuivait sur le chemin de Grandval dont j'apercevais les lumières tremblantes, là-bas, entre les frondaisons.

Quand j'arrivai, le regard courroucé de Grégoire ne parvint pas à me dégriser. Je refusai de manger et montai dans ma chambre afin de garder présent en moi, et pour toute la nuit, le contact de deux lèvres sur les miennes.

Pendant les mois qui suivirent, la forge se transforma : de nouvelles poulies, des courroies neuves, de magnifiques arbres de transmission firent leur apparition, ainsi que des cheminées d'aération et des châssis ouvrants dans les verrières. Mon père s'était lancé sans attendre dans la révolution technique qui, selon lui, était devenue indispensable pour survivre, et cela malgré la situation économique catastrophique qui sévissait dans le pays : les prix avaient triplé depuis 1914, les « emprunts patriotiques » avaient englouti l'épargne individuelle et les désastres extérieurs dus à la guerre avaient anéanti les placements. Par ailleurs, les petits rentiers qui vivaient plutôt bien avant 1914 étaient ruinés.

Le slogan né de la victoire – « le boche paiera » – avait trouvé ses limites dans la restitution à la France de l'Alsace et de la Lorraine, l'occupation de la Sarre pendant quinze ans et la démilitarisation de la rive gauche du Rhin. La réduction permanente des créances de l'Allemagne vaincue avait dressé deux France l'une contre l'autre. La première, celle de gauche, éprise de modernité, était sur le point d'admettre la révolution communiste et de demander le réexamen du traité de Versailles, pour l'instauration de rapports normalisés avec l'Allemagne. La seconde, celle des anciens combattants regroupés en ligues et en associations, celle des rentiers ruinés et des patriotes déçus, soutenait Clemenceau quand il exigeait l'application intégrale du traité de Versailles et une politique de rigueur, sinon de représailles, vis-à-vis de l'Allemagne.

Les élections de novembre 1919 avaient donné la Chambre la plus à droite que la France ait connue : la « Chambre bleu horizon », qui était chargée de rétablir la situation économique grâce à l'argent allemand.

Mon père y crut jusqu'au départ de Clemenceau, le président du Conseil, en 1920. Battu à l'élection pour la présidence de la République, il se retira sur ses terres de Vendée. Le mois de décembre de cette même année vit la création du parti communiste, après la scission du congrès de Tours. Cette scission politique s'accompagna d'une division syndicale qui, dans un premier temps, bénéficia à la droite.

Mon père se montra beaucoup plus inquiet du départ de Clemenceau que des bouleversements syndicaux. Nous étions trop éloignés des villes pour en subir les conséquences. Non seulement il n'y avait pas de syndicats à la forge, mais on avait de la peine à trouver des ouvriers. C'était la principale préoccupation de mon père, car il avait beaucoup de mal à mettre en œuvre les inventions technologiques qu'il savait indispensables aussi bien pour le monde rural que pour le monde industriel.

Grégoire l'aidait, travaillait beaucoup, se passionnait pour les inventions qu'initiait notre père. Il était devenu un homme, n'était plus aussi longiligne qu'avant, ses traits fins de blond avaient pris un peu d'épaisseur, lui donnant un aspect plus mûr, plus sûr de lui. Il aurait vingt et un ans dans l'année qui venait, et il avait profité des fêtes de Noël pour annoncer à mon père qu'il souhaitait se marier.

– Te marier ! Et avec qui ? avait demandé mon père, cet après-midi-là, tandis que nous nous trouvions tous les trois dans la salle à manger du château.

– Avec Laurine, répondit Grégoire d'une voix qui ne tremblait pas.

Je sentis comme un coup de poignard dans le dos, et pourtant je ne pouvais m'en étonner. L'été précédent, fidèle à mes promesses, je m'étais bien gardé de me trouver seul en sa présence dans le fenil où je n'étais pas monté. Laurine avait été folle de colère, au point de me poursuivre partout, si bien que j'avais renoncé à mes journées à la Ferrière, malgré la souffrance que ce renoncement suscitait en moi. Mais je ne pouvais pas trahir Grégoire. J'espérais vaguement que mon père s'opposerait à un tel mariage, que j'aurais un jour les mains libres pour me rapprocher vraiment de celle qui, depuis toujours, et sans que j'en connusse la raison – mais en existait-il une ? –, avait jeté sur moi son dévolu.

Mon père suffoqua de surprise. Il avait été trop occupé par la forge pour s'inquiéter d'un rapprochement qui conduisait tout droit à une mésalliance – une de plus dans notre famille.

– Allons donc ! s'écria-t-il, il existe de bien meilleurs partis à Hautefort ou à Périgueux.

Grégoire devint très pâle, son visage changea, et il répondit d'une voix froide, sans la moindre aménité :

– Ce n'est pas de ce côté-là que vous avez regardé, vous, quand vous vous êtes marié avec Mélinda.

Mon père, d'abord, demeura muet de stupeur, puis comprenant soudain que dans l'esprit de Grégoire il s'agissait d'une affaire sérieuse, il répliqua :

– Mélinda s'occupait très bien de vous depuis la mort de votre mère. Vous aviez grand besoin de sa présence ici, à Grandval.

– Et vous ?

– Oui, bien sûr, murmura mon père, de plus en plus stupéfié par le ton employé par son fils.

– Elle était bien fille d'ouvrier, n'est-ce pas ? reprit Grégoire.

– De contremaître, oui.

– Mais vous n'avez pas reculé devant ce qu'il est convenu d'appeler une mésalliance.

– Effectivement.

– Pas plus que mon grand-père n'avait lui-même hésité devant la décision de faire entrer à Grandval une fille d'auberge, si je me souviens bien. C'est bien ce que vous nous avez raconté, je crois ?

– Il l'avait connue à seize ans.

– Moi aussi, dit Grégoire. Et même bien avant.

Mon père ne répondit pas. Il ne s'attendait pas à une telle détermination.

– D'ailleurs, si j'ai bien compris, reprit Grégoire, c'est un bon moyen de s'attacher les familles d'ouvriers ou de métayers et de nous préserver des conflits qui existent ailleurs.

Très pâle, mon père répondit cette fois :

– Cela n'a jamais été pensé de la sorte. Ce sont les événements qui nous ont conduits à de telles décisions.

– Disons donc que c'est la vocation de notre famille.

Mon père, exaspéré, se leva et alla se servir un fond de verre d'un marc délicieux qu'il fit tourner pour l'aérer avant de se rasseoir.

Je n'avais pas prononcé le moindre mot. Je vérifiais une fois de plus combien la volonté de Grégoire était capable de renverser tous les obstacles qui se dressaient devant lui. Il me sembla que mon père, lui, la découvrait brusquement et qu'il en était ébranlé. Je l'étais aussi, et pas tout à fait pour les mêmes raisons : je me demandais si Laurine accepterait d'épouser ce frère qu'elle n'aimait pas, j'étais bien placé pour le savoir.

– Je suppose que la jeune personne est déjà au courant.

– N'en doutez pas, dit Grégoire : depuis toujours.

– Depuis toujours ? releva mon père, agacé maintenant par l'assurance de son fils.

– Exactement.

Le regard de mon père se posa sur moi, comme s'il m'interrogeait. Je détournai les yeux, gêné, incapable que j'étais de m'opposer à Grégoire.

– Je suppose qu'il faudra en parler rapidement à sa mère et à son frère.

Je compris qu'il venait d'accepter ce projet auquel, pourtant, rien ne l'avait préparé.

– Qui pourrait ne pas se réjouir de s'unir à notre famille ? fit Grégoire en repoussant l'argument de la main.

– Certes, fit mon père, mais c'est la moindre des choses.

– Eh bien, faisons-le, dit Grégoire.

– Quand ?

– Tout de suite. Rendons-nous à la Ferrière.

– Pas un jour de Noël, tout de même.

– Pourquoi pas ? Ils sont bien venus chez nous hier au soir pour le réveillon.

Mon père soupira, tenta encore d'argumenter, mais Grégoire lui fit remarquer que dès demain ils auraient du travail à la forge et que, au moins, aujourd'hui, ils étaient sûrs de trouver la famille Chanourdie au complet à la métairie. De nouveau le regard de mon père se leva sur moi, comme s'il cherchait de l'aide, et il demanda :

– Viens-tu aussi, Antoine ?

– Non, père, non.

Le ton de ma voix exprimait une sorte de panique qu'il devina sans la comprendre. Il était tout à fait impossible pour moi d'assister à une entrevue pareille car je n'avais pas la force, à ce moment-là, d'exprimer quoi que ce soit qui fût contraire à la volonté de l'un ou de l'autre. J'imaginais aussi le regard de Laurine et je redoutais sa réaction, étant persuadé qu'elle ne pouvait être que violente. Je me sentais coupable, déjà, vis-à-vis de Grégoire, que j'imaginais désemparé, au comble du désespoir.

Je montai dans ma chambre, d'où je vis disparaître la voiture, dans laquelle, côte à côte, étaient assis ces deux êtres qui venaient de se découvrir si différents. Je tentai de lire mais je n'y parvins pas. Je pensais à

Laurine, à ses lèvres sur les miennes, à sa peau d'abricot, à ses boucles brunes, à sa fougue de jeune fille farouche et sauvage. J'étais certain de son refus et j'en souffrais d'avance pour Grégoire. Si bien que lorsque la voiture revint, à la tombée de la nuit, je ne trouvai pas la force de descendre. Il fallut que mon père m'appelle, un peu plus tard, pour que j'ose affronter le regard de mon frère qui, heureusement, quand j'entrai dans le bureau, me tournait le dos.

– Alors c'est entendu, dit mon père. Le mariage aura lieu l'an prochain, à la fin du mois d'août, après les moissons.

Les jambes fauchées, j'eus tout juste le temps de m'asseoir pour ne pas tomber.

Cet hiver-là fut très froid, sans neige, mais avec de longues journées de gel, dont les enluminures sur les branches des arbres semblaient ne jamais devoir fondre. Le ciel était bas, ne se découvrait qu'une heure ou deux au cours de l'après-midi. Je n'avais aucune nouvelle de la Ferrière, et d'ailleurs aucune raison de m'y rendre. Le froid du dehors était entré en moi et ne me quittait plus. C'est à peine si j'écoutais M. Rigaudie dont les leçons me semblaient aussi étrangères, aussi inutiles que ces journées recluses, sans la moindre lumière ni le moindre espoir.

Si longtemps plus tard, en écrivant ces lignes, je ressens encore ce grand froid dans le corps et le cœur. Je n'avais pas dix-sept ans, je ne savais rien de la vie, sinon le charme de ses saisons et de ses secrets, et je n'avais pas d'armes pour me battre contre ce qui m'était hostile. Je me réfugiai dans le silence, espérant seulement que les beaux jours me réchaufferaient de nouveau et me rendraient confiance.

Ils tardèrent, ces beaux jours, le froid demeurant tapi

au cœur de notre vallée en l'absence de vent. Les brises d'ouest vinrent enfin l'en déloger au début du mois de mai, après un orage de grêle surprenant en cette saison. Alors, en quelques jours les premiers duvets naquirent sur les branches des arbres, sous un soleil encore pâle mais qui s'affirma rapidement, au moins en milieu de journée. Les feuilles, l'herbe qui se mirent à pousser me firent alors penser aux foins de juin et au fait que je verrais enfin Laurine pour la première fois depuis Noël.

Je n'eus pas à attendre jusque-là : à la mi-mai, alors que je me rendais à la pêche, un matin, de bonne heure, dans l'Auvézère, elle surgit devant moi, hagarde, échevelée, comme si elle n'avait pas dormi de la nuit.

– Antoine, fit-elle, la voix agressive, je te croyais parti.

– Non, répondis-je, d'une voix mal assurée, j'étais là.

– Et pourquoi ne venais-tu pas à la Ferrière ?

Ses yeux lançaient des éclairs, elle me semblait capable de m'arracher les yeux.

– Les études, dis-je. J'attendais les beaux jours.

– Tu veux dire mon mariage ?

– Non, les foins seulement, comme chaque année, tu le sais bien.

Elle s'approcha et je fis un pas en arrière, ce qui la fit rire, mais d'un rire grinçant, mauvais, qui me fit mal.

– N'aie pas peur, Antoine, je te cherchais seulement pour savoir une chose.

Je ne répondis pas : j'étais bien trop suspendu à ses lèvres pour esquisser le moindre mouvement ou prononcer la moindre parole. Quelques rayons de soleil fusaient à travers les branches, éclairant son visage mat sur lequel un étrange sourire demeurait posé.

– Je dois savoir, Antoine, il le faut. Est-ce que tu es content de ce mariage ?

Je balbutiai quelques mots sans la moindre signification, sous le feu d'un regard qui ne me lâchait pas.

– Antoine, reprit-elle, est-ce que tu souhaites ce mariage ?

Il me fallut de longues secondes avant que je trouve la force de prononcer le mot qui allait tant influer sur ma vie :

– Non.

Les traits de son visage se relâchèrent, une sorte d'intense soulagement y apparut soudain, qui effaça en un instant le masque de souffrance qui y était incrusté. Elle s'approcha encore, resta immobile à un mètre de moi, puis elle murmura :

– Merci, Antoine.

Elle fit volte-face et, sans un mot de plus, elle s'enfuit en courant vers la métairie, tandis que je demeurai cloué sur place, le cœur fou, avec en moi la sensation d'une trahison vis-à-vis des miens, une faute qu'il me faudrait un jour expier. Je renonçai à pêcher et rentrai à pas lents vers Grandval, habité entièrement par la gravité de cette rencontre à laquelle je m'étais attendu en la redoutant autant que je la souhaitais.

Je ne revis pas Laurine avant les foins, qui durèrent une semaine à la mi-juin, sans être perturbés par les orages. Elle se comporta tout à fait normalement, mais je me gardai bien de monter dans le fenil quand il fallut engranger. Dès qu'ils furent terminés, Mélinda et Elise Chanourdie, la mère de Laurine et de Sabrina, se mirent en devoir de préparer le mariage. Mon père dressa la liste des invités, qui n'étaient pas très nombreux du fait que nous continuions à vivre en vase clos et que ses relations s'étaient distendues avec les gens de Ruelle. Au reste, ce genre de mariage entre le fils d'un domaine comme Grandval et la fille d'un métayer n'était pas fait pour attirer le monde : il y avait là, à cette époque comme au siècle précédent, d'ailleurs, quelque chose qui choquait, qui n'était pas conforme aux coutumes de la société rurale aussi bien qu'urbaine. Au regard des gens, une sorte de fatalité pesait sur nous, à laquelle nous étions incapables de nous soustraire. Tout cela n'était pas convenable. De telles unions mettaient en cause l'équilibre établi entre les classes d'une société qui avait besoin de repères et de certitudes. Mais c'était le destin des Grandval, je l'ai découvert par la suite, quand j'ai trouvé les cahiers de mon grand-père Fabien, comprenant en même temps que les causes étaient inhérentes à notre manière de vivre et, en quelque sorte, inévitables.

Je ne sais même pas aujourd'hui si je dois m'en désoler ou m'en féliciter. C'était ainsi, tout simplement. Nous étions destinés à nous unir aux gens que nous côtoyions sans jamais élever la moindre barrière entre eux et nous. Nous étions l'exception qui confirmait la règle non écrite d'une société de classes pesamment campée sur ses traditions. Nous n'étions pas fréquentables. Le mariage entre Grégoire et Laurine ne concernerait donc que ceux qui vivaient journellement près de nous, et c'était bien ainsi.

Cependant, plus le jour approchait et plus j'étais inquiet. Il me semblait avoir perçu lors de mon entrevue avec Laurine une menace dont je me demandais comment elle allait se manifester. Je croyais ce mariage impossible, et je redoutais que Laurine ne mette sa vie en péril. Les moissons me rassurèrent quelque peu. Elle se conduisit tout à fait normalement, ne chercha ni à me parler ni à s'approcher de moi plus qu'il n'était convenable, et lorsque s'achevèrent les battages, Laurine, comme Sabrina, regagna tout à fait normalement la Ferrière pour mener à bien les derniers préparatifs avant le 30 août, date de la cérémonie.

Au château, tout était prêt, les cuisinières convoquées, les menus arrêtés, les allées du parc gravillonnées, les tables disposées dans la grande salle à manger qui réuniraient une centaine de personnes. Grégoire paraissait heureux, et je me gardais bien de me montrer réservé en sa présence. Au contraire, je feignais d'être aussi réjoui que lui par l'événement qui approchait. Tout le monde était dans l'attente, dans l'impatience même de cette fête qui ferait oublier les difficultés des années passées.

Ce fut deux jours avant le 30, à midi, alors que nous prenions notre repas au château, que je compris à quel point j'avais eu raison de m'inquiéter. Paul, sa mère et Sabrina surgirent vers treize heures avec une nouvelle qui ne me surprit pas vraiment : Laurine avait disparu pendant la nuit et ils l'avaient cherchée en vain toute la matinée.

– Comme cela, disparu ? demanda mon père, plus stupéfait qu'alarmé.

– On n'a rien entendu, dit la mère. On ne sait pas où elle est.

Le regard de Grégoire se posa sur moi, qui avais blêmi. Il songeait sans doute à ce jour où, apprenant la mort de son père, elle s'était enfuie vers l'Auvézère.

– On va bien la retrouver, dit-il en se levant. Vous l'avez cherchée où ?

– Partout, répondit Paul.

– Comment ça, partout ?

– Dans les champs, les granges, les prairies, les collines.

– Les rives de l'Auvézère aussi ?

– Partout, répéta-t-il.

J'étais atterré, comme vidé de mon sang, car je savais, moi, de quoi Laurine était capable. Et j'étais convaincu qu'elle avait résolu de se tuer plutôt que se marier avec quelqu'un dont elle ne voulait pas. Grégoire ne pouvait pas le savoir, aussi se montrait-il plus contrarié que véritablement inquiet. Un long silence pesa sur nous, chacun essayant de trouver la raison d'un tel mystère.

– Elle va revenir, dit mon père. On ne disparaît pas du jour au lendemain.

– Certes, dit Paul, mais on la cherche depuis sept heures du matin.

– Vous voulez dire qu'elle n'a pas dormi à la Ferrière ? demanda Grégoire, la voix tout à coup altérée.

– Son lit était défait, précisa Sabrina. Je l'ai entendue se coucher hier au soir.

Tous les regards se posèrent sur elle, ce qui la fit rougir.

– Et tu ne l'as pas entendue se lever ? demanda Grégoire d'une voix maintenant très irritée.

– Non.

– Et vous ?

– On vous dit qu'on n'a rien entendu, répondit Paul, agacé à son tour.

– Ne vous inquiétez pas, dit Mélinda qui était entrée dans la pièce pour desservir, on ne peut pas disparaître comme ça.

Puis elle ajouta :

– Elle aura été voir sa robe chez la couturière de Cherveix.

– On ne l'a pas vue là-bas, dit Paul. J'y suis allé avant midi.

Un nouveau silence, encore plus lourd que le précédent, tomba dans la salle à manger. Alors, n'y tenant plus, Grégoire me prit par le bras en disant :

– Viens avec moi, Antoine !

Et, à l'adresse de la famille Chanourdie :

– On saura bien la retrouver tous les deux.

94

Je suivis Grégoire qui, sans hésitation, prit la direction de l'Auvézère. J'étais anéanti par la pensée que nous allions sans doute la retrouver noyée. Grégoire marchait devant moi sans se retourner, persuadé que je le suivais. Il ne se retourna pas une seule fois avant d'avoir atteint la rive. Les eaux étaient basses à cause de la sécheresse de l'été, ce qui me rassura un peu.

– On va remonter jusqu'à l'endroit où on l'a trouvée il y a cinq ans, me dit-il. Tu te souviens ?

Je fis « oui » de la tête, mais sans oser affronter son regard. Pour moi, Laurine était morte. Ce fut donc avec beaucoup d'appréhension que je marchai vers l'amont, scrutant les rives, les branches basses, les souches découvertes par l'étiage, paniqué à l'idée de voir apparaître son corps.

Quand nous atteignîmes l'endroit où elle s'était réfugiée quelques années auparavant, c'est-à-dire le trou où l'eau était le plus profonde, je ralentis le pas, laissant Grégoire s'avancer jusque-là. Mais il n'y avait personne. Quand je le rejoignis, il s'assit, pensif, et je ne me résolus pas à lui dire qu'il fallait plonger pour aller voir : c'eût été avouer que j'en savais plus que je ne le disais et, en même temps, lui faire comprendre que Laurine ne voulait pas de lui.

Nous demeurâmes assis un long moment côte à côte. Il se tourna enfin vers moi et me dit :

– Antoine, est-ce que tu sais où elle est ?

– Non, répondis-je très vite, trop vite pour qu'il ne se doute de quelque chose.

– Antoine, répéta Grégoire, j'ai besoin de savoir.

– Ne t'inquiète pas, dis-je, elle va revenir, il le faut bien.

J'étais dans l'impossibilité totale de faire la moindre peine à ce frère avec qui j'avais été si proche et dont j'étais séparé aujourd'hui par un mur infranchissable. Je n'osais pas lui dire qu'il fallait plonger pour aller voir si un corps n'était pas prisonnier du gouffre. Il y songea de lui-même mais voulut me le cacher puisqu'il dit doucement, comme de guerre lasse :

– Tu ne trouves pas qu'il fait chaud ? Si nous nous baignions avant de repartir.

Dans la pénombre des frondaisons, nos regards évitèrent de se croiser. Il se déshabilla très vite, il entra dans l'eau le premier et je le suivis avec réticence. J'hésitai à descendre au plus profond, ainsi que nous en avions l'habitude, mais le gouffre nous attirait toujours irrésistiblement. Je finis par toucher le fond, sans rien sentir et sans rien voir, sinon le limon vert dont le lit de l'Auvézère était tapissé. Je remontai enfin, soulagé, rejoint bientôt par Grégoire qui me proposa de passer dans le pré pour nous sécher au soleil. Je m'allongeai sur le dos, face au ciel, rassuré, à présent, tout comme Grégoire qui avait eu, j'en étais persuadé, le même pressentiment que moi. Mais il n'y fit pas allusion et me demanda seulement, avec une fausse ironie dans la voix :

– Mais où a-t-elle bien pu aller ?

– Elle va revenir, ne t'en fais pas.

– Je ne m'inquiète pas, répondit-il, je me demande simplement ce qui lui a passé par la tête.

– Si ça se trouve, elle est déjà rentrée.

– Tu as raison, dit-il, allons à la Ferrière.

Nous partîmes sous le chaud soleil du mois d'août, d'abord lentement, puis de plus en plus vite à mesure que nous approchions, réconfortés par le silence et la paix de cet après-midi d'été, sous le bleu pâle d'un ciel sans nuages qui ne laissait rien augurer de grave mais portait plutôt des promesses de bonheur.

Laurine ne réapparut pas. Nous la cherchâmes pendant deux jours, puis mon père alla prévenir les gendarmes avec Paul, dès que la date prévue pour le mariage fut passée. Dans tout le domaine, ce fut la stupeur, l'incompréhension et, bientôt, le renoncement. Sauf pour Grégoire, qui voulait comprendre et qui, après plusieurs crises de désespoir et de colère, partit à sa recherche. Mon père, lui, m'interrogeait chaque fois que je me trouvais en sa présence :

– Enfin, Antoine, me disait-il, toi qui la connaissais bien, qu'est-ce qui a pu se passer ?

– Je ne sais pas.

– Est-ce le mariage qui lui a fait peur ?

– Peut-être.

– Mais où crois-tu qu'elle soit partie ?

– Si je le savais, j'irais la chercher.

Ce dont j'étais persuadé, maintenant, c'était qu'on retrouverait un jour son corps dans un endroit isolé. Je me rendais tous les après-midi à la Ferrière, où je réconfortais de mon mieux Sabrina et sa mère. Paul, lui, gardait un silence hostile, comme s'il nous jugeait responsables d'une disparition inexplicable.

Les vendanges de cette année-là furent bien tristes, aussi bien à la Ferrière qu'à la Brande ou à la Borderie. Chacun demeurait plongé dans ses pensées, obsédé par l'absence de Laurine, cherchant désespérément une explication, mais nul n'en trouvait.

Grégoire revint à deux ou trois reprises, irritable et violent, méconnaissable. Il ne passa même pas Noël avec nous. Mon père avait tenté de le raisonner, mais en vain.

– Enfin, Grégoire, avait-il dit, est-ce raisonnable ?

– Il faut bien qu'elle soit quelque part, non ?

En effet, elle devait se trouver quelque part, Laurine, ou du moins son corps, je le pensais aussi, et je comprenais très bien que Grégoire ne pût continuer à vivre comme avant.

Passé Noël, tout se mit à changer à Grandval. Ne voulant pas laisser mon père seul, je le rejoignis à la forge pour l'aider. Cela me coûta, car je n'aimais pas ce monde sombre et violent, mais j'étais persuadé que Grégoire finirait par revenir. Et mon père, effectivement, avait besoin de moi, car la situation ne s'améliorait pas et les commandes périclitaient. A la Ferrière, la famille Chanourdie voulait partir. Nous eûmes bien du mal à convaincre Paul et sa mère de rester. A la Brande, c'était Fernand Bessaguet qui manifestait l'intention d'aller travailler en ville. Il fallut là aussi négocier, promettre des aides, et même de vendre un jour les terres à ceux qui les travaillaient. L'exode rural, favorisé par la découverte d'un autre monde que celui des campagnes lors de la guerre, s'accélérait.

On avait du mal à recruter des ouvriers, les hommes jeunes disparus lors de l'hécatombe de quatre années n'ayant pas encore été remplacés. Mon père, cependant, avait trouvé quelque réconfort dans l'arrivée de Poincaré à la présidence du Conseil, lequel, aussitôt, fit preuve de fermeté aussi bien à l'intérieur qu'à l'extérieur, notamment vis-à-vis de la dette allemande. Je ne savais pas encore que ce retour allait avoir aussi des conséquences sur ma vie, lors de mon départ au service militaire. J'avais espéré que mon père obtiendrait pour moi une exemption en l'absence de Grégoire, mais celui-ci revint au début du mois de juin de cette année 1922, épuisé, hagard, maigre à faire peur.

Il resta couché une semaine, ne participa ni aux foins ni aux moissons, puis il se leva un matin et reprit le chemin de la forge. Je pus alors participer aux travaux des champs, dans la chaleur retrouvée et cette sorte d'insouciance que donnent à l'esprit les gestes manuels, les vieilles coutumes, les odeurs profondes des granges et des greniers. Mais il y avait à présent, entre les travailleurs, le poids de l'absence de Laurine, un silence parfois inquiétant, chacun ressassant des pensées obscures, un ressentiment dont, en même temps, il souffrait.

Grégoire avait changé, aussi, vis-à-vis de moi. Il ne me parlait pas, ou très peu, et je devinais en lui une suspicion qui me mettait mal à l'aise. Je me sentais coupable et je faisais tout ce que je pouvais pour me rapprocher de lui, mais je me heurtais chaque fois à un mur, si bien que j'en vins à souhaiter un départ rapide à l'armée, afin d'échapper à cette vie que les beaux jours ne parvenaient plus à rendre aussi belle qu'autrefois.

Je n'eus pas à attendre le milieu de l'année à venir, car le gouvernement Poincaré, pour faire fléchir l'Allemagne, et afin « d'aller chercher le charbon allemand sur le carreau des mines », décida l'occupation de la Ruhr par l'armée française. Plusieurs classes de jeunes Français furent alors incorporées pour faire cesser la résistance passive organisée par les autorités allemandes qui interdisaient aux mineurs tout travail pour les occupants. Je fis partie de ces classes-là, et quittai le domaine pour la première fois de ma vie sans véritable regret. J'allais avoir dix-neuf ans et découvrir un univers dont je n'avais jamais soupçonné l'existence.

DEUXIÈME PARTIE

Les années de fer

4

Heureusement pour moi, dès le mois d'avril de cette année-là, la durée du service militaire fut réduite par le gouvernement de trois ans à dix-huit mois. Aurais-je supporté de vivre trois longues années dans un univers de ruines, de fumée, d'apocalypse, d'hostilité permanente envers l'occupant ? Je ne crois pas. D'autant que les premières semaines furent les plus périlleuses, des attentats frappant les convois militaires, provoquant des représailles contre les terroristes qu'un peloton spécial – auquel j'avais échappé par miracle – fusillait pour l'exemple.

Je faisais partie de la première division franco-belge qui était cantonnée dans la ville d'Essen. Je découvrais une région exsangue mais en pleine reconstruction où les gens mendiaient dans les rues, nous réclamaient du pain, et je me demandais bien ce que je faisais là, moi, si loin du Périgord, de la paix de Grandval. Je devinais le mépris dans les yeux des Allemands, j'entendais les insultes, les menaces, j'étais en pays étranger et ne me reconnaissais pas le droit de me trouver là.

Mais que pouvais-je faire, sinon subir et attendre que le temps passe, en songeant aux miens et, souvent, à Laurine, dont malgré moi j'espérais des nouvelles, fût-ce celle de sa mort ? Si j'en avais reçu une pareille, au moins je n'aurais pas ressenti cette douloureuse impression qui, parfois, venait me chercher au plus profond du sommeil, qu'elle m'attendait quelque part et m'appelait au secours, je ne savais où.

J'ai vécu là quelques-unes des pires heures de ma vie, dans un hiver interminable. Heureusement, l'été ranima un peu la lumière dans cette vallée sombre et fit reverdir les collines environnantes. En outre, dès septembre, l'Allemagne, pour éviter l'asphyxie économique, accepta les conditions de règlement de la dette fixée par la France. Dès lors, nous quittâmes la Ruhr pour nous replier vers la Rhénanie, plus particulièrement la ville de Mayence qui, avec Cologne et Coblence, était occupée depuis la fin de la guerre. Là, tout changea, car la population s'était plus ou moins habituée à l'occupation française, et l'activité économique avait repris son cours sur le Rhin – le *Vater Rhein* – où passaient des péniches lourdement chargées de matériaux destinés à la reconstruction.

Les troupes françaises occupaient la citadelle et les vingt-quatre casernes de la ville, qu'elles avaient rebaptisées du nom de leurs généraux : Kléber, Hoche, Gallieni, Joffre, etc. Je me trouvais en garnison à la citadelle d'où j'apercevais le fleuve gris entre les collines vertes, les immenses chantiers qui, de toutes parts, relevaient les ruines, et le ciel au-dessus de moi qui, parfois, me rappelait l'endroit d'où j'étais parti six mois plus tôt, laissant derrière moi l'essentiel de ma vie.

Je m'habituais, puisqu'il le fallait. C'était déjà beaucoup mieux que la Ruhr : on entendait les concerts de musiques militaires dans le kiosque de la Schillerplatz, et il arrivait à la population de Mayence d'applaudir, même si l'on retrouvait chaque matin des anciens soldats allemands pendus dans le parc municipal, soit parce qu'ils ne supportaient pas la honte de la défaite, soit parce qu'ils refusaient de mourir de faim.

Il m'arrivait de sortir, les soirs de permission, dans les brasseries de la vieille ville où l'on buvait un mousseux rhénan tandis qu'un orchestre jouait les derniers airs de Paris destinés à entretenir le moral de l'armée d'occupation. Nous mangions à notre faim et nous ne manquions de rien, ce qui n'était pas le cas de la population qui n'avait ni viande, ni beurre et buvait un mauvais café à base de haricots grillés. La farine promise par le président américain Wilson n'arrivait pas. Les habitants se débattaient pour survivre, étaient désespérés. Un matin d'octobre, je vis une femme se jeter du Kaiserbrücke dans les eaux du Rhin et disparaître, en bas, au milieu des hélices des remorqueurs. Elle me fit penser à Laurine et, pendant plusieurs jours, je ne sortis plus de la citadelle.

Enfin, en décembre, j'obtins une permission de dix jours et je regagnai Grandval qui m'avait tant manqué. Après un voyage de plus de douze heures, j'y arrivai un soir, peu avant la nuit, et c'est à peine si je reconnus mon père qui était tombé malade en mon absence. Il avait maigri, ses yeux s'étaient enfoncés dans leurs orbites, et il ne parlait plus que lentement, à voix basse.

– Ça va mieux, maintenant, me dit-il, mais je compris qu'il était épuisé par le travail et les soucis.

D'ailleurs il nous laissa seuls, Grégoire et moi, dans la grande salle à manger qui m'était si familière, et il monta se coucher de bonne heure. Grégoire aussi avait changé, mais lui, je savais pourquoi. Il ne se remettait pas de la disparition de Laurine, et les difficultés de la forge ne faisaient qu'ajouter à son amertume.

– Les affaires vont donc si mal ? lui demandai-je, alors que nous étions assis face à face dans les fauteuils couverts de cotonnade beige dont je retrouvais avec plaisir l'agréable contact.

– Les paysans n'ont pas d'argent pour acheter les

machines agricoles, me répondit-il avec une moue de dépit. L'industrie, elle, n'est pas repartie.

Il soupira, ajouta, avec un signe de tête vers l'escalier où avait disparu notre père :

– J'essaye de le convaincre de retravailler pour Ruelle et Rochefort, mais il ne veut pas.

– Que vas-tu faire alors ?

– Il faut tenir et espérer que la situation économique s'améliore. Avec Poincaré, c'est possible, à condition qu'il gagne les élections l'année prochaine.

Le lendemain, Grégoire et mon père me demandèrent de les suivre à la forge où je m'efforçai de me montrer enthousiaste au sujet des projets en cours : une machine à écarter le foin et, surtout, un moteur à deux temps qu'ils espéraient vendre aux constructeurs d'automobiles. Il y avait là beaucoup de plans, de maquettes, et cependant il me sembla que les ouvriers étaient moins nombreux que lors de mon départ, mais je n'en fis pas la remarque.

Les jours suivants, je parcourus le domaine, de la Borderie à la Ferrière, et retrouvai enfin, malgré l'hiver, des sensations, des odeurs anciennes, des paysages : ceux que j'étais venu chercher afin d'en faire provision avant de repartir en pays étranger. Contrairement à ce que je redoutais, la famille Chanourdie me fit bon accueil, et Sabrina et sa mère regrettèrent sincèrement que je sois obligé de repartir avant Noël. Je trouvai auprès d'elles un peu de réconfort avant de reprendre la route d'un exil qui me paraissait ne devoir jamais finir.

Le dernier jour, Grégoire, abandonnant pour l'après-midi la forge, me suivit sur les chemins que nous parcourions côte à côte lorsque nous étions enfants, et nous nous assîmes à l'endroit où, un matin de juin, il y avait bien longtemps, nous avions guetté l'arrivée d'Aurélien de retour de Périgueux.

– Tu te souviens ? me demanda Grégoire, nous n'avions encore perdu personne : ni Aurélien ni Laurine.

Malgré moi, mon cœur s'affola, car je devinais ce qui allait suivre et qui ne tarda pas :

– Antoine, crois-tu qu'elle est morte ? me demanda-t-il d'une voix bouleversée, si grave, si désespérée, qu'il me fallut un long moment avant de trouver la force de répondre :

– Je ne sais pas.

– Dis-moi la vérité, Antoine. J'en ai besoin.

Je laissai encore passer de longues secondes avant de murmurer :

– Peut-être faut-il se contenter de l'imaginer vivante quelque part : c'est le seul moyen de ne pas trop souffrir.

Mais Grégoire ne se contenta pas de cette réponse : il se tourna vers moi, me prit par les épaules, planta son regard dans le mien et demanda une nouvelle fois :

– Est-ce que pour toi elle est morte, Antoine ?

– Oui, dis-je, je crois qu'elle est morte.

Il me lâcha, soupira, et j'eus l'impression qu'il était soulagé, un peu comme si, morte pour moi, elle était encore vivante pour lui, et pour lui seul.

Cette conversation, si longtemps retenue, nous rapprocha. Nous allâmes à la Borderie, à la Brande, mais pas à la Ferrière. Grégoire m'avoua n'y être pas revenu depuis dix-huit mois. Il me sembla qu'une nouvelle complicité renaissait entre nous et elle m'aida à reprendre la route vers l'Allemagne où je devais encore rester six mois.

Au lieu de me morfondre et de compter les jours, je décidai de découvrir ce pays qui m'étonnait tant, à cause de l'énergie que ses habitants consacraient à relever les ruines. Un matin, je pris le bateau propulsé par une roue à aubes qu'on avait remis en service à l'usage des occupants, et qui reliait Mayence à Cologne. Un guide montrait aux nombreux soldats français présents sur le navire les sites que l'on apercevait sur les rives : le bourg de Klopp au-dessus de Bingen à gauche, plus loin le fameux rocher de la Lorelei juché à plus de cent mètres au-dessus du fleuve. J'allai aussi jusqu'à Boppard où le Rhin se jette dans quatre lacs par quatre bras différents ; à Wiesbaden, une ville d'eaux que je trouvai très belle avec ses géraniums, ses jets d'eau et ses kiosques. J'y mangeai une terrine de lièvre qui me rappela celle que confectionnait si bien Mélinda.

L'endroit où je me trouvais le mieux était le grand parc sous la citadelle. J'y passais de longs moments, car il me rendait la verdure de Grandval plus proche et me faisait oublier les incessants défilés derrière la musique militaire, les saluts au drapeau et les revues d'armes inutiles : tout ce qui constituait la vie des soldats dans un pays étranger où ils n'avaient rien à faire, sinon manifester une présence quotidienne et vaguement ridicule.

Un jour, peu avant d'être libéré, j'entendis un homme qui me parut fou haranguer les consommateurs dans un cabaret du petit village de Züllighoven. Il prétendait qu'un nouveau messie – un Siegfried – allait se lever en Allemagne, jeter l'envahisseur dehors et reconquérir l'honneur perdu. Je ne pouvais pas savoir, alors, à quel point il aurait raison, pour le malheur de l'Europe, celui de Grégoire et le mien. Je ressentis désagréablement le souffle de cette prédiction qui me parut irrémédiable. Et je n'ai jamais oublié cet énergumène unijambiste, aux cheveux roux très épais, au regard halluciné, qui brandissait sa béquille comme une arme redoutable au-dessus des convives contrariés de ne pouvoir savourer leur verre de riesling tranquillement.

Avec les beaux jours, me vint l'espoir de regagner Grandval pour les travaux de juin. Ma feuille de démobilisation fut signée le 12, et je me hâtai de prendre le train à Mayence, craignant d'arriver trop tard. De fait, quand j'atteignis le domaine, le foin était coupé, mais il restait à le faire sécher et à l'engranger. J'avais eu le temps de réfléchir pendant ces longs mois à ce que j'allais faire une fois libéré : j'avais envisagé toutes les éventualités, mais chaque fois je retombais sur cette évidence que je ne pourrais pas vivre en dehors de Grandval. Les dix-huit mois de service militaire, loin de me donner le goût des voyages ou des lieux inconnus, n'avaient fait que me rendre plus précieux ce dont j'avais été privé : vivre au cœur du seul endroit au monde où je pouvais être heureux. Quel que soit le prix à payer. Quelles que soient les difficultés. Sans doute aussi la disparition de Laurine au cœur du domaine y rendait-elle nécessaire ma présence, non pour en entretenir le souvenir, mais, si j'y réfléchis bien, plus probablement pour y ancrer l'espoir fou de la revoir un jour.

Non, ce n'est pas tout à fait ça : je me le suis caché longtemps, mais aujourd'hui il n'est plus temps de ruser avec qui que ce soit, encore moins avec moi-même. A Grandval, outre les souvenirs et la promesse d'un bonheur indicible, il y avait Sabrina. Sabrina qui ressemblait tant à Laurine, qui avait toujours vécu dans son ombre mais qui était là, elle, personnifiant mes plus belles années, celles d'avant les malheurs de la vie, quand tout n'était que lumière et secrets.

Elle m'attendait, je le compris dès le premier jour, alors que nous formions les andains dans le grand pré de la Borderie et qu'elle se rapprocha de moi pour travailler à mes côtés, en silence, ses yeux verts posés sur moi chaque fois qu'elle soulevait la fourche aux dents de bois. Moi, j'étais tout entier plongé dans la perception magique des heures chaudes, des parfums lourds de l'herbe sèche, des gouttes de sueur au bord des cils, d'une somme de sensations qui revenaient en moi aussi sûrement, aussi délicieusement que le vent neuf de l'été sur notre vallée.

Ce premier soir de mon retour, peu avant la nuit, je la raccompagnai sur le chemin de la Ferrière, sa mère et Paul rentrant devant nous dans la jardinière du château. Il faisait très chaud, la nuit semblait ne devoir jamais tomber, et les hirondelles passaient et repassaient en sarabandes folles au-dessus des champs et des prés. Nous marchions côte à côte et nous ne parlions pas. Je respirai bien à fond ces odeurs épaisses venues des collines où les feuilles commençaient à se dessécher lors des heures longues du soleil. Sabrina s'est soudain arrêtée de marcher. Je ne m'en suis pas rendu compte tout de suite car elle n'avait rien dit et j'étais trop absorbé dans mes pensées, le plaisir de retrouver ces longs soirs de juin que j'avais tant aimés. Quand je ne sentis plus sa présence à mes côtés, je me retournai vivement et, l'apercevant immobile quelques pas derrière moi, je revins vers elle.

– Qu'y a-t-il ? demandai-je.

Les yeux baissés, elle murmura :

– Je sais bien, Antoine, qu'elle n'est plus là, et que je ne la remplacerai jamais.

Comme je ne trouvais rien à dire, elle ajouta :

– Mais doit-on vivre dans l'attente toute sa vie ?

Il y avait une telle souffrance dans sa voix que je me rapprochai d'elle.

– Si au moins tu me prenais une fois dans tes bras, souffla-t-elle, peut-être que moi aussi j'aurais la force d'attendre.

– Tu crois donc qu'on peut encore attendre ? dis-je.

– Non. Mais toi, tu le crois.

Elle avait levé la tête vers moi et, dans la pénombre, je voyais briller ses yeux pleins de larmes.

– Antoine, dit-elle, aujourd'hui nous avons le droit.

Elle franchit les quelques centimètres qui nous séparaient et se laissa aller doucement contre moi. Je refermai mes bras sur elle et nous restâmes un long moment ainsi réunis, le temps que son visage de nouveau se lève vers moi. Quand je l'embrassai, il me sembla que tout le velours de la nuit s'était posé sur ses lèvres.

Elle ne voulut pas s'attarder davantage car sa mère et son frère devaient l'attendre, et je la raccompagnai, mon bras autour de ses épaules. Ensuite, je repartis lentement vers Grandval, pas pressé d'arriver mais, au contraire, désireux de savourer ces minutes vécues dans la paix du domaine, sous les étoiles qui s'allumaient une à une, dans la touffeur de l'air saturé du parfum de la terre et des feuilles.

Tout en marchant, j'entendais l'Auvézère murmurer sur ses galets et j'eus envie de m'y baigner. L'eau était tiède, d'une étrange douceur. J'y restai immergé un long moment, avec en moi l'agréable sensation de me laver de tout ce que j'avais vécu au cours des derniers mois. Je ressortis comme neuf et m'allongeai sur la terre chaude face au ciel, regardant dériver les étoiles sur la voûte du ciel, pensant à Sabrina, à la vie qui m'attendait.

C'est là, dans cette nuit magique d'un retour que j'avais tellement espéré, que je pris la décision de l'épouser. Apaisé par cette résolution, je m'endormis dans l'herbe et ne me réveillai qu'avec les premiers rayons de soleil. Alors je rentrai enfin vers Grandval, définitivement convaincu que je n'en repartirais jamais.

Âgé de soixante-trois ans, mon père, malgré la présence de Grégoire à ses côtés, s'épuisait à la tâche. Il ne parvenait plus à vendre ses brevets d'invention ni à écouler comme il l'aurait fallu ses machines, du fait que la paysannerie n'avait pas les moyens de les acheter. Seule l'industrie automobile commandait des pièces détachées, qu'elle payait d'ailleurs très mal. Mais elle n'était pas intéressée par le moteur imaginé par mon père qu'elle trouvait inadapté à ses châssis. Il n'y avait que le petit matériel agricole qui trouvait preneur, mais il n'était que de peu de rapport.

La situation économique évoluait peu. Aux yeux de mon père et de Grégoire, la situation politique, elle, était devenue catastrophique, le Cartel des gauches – radicaux et socialistes – ayant pris le pouvoir aux élections du printemps dernier. Herriot, le président du Conseil issu de cette majorité – trois cent vingt-neuf députés sur cinq cent quatre-vingt-deux –, ne parvenait pas à s'opposer à la fuite des capitaux organisée par la droite, les ligues multipliaient les manifestations violentes dans les rues et le gouvernement, débordé par la panique financière, n'avait pas les moyens d'agir.

– Nous courons tout droit à la catastrophe, prédisait mon père, le front soucieux.

– Je suis allé à Ruelle mais aussi à la manufacture d'armes de Tulle, répondait Grégoire. Ils cherchent des sous-traitants. Travaillons pour eux et tout ira bien. Tout le monde sait que l'Allemagne va réarmer, la France sera obligée de suivre.

– Quand je ne serai plus là, vous ferez ce que vous voudrez, répondait mon père avec lassitude.

Grégoire n'insistait pas. Il devinait, comme moi, qu'il ne fallait pas contrarier cet homme auquel nous devions tout, qui avait su éviter tous les écueils jusqu'à aujourd'hui, et dont les inventions représentaient l'avenir de l'usine. Si mon père disait encore « la forge », Grégoire, lui, disait « l'usine » pour qualifier les bâtiments qui abritaient quarante ouvriers, lesquels avaient constitué un syndicat pour résister à ce qu'il fallait bien appeler – je m'en suis rendu compte dès mon retour – l'autoritarisme violent de Grégoire. Celui-ci, en effet, ruminait l'amertume de plus en plus noire de la disparition de Laurine, de la difficulté des affaires, de la situation politique si contraire à ses convictions. Mon père, qui avait toujours manifesté de la bienveillance à l'égard de ses ouvriers, n'appréciait pas ces méthodes, mais il ne trouvait plus la force de s'y opposer.

Cet autoritarisme maladroit provoqua une grève au mois de septembre de cette année-là, la première que Grandval eût connue. Au lieu d'écouter le porte-parole des ouvriers – un nommé Jean Bessonie qui travaillait là depuis vingt ans –, Grégoire le mit à la porte, au mépris de la loi. Les ouvriers, répondant à cette provocation, occupèrent l'usine pendant huit jours, et il fallut que mon père intervienne pour que l'activité reprenne. Pour ma part, je ne m'en mêlai pas, car il avait été convenu à mon retour que je m'occuperais du domaine agricole et Grégoire de l'usine. Mon père avait accepté de reprendre Jean Bessonie – qui était marié et avait quatre enfants à charge – ce qui provoqua une réaction violente de Grégoire. Un soir, lors d'un repas, Grégoire, comme fou, ne se maîtrisant plus, faillit le frapper, et je dus intervenir pour le maîtriser.

Deux jours plus tard, mon père fut victime d'un malaise cardiaque et dut cesser toute activité. La première décision que prit alors Grégoire fut de licencier « le meneur de la révolte », comme il l'appelait, et cela légalement, pour faute professionnelle, après avoir découvert des pièces défectueuses au sein de l'équipe où il travaillait. Le feu se ralluma sous les braises, mais Grégoire parvint à gagner la partie, avec l'aide du meilleur avocat de Périgueux, et le calme finit par revenir dans l'atelier où, maintenant, il se sentait les mains libres.

Je mesurai moi aussi à plusieurs reprises à quel point Grégoire avait changé, bien qu'il manifestât à mon égard beaucoup de compréhension. Quand je lui annonçai que j'avais l'intention de me marier avec Sabrina l'été suivant, il en fut sincèrement touché, et me dit simplement :

– C'est bien, Antoine, il le fallait.

Mais il entrait dans des colères folles pour les plus infimes prétextes, faisait peur à tout le monde, y compris à Sylvain, à Mélinda, et, à présent, à mon père, qui ne quittait plus le château. Ce fut alors pour moi l'occasion de me rapprocher de lui, le rejoignant dans son bureau où il continuait de dessiner toutes sortes d'outils, de machines qui ne verraient jamais le jour, et il le savait. Il s'était un peu tassé sur lui-même, ses traits s'étaient creusés, mais il gardait une conscience claire de la marche du domaine et de la réalité du monde.

Un jour que nous étions restés dans la salle à manger après le départ de Grégoire à l'usine, il me dit, d'une voix qui tremblait un peu :

– Ce que j'espère vraiment, Antoine, c'est vivre jusqu'à ton mariage, voir la vie renaître, ici, entre ces murs qui nous sont chers.

– Rien ne pourra l'empêcher, dis-je, tout en sachant qu'il ne me croyait pas.

Le médecin de Saint-Martial s'était montré très réservé sur l'issue de la maladie, je ne l'ignorais pas, mais, en même temps, je ne pouvais imaginer le château sans mon père.

Il reprit, comme s'il ne m'avait pas entendu :

– Antoine, il faudra que tu prennes la mesure de Grégoire et que tu évites la catastrophe qui le guette.

Je tentai de le rassurer :

– Il n'y aura pas de catastrophe.

– Si ce ne sont pas ses méthodes, ce seront les conditions économiques qui mettront l'usine en péril. D'ailleurs, c'est déjà le cas.

– Ne vous inquiétez pas, j'y veillerai.

– Il faudrait pour cela que tu te rapproches de l'usine, sans quoi tu ne sauras rien de ce qui s'y passe.

Il soupira, ajouta, avec une voix qui me fit mal :

– Promets-le-moi, Antoine.

– Je vous le promets.

Mon père parut alors rassuré. Il se détendit et nous parlâmes du domaine, des métairies, ce qui, chaque fois, avait le don de l'apaiser. Les velléités de départ des métayers de la Brande n'étaient plus qu'un souvenir et, depuis l'annonce de mon mariage avec Sabrina, les relations s'étaient normalisées avec la famille Chanourdie. A la Borderie, les Mestre travaillaient toujours à la réserve sous l'autorité de Louis, qui était jeune et s'y consacrait avec dévouement.

Il n'y avait donc de problèmes qu'à l'usine où, malgré mes efforts consécutifs à ma conversation avec mon père, je ne pus mettre les pieds. D'abord parce que je m'étais toujours senti étranger à ce monde-là, ensuite parce que je compris très vite que Grégoire ne le supporterait pas : malgré ses promesses, il avait renoué les relations avec Ruelle, négocié un marché avec la manufacture d'armes de Tulle et il travaillait maintenant pour le réarmement du pays.

Je le lui reprochai et fis tout ce que je pouvais pour que mon père ne le sache pas, mais il l'apprit par un ouvrier, lors de sa promenade matinale sur le chemin de Saint-Martial. Il n'en souffla mot à Grégoire, mais il ne put le supporter et dépérit en quelques semaines. Affaibli, ne trouvant plus la force de réagir face à une réalité qu'il ne maîtrisait plus, il mourut une nuit de décembre, dix jours avant Noël, dans son sommeil.

Nous l'avons porté en terre sous le grand frêne de la Borderie, où étaient ensevelis tous les nôtres, au flanc de la colline d'où je n'aperçus même pas la vallée, car le brouillard ne s'était pas levé. C'était un jour d'une grande tristesse que n'éclaira pas le moindre rayon de soleil. Je tenais le bras de Mélinda qui chancelait et retenait ses larmes avec difficulté. Tous les gens du domaine étaient présents, mais aussi nos connaissances des villes voisines, depuis Hautefort jusqu'à Périgueux, de Limoges à Angoulême. Une foule immense qui mit beaucoup de temps à se disperser après le cimetière, et dont nous reçûmes au château les personnalités les plus importantes, Grégoire et moi, jusque tard dans la nuit.

Quand nous nous retrouvâmes seuls dans le bureau de celui qui nous avait quittés et qui laissait un vide immense autour de nous – je pense que Grégoire le ressentit ce soir-là aussi intensément que moi –, nous restâmes un long moment face à face, incapables de parler ni d'aller nous coucher.

Nous avions ouvert le testament de notre père en présence du notaire de Hautefort. Il organisait le partage du domaine entre Grégoire et moi de la manière qu'il nous avait indiquée : à moi la charge et les revenus des terres, à Grégoire ceux de l'usine, tous les biens immobiliers restaient en indivision. Mélinda pouvait demeurer au château jusqu'à la fin de sa vie, munie d'une petite rente que nous devions lui verser mensuellement. Tout était en ordre, en somme, et c'était bien ce qu'avait souhaité notre père.

J'en voulais pourtant à Grégoire d'avoir précipité sa mort en s'opposant à lui pendant les derniers mois et, malgré ma fatigue, je ne pus m'empêcher de lui en faire part ce soir-là.

– C'était travailler pour le réarmement ou disparaître, me répondit-il avec de l'humeur dans la voix.

– Ça ne pouvait pas attendre un peu ?

– Non. Tu le sais très bien.

– Nous lui devions au moins la paix durant sa vieillesse.

– Ecoute, Antoine, tu as hérité de la charge du domaine et moi de l'usine. Rien ne menace les terres et tout menace ce que je possède. Alors tu serais mal venu de me reprocher aujourd'hui quoi que ce soit.

Ce fut notre première dispute et nous en conçûmes autant de contrariété l'un que l'autre. Epuisé, je partis me coucher, mais il me sembla que venait de s'ouvrir entre nous une brèche que nous aurions du mal à combler.

Pour respecter le deuil, il n'y eut pas de réveillon à Noël, et cet hiver-là fut sinistre, avec beaucoup de pluie, de brouillard, peu de soleil : à l'image du jour où l'on avait porté notre père en terre. Nous avions fixé la date du mariage début juillet, entre les foins et les moissons, et je guettais les premiers beaux jours avec impatience, reprenant alors naturellement le chemin des métairies, de la Ferrière en particulier où Sabrina m'attendait chaque jour. Comme le travail ne pressait pas trop, nous faisions de longues promenades le long de l'Auvézère, parlant de nos projets, de la manière dont nous allions organiser notre vie. Elle m'avoua qu'elle redoutait de vivre à l'intérieur du château et me demanda s'il n'était pas possible d'habiter une maison en dehors de ces hauts murs. Je lui démontrai que Mélinda, elle, s'y était habituée et qu'elle pourrait compter sur son aide et sur sa bienveillance.

Elle me dit enfin qu'elle avait peur de Grégoire, mais je l'assurai qu'elle n'avait rien à en redouter et que, d'ailleurs, nous habiterions l'étage et lui le rez-de-chaussée.

Je l'emmenai plusieurs fois et lui montrai les cuisines, les bureaux – Grégoire s'était approprié celui de mon père et j'en avais fait installer un en face –, la grande salle à manger qu'elle connaissait depuis qu'elle assistait aux réveillons de Grandval, les différentes pièces que nous pouvions aménager à notre guise. Je lui fis choisir notre chambre qu'un artisan tapissa d'un damas en camaïeu de bleu évoquant les étoffes anciennes. Elle s'ouvrait sur l'est où le soleil se lève, échappait à la chaleur de l'été dès midi grâce à l'ombre d'un chêne magnifique.

– Et nous prendrons nos repas avec Grégoire ? me demanda-t-elle.

– Au début, oui. Nous avons agi ainsi depuis toujours, mais si un jour cela pose des problèmes, je ferai aménager une petite salle à manger à l'étage.

Cette possibilité la rassura pendant quelque temps. Les bans furent publiés, les invitations lancées bien avant le début des travaux de l'été. Cependant, plus la date approchait, plus je la devinais soucieuse. Je compris que, comme moi, elle pensait à Laurine. Elle me le confia dès la fin des foins, un soir, alors que nous attendions la nuit, adossés à une meule, regardant s'éteindre le jour au-dessus des collines.

– J'ai l'impression de la trahir, murmura-t-elle d'une voix troublée. Quelquefois je me dis qu'apprenant notre mariage, elle va réapparaître.

J'avais déjà vaguement pensé à une pareille éventualité, mais je m'étais bien gardé de lui en faire part. Comme je ne disais rien, elle ajouta :

– Si elle réapparaissait, Antoine, qu'est-ce qui se passerait ?

– Rien ne nous empêchera de nous marier.

– Tu en es sûr ?

– Tout à fait sûr.

Je n'étais sûr de rien, en fait, connaissant la volonté farouche de Laurine et la sachant capable de tout, mais je tenais à rassurer Sabrina de mon mieux. Comme je l'ai dit, pour moi Laurine était morte, et cependant cette certitude s'effritait parfois quand les circonstances me ramenaient trop vers le passé, faisant surgir son fantôme.

– Tu te rappelles, Antoine, reprit Sabrina d'une voix qui tremblait un peu, c'est toi qu'elle voulait.

– Nous étions des enfants, nous ne savions rien de la vie et de ce qu'elle nous impose.

– C'est toi qu'elle aimait, et non Grégoire, répéta Sabrina.

Et comme je ne trouvais rien à répondre à cette évidence :

– Elle le détestait.

– Mais non, dis-je, pourquoi l'aurait-elle détesté ?

– Parce qu'elle ne voyait que toi.

Je laissai passer quelques secondes avant de répondre :

– Ce n'était pas une raison pour le détester, lui.

– Pour elle, si.

Elle ajouta, après un soupir :

– Et aujourd'hui c'est moi qui le déteste, parce que c'est à cause de lui qu'elle a disparu.

– Il ne faut pas, dis-je. Je suis sûr que si Grégoire avait su ce qui allait arriver, il n'aurait pas exigé de se marier avec elle.

Sabrina frissonna, ajouta :

– J'ai peur, Antoine.

Je la pris dans mes bras, tentai de l'apaiser :

– Tout ira bien, tu verras.

Puis je la raccompagnai à la Ferrière et rentrai lentement, songeant à ce que nous venions de dire, incapable de dissiper ce malaise qui était en moi, malgré la douceur de la nuit de juin qu'un petit vent d'ouest rafraîchissait délicieusement. Je ne dormis pas de la nuit, voyant surgir Laurine devant moi, qui m'accablait de reproches ou, parfois, pleurait en silence en me dévisageant d'un air désespéré.

Je dormis très mal, en fait, jusqu'au 10 juillet, date de la cérémonie. Tout était prêt dans le parc et dans le château : la salle à manger décorée de fleurs et de genévriers, la terrasse ornée de lampions de toutes les couleurs, une estrade où jouerait un orchestre venu de Périgueux, qui ferait danser les convives. Grégoire avait participé aux préparatifs de la fête, pas mécontent, apparemment, de ce mariage. Je crois qu'il ne désespérait pas tout à fait de retrouver un jour Laurine, et sans doute se disait-il que mon union avec Sabrina mettait les choses en ordre, rendait impossible tout autre projet. Peut-être se disait-il aussi que si Laurine était vivante quelque part, elle l'apprendrait et reviendrait.

Il semblait heureux, ce matin-là, quand nous partîmes pour la mairie de Saint-Martial – tout comme je l'étais, moi, malgré une légère angoisse qui se dissipa dès que nous en sortîmes et que je pus marcher vers l'église, Sabrina à mon bras. La place du village et l'église étaient pleines : gens du domaine, de Saint-Martial, de toute la région ; une foule qui nous accompagna, à pied, vers le parc où devait être servi un apéritif avant le repas de midi.

Une fois au château, je parvins à m'isoler quelques secondes avec Sabrina et lui demandai :

– Alors, tu es rassurée ?

Elle sourit, mais je compris qu'elle ne l'était pas tout à fait. Ensuite, trop entourés que nous fûmes pendant une grande partie de l'après-midi, au cours d'un festin où se succédèrent les mets les plus délicieux qui avaient été concoctés par Mélinda avec l'aide de deux cuisinières, nous oubliâmes cette légère angoisse que, de surcroît, les vins de Cahors et de Bergerac contribuèrent à dissiper. Parmi ces mets délicats, je me souviens de bouchées à la reine aux ris de veau extraordinaires, dont je n'ai jamais retrouvé, depuis, la saveur. Mais également d'écrevisses baignant dans une sauce rouge, très épicée, dont les invités, toute réserve envolée, se régalèrent en mangeant avec les doigts.

Sabrina, comme moi, finit par se détendre, au point de vaincre sa timidité et d'ouvrir le bal dans mes bras, sur le coup de six heures du soir. Je n'ai jamais aimé danser, mais ce soir-là, je n'eus aucune difficulté à valser devant la terrasse, au son de l'orchestre dont les musiciens, très élégants, étaient vêtus de queues-de-pie. Sabrina, dans sa robe blanche à volants, coiffée d'une couronne où brillaient des perles, dansait à mon bras, les yeux clos, un sourire confiant posé sur ses lèvres. Je pensai à mon père, regrettant amèrement qu'il ne soit pas là, près de nous, et j'eus envie d'aller me recueillir sur sa tombe avant le repas du soir, mais j'y renonçai finalement pour ne pas abandonner nos invités.

Le repas commença très tard, vers dix heures, et dura une grande partie de la nuit. Les convives parlaient très fort, s'apostrophaient d'un bout à l'autre de la table, criaient, chantaient, au point que l'on s'entendait à peine. Grégoire était assis en face de nous et je remarquai qu'il avait du mal à participer à la fête. D'ailleurs il disparut avant la fin du repas et on ne le revit plus. Seul avec Sabrina, je dus rester jusqu'à l'aube, au milieu du bal ou assis à table, pour représenter les Grandval, si bien que nous n'allâmes pas nous coucher avant six heures du matin. Sabrina se laissa aller avec confiance, et rien de ce qui se passa ne nous surprit vraiment : il y avait longtemps, sans doute, qu'elle avait imaginé ce moment, ou plutôt qu'elle l'avait espéré.

Plus que d'une nuit, en fait, il s'agit d'une matinée, au terme de laquelle il fallut se lever à midi, car les festivités devaient encore durer jusqu'au soir. Et de nouveau deux grands repas réunirent nos invités, au cours desquels l'on dégusta les restes de la veille, mais pas seulement : des volailles, des confits de canard et du turbot mayonnaise vinrent les agrémenter, accompagnés, cette fois, de vins du Bordelais et de Champagne. Ces réjouissances nous menèrent jusqu'à plus de minuit, au son du même orchestre, après quoi nous pûmes enfin nous coucher, Grégoire se chargeant de s'occuper des derniers convives.

Le lendemain matin, quelques-uns, encore, se trouvaient là, car ils n'avaient pas eu la force de partir au milieu de la nuit. Nous les gardâmes pour le repas de midi, et ce ne fut donc que vers quatre heures que nous nous retrouvâmes seuls, Sabrina et moi, Grégoire étant parti à l'usine. Elle était heureuse, rassurée définitivement, et moi aussi. Nous allions pouvoir vivre l'un près de l'autre en pensant à l'avenir, non à ce passé qui nous avait tellement fait souffrir.

Dès les premiers jours, Grégoire se montra discret, et, chaque fois que nous nous trouvions en sa présence, très attentionné vis-à-vis de Sabrina, au point qu'elle oublia ses appréhensions. Chaque jour nous allions à la Ferrière où se préparaient les moissons. Elle désirait aider son frère et sa mère comme avant, et je ne songeai pas à l'en dissuader. Je savais qu'il faudrait du temps avant qu'elle s'habitue à son nouveau statut.

– Je me sens dame de la Ferrière, me disait-elle, non la maîtresse de Grandval.

– Tu le deviendras, répondais-je.

– Je ne crois pas, Antoine. Je ne crois pas.

Nous nous rendions à la métairie avec le cabriolet, non avec la voiture automobile, car, comme moi, Sabrina aimait beaucoup les chevaux. Sylvain étant mort au début de l'année, je n'avais pas jugé utile de le remplacer, souhaitant m'occuper moi-même du hongre et de la jument. J'avais même en projet d'acheter une poulinière pour me lancer dans l'élevage, à la fois par goût et par nécessité : il n'était pas inenvisageable de gagner quelque argent avec les chevaux, pour peu qu'il s'agît de chevaux de course, et non de chevaux de selle. Je n'avais pas eu encore le temps de me pencher vraiment sur la question, mais je comptais bien m'y employer au cours des mois à venir.

Les moissons, déjà, commençaient, réunissant tous ceux du domaine sous le feu d'un été que ne rafraîchissait pas la moindre pluie. Elles ne m'étaient pas apparues depuis longtemps aussi agréables que cet été-là, d'autant que les machines de mon père – moissonneuse et batteuse activées par un moteur à essence – les rendaient moins pénibles qu'avant. Elles y avaient perdu un peu de leur charme, sans doute, mais la peine des hommes et des femmes en était allégée. Nous en vînmes à bout en dix jours au lieu de quinze, échappant aux orages qui éclatèrent la semaine suivante, avec une violence à la mesure de la chaleur accumulée.

Le dernier soir, le repas de fin de battage fut pris devant le grand chêne de la Borderie et rien ne vint troubler la quiétude de ces heures-là. Sabrina aida les femmes à servir et à desservir la table et cela parut naturel à tout le monde car il en avait toujours été ainsi, et il n'y avait aucune raison pour que cela ne continue pas malgré notre mariage. Je n'oubliais pas que la proximité des gens du domaine avec notre famille,

123

leurs liens étroits avaient toujours constitué le ciment d'un équilibre qui avait résisté au temps et qui, à mon avis, était devenu encore plus nécessaire aujourd'hui.

Ensuite, l'été s'étira vers les vendanges qui s'annonçaient extraordinaires, tant les grappes étaient belles et gorgées de soleil. Ce fut le cas, aussi bien dans les vignes de la réserve que des métairies. Quand le vin fut dans les fûts, nous ne tardâmes pas à ramasser les cèpes dans les forêts du domaine. Je m'y rendais chaque matin avec Sabrina, qui avait tout oublié de ses craintes vis-à-vis de Grégoire et du souvenir de Laurine. Nous y pensions, certes, mais il ne nous paraissait plus menaçant. C'était avec plaisir que nous envisagions l'arrivée de l'hiver, persuadés de trouver dans le château un refuge sûr contre les froidures. La perspective de vivre près de mon épouse devant l'immense cheminée de Grandval m'empêcha de regretter la fin d'une année qui, à la réflexion, avait été une année heureuse.

5

Trois ans passèrent sans que la vie de Grandval soit troublée, pas même par la situation économique du pays qui, d'ailleurs, semblait s'améliorer, au grand soulagement de Grégoire. Le « franc Poincaré » de 1928 avait assuré une stabilisation de fait de la monnaie et restauré la confiance. Le gouvernement avait pu régulariser sa dette en assurant le remboursement de leurs créances aux petits porteurs, même si celles-ci étaient amputées par l'inflation. Tout semblait enfin rentrer dans l'ordre, la production agricole et industrielle retrouvant presque ses niveaux d'avant la guerre.

Grégoire me tenait au courant des affaires, ainsi que de la situation politique dont, sans lui, je ne me serais guère préoccupé. Il prétendait que le recul des communistes aux dernières élections garantissait une stabilité qui laissait face à face une gauche réformiste et une droite à ses yeux trop libérale. Le climat de guerre sociale des années précédentes n'était plus qu'un mauvais souvenir et l'usine ne s'en portait pas plus mal.

Une semaine par mois, sous prétexte de visiter ses clients, Grégoire disparaissait sans donner d'explications. Je finis par comprendre qu'il n'avait pas renoncé à Laurine et qu'il profitait de ses voyages pour la rechercher. Mais il n'en disait rien, jamais, et je ne me souciais pas de lui poser des questions à ce sujet.

J'avais d'autres préoccupations, car Sabrina, en ce mois de septembre, devait mettre au monde notre premier enfant. Neuf mois plus tôt, j'avais appris avec émotion qu'elle était enceinte, ce que j'espérais secrètement, et je ne doutais pas qu'elle donnerait le jour à un garçon, bien qu'elle-même souhaitât une fille. J'étais persuadé que nous étions destinés à faire naître des héritiers pour Grandval, qui porteraient notre nom et assureraient la pérennité de notre famille.

Nous étions occupés par les vendanges que le chaud soleil de l'été avait rendues prometteuses quand elle ressentit les premières douleurs. Ce matin-là je me trouvais auprès d'elle, car nous savions que l'heureux événement approchait. Je la laissai avec Mélinda pour aller chercher la sage-femme de Saint-Martial, mais également, au cas où l'accouchement se passerait mal, prévenir le docteur Baruel qui avait succédé au docteur Larribe décédé quelques années auparavant. C'était un homme qui avait étudié à Bordeaux et s'était installé dans la région parce qu'il était originaire de Hautefort. Malgré son jeune âge, il était déjà chauve, gros, pas très grand, avec des yeux bleus étranges qui surprenaient en comparaison des yeux plutôt noirs des hommes de la Dordogne.

Il arriva peu après que la sage-femme fut entrée dans la chambre, il alla aux nouvelles et ressortit très vite pour me rassurer : l'enfant se présentait bien. C'était le premier, la délivrance serait longue et, de fait, elle n'intervint pas avant le milieu de l'après-midi, alors que je commençais à m'inquiéter vraiment. Enfin, ce 14 septembre 1929, Sabrina donna le jour à un garçon que nous appelâmes François. Il était bien constitué, vigoureux, et montra dès les premiers jours un grand appétit de vivre.

J'étais comblé, Sabrina également, qui savait à quel point j'espérais un garçon – dont tout le monde, de surcroît, s'accorda à dire qu'il me ressemblait. Grégoire, d'abord, se montra aussi heureux que nous, puis, au cours de l'hiver qui suivit, il se mit à changer : je compris que cet enfant le faisait penser à celui qu'il aurait pu avoir avec Laurine et que, sans doute, il n'aurait jamais. Il n'en disait mot, bien sûr, mais je lisais dans son regard un regret qui le minait et le rendait encore plus amer.

Un soir de décembre, comme il m'avait appelé dans son bureau pour me faire part d'un projet d'agrandissement de l'usine, je lui suggérai, un peu maladroitement sans doute, qu'il ferait bien de se marier. J'avais en effet cru possible – et même probable – une rencontre au cours de ses déplacements de plus en plus fréquents. Au fond de moi, j'avais espéré une liaison qui lui aurait fait oublier celle qui avait disparu si brutalement. Mais je compris que ce n'était pas le cas quand il me lança d'une voix excédée :

– Et toi, tu n'y penses plus, peut-être, à Laurine ? Dis-moi la vérité !

Surpris, je répondis du bout des lèvres :

– Je suis marié avec Sabrina et j'ai un enfant.

– Et alors ? Tu crois que je ne sais pas ce qui se passait quand elle te retrouvait dans le grenier ?

Je demeurai sans voix devant cette révélation prononcée d'un ton si agressif.

– Tu crois que je ne sais pas qu'elle est partie parce qu'elle ne voulait pas de moi ?

Je ne répondis pas davantage.

– Et aujourd'hui, reprit Grégoire de la même voix acerbe, je sais bien ce que tu cherches : c'est de me voir marié ailleurs pour que je quitte Grandval.

J'en restai stupéfait, abasourdi. Puis je prononçai les mots évidents qui me vinrent à l'esprit :

– Enfin, Grégoire, tu sais bien que je suis incapable de m'occuper de l'usine.

– Parlons-en, justement ! Tu n'y mets jamais les pieds, tu n'imagines même pas à quelles difficultés je me heurte à longueur d'année.

– C'est toi qui en as la charge, Grégoire.

– Et toi, pendant ce temps, reprit-il sans paraître m'avoir entendu, tu vis tranquillement en filant le parfait amour et sans le moindre souci.

Je laissai passer un moment avant de lui faire remarquer :

– Nous avons toujours été d'accord sur ce partage, non ? Quant à Sabrina, rappelle-toi, tu m'as toujours dit qu'elle était pour moi.

– Vous avez bien vite oublié sa sœur, tous les deux ! Jamais vous ne m'avez aidé dans mes recherches.

– C'est vrai, dis-je. C'est parce que je pensais que toi aussi tu oublierais.

– Eh bien, non ! figure-toi. J'y pense jour et nuit, je ne dors pas, et la journée je travaille pendant que tu cours le domaine à ta guise.

Je n'avais rien à répondre à cela. Mes yeux rencontrèrent les siens et j'y lus une telle fureur – de la douleur, aussi, sans doute – que je demandai doucement :

– Qu'est-ce que tu veux, Grégoire ?

– Aide-moi à la retrouver !

– Non, dis-je, je ne peux pas.

– Pourquoi ?

– Tu le sais très bien.

Son visage devint d'une pâleur extrême sous ses cheveux blonds. Il fit le tour du bureau, s'approcha, et je crus que j'allais devoir me battre avec lui. Mais il s'arrêta à deux pas de moi et me dit d'une voix qui me creva le cœur :

– Tu m'avais promis de m'aider, Antoine, et j'ai toujours cru que je pourrais compter sur toi.

Et, comme je cherchais désespérément les mots pour me défendre, Grégoire ajouta :

– Sors de ce bureau !

Je reculai, sortis sans rien ajouter, conscient qu'à dater de ce jour nos rapports ne pourraient plus jamais être les mêmes.

Je ne parlai pas de cette conversation à Sabrina car elle en aurait été effrayée. Ce qui me frappa, après coup, ce fut la souffrance de Grégoire, et je m'en voulus : c'était vrai que je ne l'avais pas aidé, mais qu'aurais-je pu faire ? Je savais bien que Laurine ne voulait pas de lui et que s'il l'avait retrouvée et ramenée au château, la vie serait devenue impossible, car elle n'était pas femme à renoncer à quoi que ce soit. Décidément non, je ne pouvais aider en rien ce frère que j'aimais tant et qui n'était pas heureux.

Sabrina se rendit compte que Grégoire montrait plus d'hostilité soudain vis-à-vis de nous, et elle me demanda de prendre nos repas à l'étage, ce à quoi je consentis, tout en ayant conscience que cette décision serait lourde de conséquences. Ainsi, l'année débuta sous de mauvais auspices que je tentai d'oublier en me consacrant à la bonne marche du domaine.

A la Borderie, Louis Mestre s'était marié et avait un enfant. A la Brande, Fernand était parti travailler à Paris, mais son frère, Antonin, avait pris le relais et s'était marié, lui aussi, avec une fille de Cherveix. Quant à Paul, à la Ferrière, il n'était pas encore en ménage, mais Sabrina se démenait pour lui trouver une épouse, et je ne doutais pas qu'elle y parviendrait rapidement. Ce qui se produisit au printemps, et occasionna un nouveau mariage à la fin du mois de septembre, à la satisfaction de tout le monde.

Au cours du mois qui suivit, comme je l'avais

toujours envisagé, j'achetai une poulinière à Angoulême, chez un éleveur, et me lançai dans l'élevage en la faisant saillir par un étalon des haras de Pompadour, en Corrèze, ce qui me permit, dès l'année suivante, de faire naître une jeune pouliche que je gardai au lieu de la vendre. Très vite, Sabrina se prit de la même passion et assista, près de moi, à la mise bas de la poulinière qui était chaque fois un moment délicat. Il nous arriva de dormir dans la paille pour veiller sur elle, et de la soigner jour et nuit quand cette magnifique jument tomba malade d'une infection qui faillit la tuer.

En deux ans, l'écurie devint trop petite, et je la fis prolonger vers la cave après avoir transféré les foudres et les fûts à la Borderie. Grégoire ne s'émut pas outre mesure de ces transformations, car il était de plus en plus souvent absent, négligeant l'usine où les affaires allaient très mal. Une nouvelle grève mit le feu aux poudres, ce qui le contraignit à lâcher du lest vis-à-vis de ses ouvriers et à s'absenter un peu moins. Peu après, les gens de Ruelle, qui n'avaient pas reçu à temps leurs commandes, menacèrent de lui retirer ses marchés de sous-traitance, ce qui le contraignit à réagir.

Avec le temps, il se montrait moins hostile envers moi, comme s'il avait admis que je ne pouvais rien pour lui, du moins en ce qui concernait Laurine. Pour le reste, je m'efforçai de me montrer attentif chaque fois qu'il le souhaitait, comme ce jour de février de l'année 1932, où il me parla d'une crise économique inévitable après un krach boursier intervenu aux Etats-Unis.

– Je ne pensais pas que le réarmement puisse souffrir d'une crise quelconque, lui dis-je ce soir-là.

– Tous les secteurs de l'économie souffriront, me répondit-il, de cela je suis persuadé. Ce qui s'annonce est catastrophique, tous les milieux d'affaires le savent, et personne n'y échappera.

J'oubliai rapidement cette conversation car Sabrina

devait mettre au monde notre deuxième enfant. Il naquit le 4 mars, et nous l'appelâmes Baptiste. François, lui, ne me quittait pas : à deux ans et demi, il me suivait partout dans le domaine, adorait les chevaux, ne tenait pas en place, ce qui désespérait Sabrina mais me réjouissait.

Ainsi les jours et les semaines se mirent à couler sur Grandval, dans ce que, aujourd'hui, avec le recul, je dois bien appeler le bonheur. Sabrina et mes fils près de moi, très occupé par le domaine et les chevaux, je ne vis pas le temps passer, ni Grégoire basculer dans une sorte de renoncement dont les conséquences allaient être tragiques pour nous tous.

Je compris qu'il ne maîtrisait plus rien au début de l'année 1934, quand il m'avoua qu'il avait perdu ses marchés de sous-traitance avec Tulle et Ruelle depuis plus d'un an. Il avait alors tenté une reconversion rapide vers le matériel agricole et industriel, mais la crise économique tant redoutée s'était répandue en France et dans l'Europe entière.

— Chez nous, la situation politique n'a rien arrangé, me dit-il d'une voix excédée. Le gouvernement n'a pas de majorité suffisante pour imposer les décisions qu'il faudrait. En trois ans, huit ministères se sont succédé, et ce sont toujours les mêmes qui sont en piste. Je te rappelle que c'est la gauche radicale et socialiste de Blum et Herriot qui mène le bal. En apparence, d'ailleurs, car les capitaux fuient le pays. Le vrai pouvoir est dans les banques, et ce n'est pas pour favoriser des petites usines comme la nôtre.

— Nous en avons donc besoin ? demandai-je.

— Tu sais bien que les prix du blé et du vin se sont effondrés. Les paysans n'ont plus d'argent, avec quoi veux-tu qu'ils achètent du matériel ?

Je savais très bien que le prix du blé était tombé de trente pour cent, mais je n'en vendais pas beaucoup : il servait surtout à notre consommation personnelle, ainsi que le produit de nos vignes. Une fois de plus, en fait, notre autarcie nous protégeait des aléas économiques, du moins en ce qui concernait le domaine. Évidemment, il n'en était pas de même pour l'usine qui, elle, se heurtait de plein fouet à la réalité d'un monde en crise.

– Nous avons toujours trouvé des solutions, dis-je, il y en a forcément une.

– Oui, répondit Grégoire, il faudrait emprunter pour acheter des machines et changer de production : l'affinage de l'acier, par exemple, que nous pourrions sous-traiter pour les grandes aciéries de l'Est.

– Grégoire, dis-je, tu n'as pas honoré tes marchés avec Tulle et Ruelle et tu voudrais travailler pour des grands trusts ?

Il me dévisagea d'un air mauvais et lança :

– De toute façon, il faut que j'emprunte, je ne peux pas payer mes dettes.

Et, avant que, médusé par cette nouvelle, je puisse prononcer le moindre mot, il ajouta :

– J'ai besoin d'un bien du domaine en garantie.

J'étais abasourdi, assommé par cette révélation et je réalisai tout à coup que la situation était beaucoup plus grave que je ne l'avais imaginé.

– Des dettes, dis-je, et depuis quand ?

– Depuis deux ou trois ans.

– C'est-à-dire depuis que tu préfères voyager plutôt que de t'occuper de tes affaires.

– Ça te va bien de parler de la sorte, toi qui n'as pas la moindre idée de ce qu'est devenue la réalité économique d'aujourd'hui.

– Je te rappelle une nouvelle fois, Grégoire, que tu as toujours été d'accord sur le partage proposé par notre père.

– Parce que la situation était différente. Aujourd'hui, tout a changé.

Il poursuivit, le regard mauvais, un mince sourire posé sur ses lèvres, comme s'il savourait une victoire :

– De toute façon, Antoine, tu n'as pas le choix. Si tu ne me donnes rien en garantie, un jour l'usine fermera et tu devras payer à ma place, puisque tu en es propriétaire aussi bien que moi. Notre père l'a voulu ainsi.

J'étais atterré, comprenant soudain que, plus que d'une victoire sur moi, il s'agissait d'une revanche. Grégoire n'avait jamais accepté de me voir heureux, et l'une des raisons de ses fréquents voyages était de laisser l'usine aller à vau-l'eau.

– Quel est le montant des dettes ? dis-je.

– C'est mon affaire, répliqua-t-il. La seule chose dont j'ai besoin, c'est d'apporter une métairie en garantie.

– Tu ne l'auras pas, dis-je, bouleversé par la découverte d'un frère que j'avais tant aimé et que je ne reconnaissais plus.

Et je pensai à nos jeux d'enfants, à notre complicité, à tout ce qui nous avait unis au temps où nous courions le domaine, dans l'insouciance et le bonheur. J'en fis part à Grégoire qui répondit :

– J'ai tenu ma promesse, moi, je t'ai laissé Sabrina.

– Mais ce n'est pas de cela qu'il est question, Grégoire.

Ses yeux clairs se posèrent sur moi, il ne répondit pas. J'y lus une lueur de défi qui me glaça.

– Tu n'as que trois jours pour te décider, dit-il enfin. Les créanciers sont à nos portes et j'ai rendez-vous à Périgueux mardi prochain.

Je tentai encore de parlementer, de lui montrer que nous pouvions encore nous entendre, comme avant, mais il mit fin à l'entretien en répétant :

– Trois jours, pas un de plus.

Je les passai dans la plus amère réflexion, essayant de donner le change en présence de Sabrina, mais elle s'aperçut que quelque chose n'allait pas. Je lui avouai que j'avais des problèmes avec Grégoire à cause de l'usine, mais je lui recommandai de ne pas s'inquiéter, que tout s'arrangerait. Cependant, je n'en dormis pas, tournant et retournant le problème dans ma tête des milliers de fois, aboutissant toujours à cette conclusion qu'amputer le domaine était mettre en péril ma famille. Car je ne doutais pas que l'hypothèque d'une métairie provoquerait sa perte un jour, et cela sans pouvoir maîtriser quoi que ce soit, puisque Grégoire refusait de me communiquer l'étendue des dégâts. Accepter ce qu'il me demandait consistait à mettre le doigt dans un processus de démantèlement dont je ne savais pas où il s'arrêterait.

– Je refuse de donner une métairie en garantie d'un emprunt, lui dis-je au terme du délai qu'il avait fixé.

Bizarrement, il ne se mit pas en colère : il avait compris que je n'entrerais pas dans son jeu. Il me sembla même qu'il en tirait une sorte de satisfaction morbide, car il répondit, toujours ce même sourire ironique sur les lèvres :

– Quand tu te décideras, il sera trop tard.

Nous n'allâmes pas plus avant ce jour-là. Il ne chercha plus à discuter des problèmes de l'usine avec moi. D'ailleurs, je le vis de moins en moins car il disparut de plus en plus souvent. Quelque chose s'était définitivement brisé entre nous et je savais que nous allions l'un et l'autre le payer très cher.

Les jours et les semaines qui suivirent perdirent leur attrait, malgré l'arrivée du printemps. C'est à peine si je vis reverdir la vallée, s'allumer au-dessus des collines ces foyers que le soleil ravivait chaque année en cette saison, s'allonger les jours vers un été qui s'annonçait précoce. Même les foins ne me rendirent pas ma joie de vivre, malgré la présence de mes fils et de Sabrina à mes côtés. Je sentais suspendue au-dessus de ma tête une épée de Damoclès, et j'avais beau réfléchir, je ne trouvais pas la moindre issue pour sortir de cette périlleuse situation.

Si les foins ne furent pas très réussis, les moissons, elles, furent belles. Dans la chaleur de l'aire de battage, je finis par trouver quelques sensations heureuses, mais elles se dissipèrent vite, une fois la gerbebaude fêtée dans la cour de la Borderie, comme c'était la coutume. Je ne souhaitais qu'une seule chose, c'était atteindre les vendanges avant d'être contraint de faire face à ce qui me menaçait.

Cela me fut accordé. En l'absence de Grégoire, je ne reçus le premier huissier que le 20 octobre, mais le choc fut rude quand j'appris le montant des dettes accumulées. Je tentai de négocier un nouveau délai de trois mois, mais l'homme de loi ne m'en accorda qu'un. Après, le tribunal de Périgueux prononcerait la banqueroute, qui ne dispensait pas d'être responsable des dettes sur nos biens personnels.

Dix jours plus tard, au retour de Grégoire, notre conversation finit très mal. Comme à son habitude, il m'accusa de ne l'avoir pas aidé quand il était encore temps, et il m'annonça qu'il ne se sentait plus concerné, car il avait l'intention de s'installer à Périgueux.

– Tu vivras de quoi ? lui demandai-je.

– C'est mon affaire.

– Et Grandval ?

– Ça ne m'intéresse plus. Débrouille-toi.

Il quitta le château le soir même, sans faire le moindre adieu ni emporter quoi que ce soit, sinon la voiture automobile qu'avait achetée notre père. A partir de ce jour, je ne le vis plus ni n'entendis parler de lui. Je crus qu'il avait retrouvé la trace de Laurine et qu'il avait décidé de tout sacrifier pour parvenir jusqu'à elle. J'appris en décembre, à l'occasion du jugement rendu à Périgueux, qu'il s'était marié avec une femme qui était divorcée d'un notaire et possédait quelque argent. Je compris alors que j'étais seul, désormais, pour faire face aux conséquences catastrophiques du jugement de banqueroute.

J'avais arrêté le fonctionnement de l'usine début novembre et renvoyé les ouvriers dont certains travaillaient chez nous depuis plus de trente ans. Beaucoup avaient choisi de rester, pour mon père surtout, alors qu'ils auraient pu s'en aller en ville. Leur départ avait été un déchirement et, malgré moi, je m'en étais senti coupable alors que je ne l'étais pas. Depuis, j'évitais de lever les yeux vers ce qui avait été une forge, puis une usine, et qui avait constitué le fruit du travail de tous les Grandval.

Ce fut à cette occasion-là, en cherchant des papiers pour mon avocat chargé de liquider l'affaire, que je trouvai les pages écrites par Fabien Grandval, mon grand-père, et que je les lus avec beaucoup d'émotion. Elles me firent immensément regretter de ne m'être pas lancé dans le combat que j'aurais dû mener comme forgeron. Car, selon lui, nous étions des forgerons depuis plusieurs siècles. J'en souffris d'autant plus que je trouvai dans ces écrits des similitudes entre la vie qu'il avait menée et la mienne, par exemple cette impossibilité de s'éloigner de Grandval, le refus du monde extérieur, ou ces amours d'enfance qui aboutissaient à des mésalliances – du moins considérées comme telles. Je compris que c'était notre sceau, notre identité, notre destin, avec toutes les conséquences que cela impliquait.

136

Loin de m'ébranler, ces pages me donnèrent du courage pour faire face. Je n'avais pas le droit d'abandonner le combat mené depuis si longtemps par les miens. Je pris alors la décision qui, sans doute, me coûta autant que la vente de la Brande : je vendis mes chevaux. Le jour où le marchand de Tourtoirac vint les chercher, je m'enfermai dans ma chambre et ne ressortis que le soir, car Sabrina s'inquiétait. Mon seul souci était d'échapper à la vente des deux métairies. J'eus la satisfaction de vendre la Brande à la famille Bessaguet qui put réunir l'argent nécessaire grâce à Fernand qui en gagnait à Paris en s'étant installé à son compte comme entrepreneur de maçonnerie. Ainsi, elle ne passerait pas dans des mains totalement étrangères. Malgré cette vente, il me manquait encore un peu d'argent, et Sabrina me suppliait de ne pas me séparer de la Ferrière où était installée sa famille, c'est-à-dire son frère Paul, sa femme et ses enfants.

Que pouvais-je faire pour combler complètement le trou creusé par Grégoire ? Je décidai d'emprunter la somme manquante en hypothéquant la Ferrière. J'eus beaucoup de mal à convaincre un banquier de Périgueux : après ce qui s'était passé à Grandval, il me fut difficile d'obtenir sa confiance. J'y parvins finalement, au terme de longues négociations, qui me laissèrent amer et épuisé.

Au bout d'un an, j'avais réussi à sauver Grandval, mais à quel prix ! Le domaine était démantelé et endetté. J'étais seul pour affronter la réalité d'un monde auquel, il est vrai, je ne m'étais guère frotté avant ces événements. Et je n'étais pas persuadé que les revenus de la Borderie et de la Ferrière nous suffiraient pour vivre. La présence de Sabrina et de mes enfants, au lieu de me réconforter, me faisait mesurer davantage le poids de mes responsabilités. Les écrits de mon grand-père Fabien et le souvenir de sa lutte

permanente pour ne pas sombrer me donnèrent heureusement la force nécessaire pour ne pas capituler.

Il me fallut un an pour m'assurer que mes ressources
seraient suffisantes, une fois l'annuité d'emprunt rem-
boursée. Elles le furent, mais de peu, et grâce à une
récolte de blé exceptionnelle dont je pus vendre la
moitié. Je savais que nous ne manquerions jamais de
viande, de légumes et de fruits, c'est-à-dire de quoi
manger, mais j'avais compris que je manquerais cruellement d'argent pour faire face aux dépenses du château qu'il fallait entretenir sous peine de le voir péri-
cliter. La toiture de la tour droite, endommagée par un
orage, aurait nécessité des travaux que je ne pouvais
pas entreprendre. L'écurie n'était pas en bon état non
plus, ainsi que les communs de la forge, que nul n'habitait plus, heureusement.
    Mon principal souci concernait Sabrina et les
enfants. N'ayant jamais vécu dans le luxe, elle n'était
pas exigeante, mais je tenais à ce qu'elle ne manque
de rien, mes fils également. Mélinda, connaissant nos
difficultés, renonça à sa rente, me demandant simplement de pouvoir vivre à Grandval nourrie et logée le
restant de sa vie. Bien évidemment, j'acceptai en la
remerciant, d'autant plus qu'elle aidait beaucoup
Sabrina et que nous avions dû nous séparer d'une
chambrière que j'avais engagée après mon mariage.
Ainsi, nous étions cinq au château, Sylvain, comme je
l'ai dit, n'ayant jamais été remplacé.
    Ce fut une époque difficile où je pensais beau-
coup à Grégoire, me demandant quelle folie s'était
emparée de lui. Je me rappelais notre complicité, nos
serments, ce lien que j'avais cru indéfectible et qui
s'était rompu brutalement. Je me souvenais de nos
escapades dans les collines, du refuge que nous avions

trouvé quand il refusait de partir à Périgueux, de nos baignades dans l'Auvézère, de nos longues heures à l'ombre des grands arbres dans la chaleur de l'été. Rien, alors, n'aurait pu me faire imaginer ce qui venait de se passer, cette blessure dont je souffrais plus que je ne me l'avouais. Grégoire était parti, et de la pire des manières : en mettant en péril le château et le domaine.

A ce moment de ma vie, Sabrina me fut d'un grand réconfort. Sa présence affectueuse, ses attentions permanentes et jusqu'à ses silences m'aidèrent à franchir ce cap si difficile. Je tentai de gagner de l'argent en vendant les brevets de mon père, sur lesquels j'avais mis la main en étudiant les papiers trouvés dans le bureau de Grégoire, mais la situation économique ne s'y prêtait pas : un Front populaire avait été élu au printemps de 1936, qui avait augmenté les salaires lors des accords de Matignon mais qui se refusait à dévaluer. Il y fut finalement obligé, mais cela n'arrêta nullement l'hémorragie des capitaux, les épargnants n'ayant aucune confiance dans la nouvelle monnaie – le nouveau franc avait été dévalué de plus de trente pour cent par rapport au « franc Poincaré ».

Ce Front populaire avait été avant tout un rassemblement de masse contre le fascisme. Cette année-là avait vu, en effet, la première des agressions, celle de l'Italie entrée en guerre contre l'Ethiopie. Quant à l'Allemagne, désormais conduite par un Führer nommé Hitler, elle réarmait et se faisait de plus en plus menaçante vis-à-vis de ses voisins. Je n'en avais pas été étonné : je me souvenais de cet homme au regard fou, rencontré dans le petit village de Züllighoven, lors de mon service militaire en Rhénanie, qui prédisait aux consommateurs attablés – parmi lesquels j'étais le seul Français – la naissance d'un nouveau Siegfried qui rendrait son honneur perdu à l'Allemagne.

J'ai su, moi, dès cette époque-là que nous allions vers la guerre, qu'elle était inévitable, à l'image de celle qui venait de se déclarer en Espagne, et qui servait de champ d'expérimentation aux dictatures en place. Le gouvernement de Blum avait décidé de ne pas intervenir. Courage ou lâcheté ? Les deux, sans doute, tant il est vrai qu'il avait d'autres préoccupations, la situation économique se dégradant dangereusement, si bien que la droite menée par Maurras et les ligues avait beau jeu de la mettre en cause de la manière la plus violente qui soit. Le pays semblait au bord de la guerre civile, alors qu'une certaine sérénité régnait dans les campagnes où l'Office du blé avait instauré un alignement obligatoire des céréales sur l'indice général des prix.

C'est ce qui nous sauva, sans doute, d'un marasme et d'une agitation qui me paraissaient très inquiétants à la lecture des journaux, mais qui touchaient surtout les villes où les ouvriers, de nouveau, s'étaient mis en grève. Je me demandais ce qui serait arrivé à Grandval si l'usine avait été encore en activité. Je n'imaginais pas Grégoire capable de faire face à une telle tempête, sinon par une réponse violente, et je me disais que nous avions peut-être, grâce à son départ, évité un drame. On trouve les consolations que l'on peut. La vérité, c'était que dès que je sortais du château pour aller vers la Ferrière, je passais devant les portes fermées de l'usine et que ce spectacle me serrait le cœur.

J'eus alors l'idée de redémarrer, car tous les ouvriers qui avaient été licenciés ne s'étaient pas recasés, à cause du chômage dans les villes. Mais après avoir beaucoup réfléchi, j'en vins à la conclusion que la seule activité viable en cette période si peu prospère était de travailler pour le réarmement. Alors je pensai à mon père qui s'y était refusé et j'y renonçai avec un peu de soulagement, dirais-je, mais aussi, au fond de moi, des regrets : je ne serais jamais un forgeron, comme l'avaient été tous les miens, y compris Grégoire. Mes fils non plus. Que feraient-ils de leur vie ? Que deviendraient-ils ? Il me sembla que leur destin se trouvait ailleurs, que, peut-être, je devrais un jour les inciter à partir de Grandval, et c'est de cette idée, finalement, plus que des difficultés financières, que je souffris le plus.

6

Aujourd'hui, je me demande où j'ai trouvé la force de ne rien montrer aux miens de ces tourments qui me hantaient alors. Car je n'ai rien montré, j'en suis certain, et sûrement pas mes craintes d'être obligé de vendre un jour Grandval. Au contraire, je m'efforçai d'aller de l'avant et de rentabiliser au maximum l'exploitation des terres de la Borderie et de la Ferrière. Notamment par une meilleure répartition des engrais, en n'acceptant plus la moindre jachère, en sacrifiant des parcelles à herbe pour des parcelles à blé, dont le prix était garanti.

Autant l'hiver avait été lourd d'angoisses et de menaces, autant les beaux jours de cette année 1937 me réconfortèrent en m'apportant des raisons d'espérer. Un soir du mois d'avril, alors que le vent du nord soufflait encore sur la vallée, un inconnu apparut dans le parc du château. Mélinda l'avait aperçu la première, alors qu'il s'approchait, les portes restant ouvertes la journée. L'homme n'était pas seul, en fait, il y avait derrière lui une femme et deux enfants en bas âge. C'était un Espagnol qui avait fui la guerre civile et que le maire de Saint-Martial m'avait adressé, sachant que les communs de la forge étaient inoccupés.

Il s'appelait Esteban Martin et sa femme Maria, c'est ce que j'appris en découvrant un homme maigre, les traits creusés, une femme brune aux cheveux longs et deux bambins hirsutes, l'un sur son bras, l'autre pendu à sa main. Je ne savais pas très bien ce qui se passait de l'autre côté des Pyrénées, sinon ce qu'en disait le journal qui relatait des atrocités de part et d'autre. Mais il faisait froid, ce soir-là, et le regard de cet homme et de cette femme m'émut, au point que je les fis entrer dans la cuisine et demandai à Mélinda de leur servir une soupe chaude.

Pendant qu'ils mangeaient, je montai en parler à Sabrina qui voulut les voir aussitôt et redescendit avec moi. L'homme savait un peu de français car il avait travaillé sur un chantier de Cerbère pendant plus d'un an, avant le coup d'Etat de Franco. C'était un ouvrier du bâtiment de Barcelone qui était à la fois maçon et couvreur, un homme à tout faire, en réalité, comme je le découvris très vite, dès qu'il prit un outil dans les mains. Plus que du travail, ce qu'il sollicita, ce jour-là, ce fut de s'installer dans les communs, en face de la forge. Il ne mendiait pas, il n'implorait la pitié de personne, ce qu'il demandait sans se départir de sa fierté, c'était un abri provisoire le temps de trouver du travail.

Sa femme me fit penser à Laurine, sans doute à cause de ses cheveux noirs bouclés, mais aussi de son aspect farouche, un peu sauvage. Et je crois que Sabrina ressentit la même impression que moi, car dès qu'elle l'eut découverte, elle m'attira un peu à l'écart et me dit d'une voix bouleversée :

– Il fait trop froid dehors. Il faut les garder ici pour la nuit. Il y a la chambre vide de la cuisinière en bas.

Sans cette intervention, je les aurais gardés quand même, de cela je suis sûr. Ce regard d'homme dans le besoin mais qui ne baissait pas les yeux m'avait touché ; sa femme, si droite et si fière, aussi. Ils étaient mal vêtus, de pauvres vêtements rapiécés qui les

143

protégeaient à peine du froid. Les deux gamins, noirs comme des pruneaux, roulaient des yeux étonnés dans la bonne chaleur de la grande cuisine dont ils n'avaient, j'en suis persuadé, jamais vu la pareille. Les garder fut l'une des meilleures décisions que je pris de ma vie. C'est depuis cette époque, au reste, que je me fie davantage à mes impressions qu'à ma réflexion. Chaque fois que j'ai dû trancher par la suite, j'ai revu le regard d'Esteban et de Maria, et je ne l'ai jamais regretté.

Le lendemain matin, Sabrina et moi les avons installés dans les deux pièces des communs qui étaient les moins dégradées, avec une cheminée et un évier en état de fonctionnement. L'eau se trouvait à portée dans la cour, une table, des chaises et deux lits étaient à leur disposition. Ils remercièrent et, aussitôt, comme si cela allait de soi, ils se mirent au travail : après avoir nettoyé les meubles et le plancher, ayant trouvé de la chaux dans une remise, Esteban me demanda la permission de l'utiliser pour rénover les murs dans lesquels il logeait. Aidé par sa femme, il les transforma en quelques jours, avec une adresse et une efficacité remarquables. Comme je lui faisais remarquer qu'il n'était pas obligé, il me répondit :

– C'est pour le loyer, patron.

Après quoi, ayant mis la main sur des tuiles qu'avait fait rentrer mon père sans jamais trouver le temps de les utiliser, il s'attaqua à la toiture de la tour qui était en mauvais état. Je redoutais qu'il ne tombât et le lui dis.

– J'ai l'habitude, patron, me répondit-il. Ça va être fini.

Effectivement, il ne lui fallut que trois jours pour remplacer les tuiles en mauvais état. Comme je ne savais comment le remercier, je lui fis porter des légumes et une poule pour améliorer l'ordinaire qu'il recevait de la mairie de Saint-Martial. Ce fut à cette occasion-là, quand il dut remplir des formulaires pour régulariser sa situation, que je découvris que ni sa femme ni lui ne savaient lire ou écrire. Je remplis les papiers à sa place, le fis signer, les lui rendis, mais il resta devant moi, hésitant, et finit par me dire :

– Il faut monter l'entreprise, patron. Moi je ferai le travail et vous les papiers.

– Quelle entreprise ? dis-je.

– Les murs, les toits. Je sais faire tout ça, mais je sais pas compter.

Je compris qu'il ne plaisantait pas quand il ajouta :

– On voudrait rester. On est bien ici.

Je n'avais jamais pensé à une telle éventualité et je ne savais pas qui il était vraiment. Je ne lui avais jamais demandé s'il avait fui les franquistes ou le *Frente popular*, mais ce qui me séduisait chez cet homme, c'était son courage et sa vaillance. Je lui répondis que j'allais réfléchir et je partis me renseigner auprès du maire. Je le connaissais depuis longtemps car c'était le même homme, rond et débonnaire, qui entretenait avec mon père les meilleures relations – et le même aussi, hélas, qui était venu nous annoncer la mort d'Aurélien pendant la guerre. Il était âgé, à présent, mais il poursuivait sa tâche à la satisfaction de tous, car il faisait preuve de bon sens et de dévouement à l'égard de ses administrés.

D'abord il me dit qu'il ne possédait aucun renseignement particulier sur Esteban, sinon qu'il était ouvrier maçon avant la guerre. Ce n'était pas un politique. Il avait fui pour travailler et nourrir sa famille. Devant cette réponse, je me sentis autorisé à lui faire part de mes projets, et il m'y encouragea en disant :

– Vous savez, à mon avis il en arrivera d'autres, et il vaut mieux qu'on les fasse travailler plutôt que de les voir rien faire. Au moins ça les aidera à vivre. C'est pas le travail qui manque pour ceux qui sont courageux.

Et il ajouta, d'une voix contrariée :

– Je n'arrive même pas à trouver un maçon pour s'occuper du préau de l'école qui menace de s'écrouler.

– Si vous voulez, je vous l'envoie, dis-je, franchissant ainsi un pas décisif presque malgré moi.

Voilà comment je devins entrepreneur en une époque où l'économie fonctionnait au ralenti. Un coup de folie, sans doute, mais aussi la conviction de trouver une solution pour gagner un peu de l'argent si nécessaire à la bonne marche du domaine. A ce moment-là, les lois sur le travail étaient bien moins contraignantes qu'aujourd'hui et il suffisait de s'inscrire au registre des métiers pour exister légalement, ce que je fis, avec la satisfaction qu'on imagine.

Je n'avais pas vraiment mesuré les difficultés qui m'attendaient et je dus délaisser le domaine pour trouver des chantiers, pas trop loin de Grandval si possible. Je me gardai bien cependant d'abandonner les grands travaux de l'été, tout en caressant le rêve de trouver un jour des ferronniers que je pourrais installer dans l'usine désaffectée. Elle ne l'était plus tout à fait, cependant, car elle servait d'entrepôt, du moins dans sa partie où ne se trouvait pas la moindre machine, pour la chaux, le ciment et les tuiles que j'étais obligé de stocker.

Esteban travaillait toujours aussi énergiquement, sa femme, Maria, aidait Sabrina et Mélinda pour les lessives et les confitures, j'étais très occupé et heureux de l'être, si bien que je ne prêtais guère attention aux affaires du monde dont j'entendais pourtant, malgré moi, qu'elles n'allaient pas bien. Je ne pus l'ignorer davantage au printemps de 1938, quand les troupes allemandes occupèrent l'Autriche, réalisant de fait le rattachement de ce pays au Reich. Pour la première fois, les nazis annexaient un pays européen sans que la France ou l'Angleterre ne décident d'intervenir. Je savais, moi, qu'ils n'en resteraient pas là et que, tôt ou tard, il faudrait faire face au Führer que les Allemands s'étaient donné.

Cette crise de l'Anschluss avait provoqué l'arrivée au pouvoir de Daladier qui, aussitôt, avait accéléré le réarmement. Je me félicitais alors que mes enfants fussent jeunes – François neuf ans, Baptiste six – sachant qu'ils ne seraient pas menacés et que nous ne vivrions pas la même peur que lors de la dernière guerre, avec Aurélien. Je n'imaginais pas qu'à mon âge je puisse être directement concerné ou, plutôt, je me refusais à l'envisager. Sabrina, elle, ne se préoccupait guère de ce qui se passait dans le monde. Elle s'en remettait volontiers à moi pour affronter la réalité quotidienne de manière à ce que notre bonheur n'en soit jamais affecté. Et il est vrai que je m'employais à la protéger – à nous protéger – en y réussissant assez facilement car nous vivions à l'écart, et rares étaient ceux qui pénétraient dans le domaine porteurs de mauvaises nouvelles.

Nous le parcourions sans jamais nous lasser, de la Borderie à la Ferrière, nos enfants courant près de nous, dans la verdure des printemps ou la chaleur paisible des étés. Heureux sans doute, comme nous ne l'avions jamais été, la présence de Grégoire, au début de notre mariage, ayant quelque peu altéré ce bonheur auquel nous nous croyions promis. Paul, le frère de Sabrina, venait d'avoir un enfant, et c'était un prétexte tout trouvé pour nous rendre souvent à la Ferrière où nous étions accueillis non pas comme des propriétaires, mais comme des membres de la famille. Sabrina était la marraine de la fille de son frère qui s'appelait Valentine. Je crois que c'est cette enfant qui lui donna le regret de ne pas avoir de fille, et donc l'envie d'en concevoir une.

Elle m'en fit part un dimanche de juin alors que nous revenions de la Ferrière, François et Baptiste courant devant nous, sous le bleu magnifique d'un ciel qui réveillait en moi une multitude de sensations toutes plus délicieuses les unes que les autres. Comment aurais-je oublié ce soir-là ? Il faisait si bon, près de l'Auvézère, les feuilles de peupliers murmuraient doucement, l'air sentait le foin et les hirondelles tournaient en rondes folles au-dessus de nous, comme pour nous accompagner.

– J'aimerais tellement une fille, me dit Sabrina pendue à mon bras.

Elle me força à m'arrêter, me fit face, me regarda dans les yeux, dégageant d'un geste plein d'un charme qui lui était propre ses cheveux blonds vers l'arrière. Je me sentis obligé de lui dire que nous allions vers la guerre et que ce n'était peut-être pas le moment d'avoir des enfants.

– La guerre ? fit-elle, stupéfaite.

Elle pâlit brusquement au souvenir de son père disparu en 1917.

– Oui, je le crains.

– Et pourquoi ?

– Pour les mêmes raisons que la dernière fois.

– Et François ? et Baptiste ?

– Ils sont trop jeunes, ne t'inquiète pas, si vraiment il y a la guerre, elle ne durera pas longtemps.

En prononçant ces mots, je pensai à mon père qui, lui aussi, les avait prononcés, en 1914, et s'était trompé. Mais je la vis tellement bouleversée, ce jour-là, que je me gardai bien de lui avouer que c'était moi qui risquais de partir, et je répétai ce jugement pourtant si hasardeux :

– Non, ça ne durera pas longtemps.

Et j'ajoutai tout aussitôt :

– Nous aurons une fille un jour, je te le promets.

Elle sourit, m'embrassa, se remit à marcher, silencieuse maintenant, comme si une ombre redoutable s'était posée sur nous. Puis, n'apercevant plus ni François ni Baptiste, elle tressaillit et demanda :

– Où sont-ils ?

– Au bord de l'eau, ils ne rêvent que de ça.

Et comme son visage s'assombrissait :

– Ils savent nager, allons, tu le sais bien.

Elle se détendit enfin, recommença à marcher en silence, pesant à mon bras, comme si, par habitude, elle s'en remettait à moi. Elle savait qu'elle pouvait me faire confiance, y compris pour l'éducation de nos enfants. Je m'en étais toujours occupé de la manière la plus attentive mais je n'avais aucun mérite à cela : c'était mon plus grand bonheur. Aussi m'étais-je efforcé de leur faire vivre la même liberté qui avait été la mienne quand mon père me laissait courir dans le domaine à ma guise. Je leur avais appris les chemins, les collines, les champs, la rivière, leurs secrets et leurs dangers. Je leur avais montré comment pêcher les truites à la main sous les racines, comment construire des cabanes de branches et de feuilles, des radeaux, comment poser des pièges pour les grives, et, sans me rendre compte de ce que je faisais vraiment, je les avais rendus fous d'espace et de grand air, de fenaisons et de moissons, incapables de se passer du domaine, de ses greniers, de ses étables, de ses écuries et de ses métairies tapies dans la verdure.

Cependant, parfois, je me disais qu'ils devraient en partir un jour, que je n'avais pas le droit de fortifier les liens qui les unissaient à Grandval. Car je ne doutais pas qu'il serait de plus en plus difficile de vivre ici, je le mesurais quotidiennement et m'en désolais à l'avance. Mais les voir si heureux, constater à quel point ils éprouvaient les mêmes émotions que moi, et dans les mêmes lieux, les mêmes saisons, les mêmes travaux, me faisait le plus souvent renoncer à mes résolutions. Alors, je me disais que, peut-être, je saurais trouver la solution qui nous permettrait de vivre tous à Grandval comme nous l'avions fait avec Grégoire et mon père, pendant de longues années.

Les événements politiques ne m'y aidèrent pas, car en septembre, Hitler se mit en tête d'annexer les Sudètes, comme il avait annexé l'Autriche au printemps. La guerre me parut inévitable, d'autant que la Tchécoslovaquie venait de demander l'aide de la France et de l'Angleterre. A Munich, fin septembre, elles abandonnèrent leur alliée tchécoslovaque, capitulant devant Hitler, sauvant du même coup la paix mais perdant tout prestige en Europe. Daladier, qui s'attendait à être hué au Bourget à son retour de Munich, fut acclamé et reçut des gerbes de roses. Moi, j'étais persuadé que si la guerre s'éloignait, c'était pour peu de temps. La France était divisée entre les « munichois » et ceux qui protestaient contre ces accords désastreux qui laissaient à Hitler les mains libres et la conviction que nul, désormais, n'oserait s'opposer à lui.

Paradoxalement, la situation économique, elle, s'améliorait : Paul Reynaud, le ministre des Finances, avait réalisé à froid, et avec l'aide des milieux financiers, la dévaluation qui s'imposait, permettant ainsi une reprise dont les effets se firent sentir jusque dans les campagnes.

Au début de l'année 1939, nous avions pour trois mois de chantiers devant nous, et Esteban me demanda de l'aide. Je n'eus pas à chercher loin des ouvriers, car la guerre s'achevait en Espagne par la défaite des républicains, provoquant l'exode massif des vaincus qui refluèrent vers les Pyrénées, et dont la majorité passa en France par le col du Perthus.

Notre région en accueillit tellement que le maire vint me demander de loger deux familles supplémentaires dans les communs de la forge. Esteban plaida également en faveur de ses compatriotes, si bien que j'acceptai et qu'il y eut bientôt quinze Espagnols à Grandval en comptant les hommes, les femmes et les enfants. Maria s'occupa des femmes, et ce fut naturellement que les hommes se mirent à aider Esteban sur le chantier en cours : celui de la construction d'une grange sur la commune de Tourtoirac. L'un, grand et sec, s'appelait Fernando Etchevaria et l'autre, petit et râblé, Juan Beltran. Ce dernier me plut tout de suite car il savait travailler le fer. Il me sembla qu'un jour, peut-être, je pourrais l'employer dans la forge et relancer l'activité qui avait été celle de tous les Grandval.

Mais j'avais d'autres préoccupations à ce moment-là et je parai au plus pressé pour trouver l'argent qui me permettait d'approvisionner les chantiers, car je n'en avais pas suffisamment pour faire l'avance et j'étais payé souvent plus d'un mois après la fin des travaux. Il fallait aussi nourrir ces trois familles avec les légumes, les volailles et la viande de porc de la Borderie, ce qui nécessiterait d'acheter des victuailles pour nous quand nous aurions épuisé les ressources de la réserve.

Ce fut entre les foins et les moissons, au moment où j'étais le plus occupé, que Grégoire réapparut, un jour, en début d'après-midi, sans s'annoncer. Il avait changé : ses traits s'étaient creusés et ses yeux clairs paraissaient assombris par une colère dont je ne compris pas tout d'abord les raisons.

– Alors ! me dit-il quand je l'eus fait entrer dans le bureau qui avait été le sien mais que j'avais transformé entièrement, il paraît que tu recueilles ici tous les rouges d'Espagne !

Stupéfait, j'eus du mal à trouver les mots, lui laissant le temps d'ajouter :

– Tu sais qu'on s'en inquiète jusqu'à Périgueux.

– Mais de quoi me parles-tu, Grégoire ? dis-je enfin, ne parvenant à deviner pourquoi il surgissait aujour-d'hui, et dans un tel état de contrariété.

– Je te parle des rouges qui habitent les communs, c'est-à-dire chez moi, puisque je te rappelle que je suis propriétaire de la moitié de Grandval.

– De la moitié des terres et du château, dis-je, mais pas de la forge et des communs puisque j'ai été seul à rembourser les dettes. Ils sont à moi, désormais, tu le sais très bien. Quant aux rouges, comme tu les appelles, je ne leur ai pas demandé leurs opinions.

– Ce n'était pas nécessaire, en effet, tout le monde sait d'où ils viennent et pourquoi.

– Qu'est-ce que cela peut te faire, puisque tu ne vis pas ici, et que tu t'es complètement désintéressé de Grandval ?

– Je ne veux pas que ce château abrite des rouges.

– Ils travaillent pour moi.

– C'est aussi ce que l'on te reproche.

– Qui ?

– Mes amis.

– Et qui sont tes amis ?

– Des gens à qui tu devras rendre des comptes un jour.

– A quel titre ?

– Parce qu'ils seront au pouvoir et ils liquideront les rouges et ceux qui les protègent.

Interloqué, je laissai passer quelques instants, afin de reprendre mon souffle.

– Je ne sais pas de qui tu me parles, Grégoire, dis-je d'une voix qui me parut moins assurée que je ne le

152

souhaitais, et ces réfugiés ne sont pas des rouges mais mes employés.

– De ça aussi on se préoccupe en haut lieu. Ils ne le resteront pas longtemps.

Je compris enfin qu'il ne plaisantait pas et que l'objet de sa visite était bien ces Espagnols qui vivaient à Grandval.

– Renvoie-les ! lança-t-il. Et le plus tôt sera le mieux.

– Tu sais très bien que je ne ferai pas une chose pareille, dis-je doucement.

– En ce cas, je retirerai de Grandval la main qui le protège encore.

Je restai un instant silencieux, cherchant à percer le mystère de ces paroles si lourdes de menaces.

– Tu parles au nom de qui, Grégoire ? demandai-je doucement.

– Ça ne te regarde pas. Il te suffit de savoir que si tu n'obtempères pas, un jour tu perdras Grandval.

Et, sans que j'aie pu ajouter le moindre mot, il partit, aussi furieux qu'à son arrivée. Je le vis monter dans sa traction noire qu'il avait garée dans la cour, projeter les graviers de part et d'autre des roues avant, et disparaître au-delà du portail qu'il n'avait pas franchi depuis deux ans.

Sabrina, très inquiète, vint aux nouvelles et je la rassurai de mon mieux. Je n'étais pourtant pas au bout de mes soucis, car juste après la moisson, à la fin du mois d'août, on apprit que Staline avait signé avec Hitler un pacte de non-agression qui laissait à ce dernier le champ libre en Pologne. Aussitôt, le gouvernement français mit les communistes hors la loi, ce qui provoqua la venue des gendarmes à Grandval, suivie d'un interrogatoire de mes Espagnols. Le maire se porta garant de leur neutralité et certifia qu'ils n'entretenaient aucune activité politique, mais à cette

153

occasion-là, j'en appris un peu plus sur eux, et notamment sur Etchevaria qui ne nia pas avoir milité dans les rangs du parti communiste espagnol.

Comme c'était moi qui les employais et comme ils habitaient les communs, je dus m'engager à les surveiller, ce qui ne me coûta guère, puisque ça ne changeait rien à la situation. J'avais confiance en Esteban, qui, lui, répondait des deux autres :

– Vous inquiétez pas, patron : ils sont fatigués de tout ça, ils veulent travailler, manger et dormir, c'est tout.

Trois jours plus tard, Hitler envahit la Pologne, et la France et l'Angleterre se mirent à mobiliser. Le 3 septembre, alors qu'un beau soleil d'automne régnait sur le domaine, contraintes et forcées de réagir, elles déclarèrent la guerre à l'Allemagne.

Qui allait partir ? J'avais trente-cinq ans et, contrairement à mon père ou à Grégoire, je n'étais pas responsable d'une usine d'armement. Louis Mestre ne serait pas mobilisé car il était blessé de guerre. Paul non plus, car il avait été exempté en 1917 et ne possédait pas de livret militaire. Je ne pouvais pas laisser Sabrina seule à Grandval avec les Espagnols. Que faire ? Je demandai à Paul de venir avec sa famille habiter le château en mon absence et, pour venir en aide à Sabrina, il accepta. J'en fus soulagé, et je partis le 5 septembre en tant que réserviste pour rejoindre mon régiment qui était cantonné à Troyes, dans l'Aube.

J'avais surtout pensé à mes fils, mais c'est moi qui me retrouvais exposé dans une guerre qui, heureusement, ne se déclencha pas, Hitler étant occupé ailleurs. Pensant à tout ce que j'avais laissé derrière moi, la vie de caserne et ses manœuvres dérisoires me rendaient fou. Heureusement, l'hiver, qui arriva de bonne heure et fut très froid, paralysa les armées de part et d'autre de la ligne Maginot, derrière laquelle nous nous croyions à l'abri. Ce que j'ignorais, c'était que le gouvernement français, faute de crédits, avait renoncé à prolonger cette ligne, jugeant impossible un assaut de l'ennemi par les Ardennes.

J'ai gardé de ces longs mois d'hiver loin de Grandval le souvenir d'une colère sourde, d'une fureur qui n'a fait qu'augmenter, surtout après une permission qui, en janvier 1940, m'a fait découvrir l'état désespérant du domaine, l'angoisse digne des Espagnols qui ne travaillaient plus faute de chantiers, l'absence de ressources de Sabrina et de Paul qui, heureusement, avaient stocké des provisions pour l'hiver. Mais ils craignaient que les pommes de terre s'épuisent avant la prochaine récolte et se demandaient s'ils pourraient venir en aide aux Espagnols. J'eus la tentation de les renvoyer, mais Sabrina s'y opposa.

– Ils nous aideront pour les travaux d'été, me dit-elle, et les récoltes arrangeront tout. Ne t'inquiète pas. Pense à toi, et reviens vite.

J'eus beaucoup de mal à repartir, car mes enfants ne comprenaient pas pourquoi je devais les quitter.

– S'il te plaît, reste, me disait François. J'ai peur que tu sois tué.

Le souvenir de mon père m'aida à comprendre que je ne pouvais pas faillir à mon devoir. Pourtant je devinais que les beaux jours rompraient la trêve qui durait depuis septembre. Hitler avait conquis en Pologne et ailleurs ce qui l'intéressait, il ne tarderait pas à se retourner vers nos frontières car là, depuis toujours, se fondait la mission qu'il s'était fixée : rendre l'honneur perdu au grand peuple allemand, quel qu'en soit le prix.

Je ne me trompais pas : début mai, il lança ses panzers à travers les Ardennes et, en quelques jours, l'armée française s'écroula. Mon régiment ne reçut même pas l'ordre de monter au combat : le premier qui nous parvint fut un ordre de repli vers la Loire. De ce jour-là, nous n'avons rien compris à ce qui se passait, et nous avons reflué vers l'intérieur du pays d'abord en camion, puis, quand il n'y eut plus d'essence et que les routes furent bloquées par l'exode, à pied, sous les bombardements de la Luftwaffe, comme une armée de mendiants qui crevaient de faim et ne savaient où aller. Cette errance misérable dura plus d'un mois, et je finis par arriver à Egletons, en Corrèze, où j'appris que l'armistice avait été signé la veille, le 22 juin. Il ne me restait qu'une chose à faire : rentrer à Grandval, où j'arrivai le 24, hirsute, épuisé, si maigre que Sabrina me crut malade.

Malgré la défaite, je dois dire que nous étions tous soulagés que la guerre fût terminée. Nous ne savions pas encore que la France serait coupée en deux, l'Alsace et la Lorraine annexées, et que Pétain allait collaborer avec les Allemands. Nous avions confiance en lui, qui avait su mettre fin à une catastrophe dont nous ne pouvions encore mesurer les terribles conséquences.

A Grandval, on n'avait pas fini de faire les foins, faute de main-d'œuvre. Dès qu'ils avaient appris la défaite, les Espagnols avaient pris la fuite. Fernando et Juan avaient dit à Sabrina :

– Hitler ou Franco, c'est pareil. Ils ne nous attraperont pas.

Ils avaient laissé à Grandval leurs femmes et leurs enfants, qui aidaient Paul et Sabrina de leur mieux.

– Quand on reviendra, avaient-ils dit, on travaillera gratuitement pour payer ce qu'on doit. En attendant, s'il vous plaît, gardez-les ici.

Sabrina avait accepté, car elle ne se sentait pas la force ni le droit de chasser trois familles qui ne savaient où aller.

Je dormis pendant une nuit et une journée entière, puis je sortis dans le parfum du foin coupé, ébloui par la lumière paisible du domaine, retrouvant en un instant une somme de sensations oubliées, l'immensité d'un bonheur que je croyais à jamais disparu. J'en ai pleuré, seul, assis à l'ombre d'une haie, en regardant au loin les gestes des faneurs, puis en engrangeant les meules blondes qui me restituaient si fidèlement la meilleure part de moi-même et du monde.

Ces quelques jours m'ont réconcilié avec la vie, avec les miens, avec un univers qui, les mois précédents, m'était devenu étranger. Je ne voulus plus entendre parler de cet ébranlement qui avait secoué le pays et qui nous avait laissés désemparés, incapables de comprendre quoi que ce soit à cet écroulement subit et violent, désireux seulement de reprendre notre souffle et de réapprendre à vivre.

Ce que je fis, serrant Sabrina et mes enfants dans mes bras, retrouvant des gestes oubliés depuis dix mois, redécouvrant les moindres recoins du domaine, les chemins, les granges, les champs, les prés, les collines, les rives de l'Auvézère où je me baignais chaque soir, comme pour me laver d'une mauvaise sueur consécutive à une maladie honteuse.

Je commençai à me réconcilier avec moi-même après les moissons, qui furent belles et exemptes d'orages. J'insistai pour que soit maintenu le repas de la gerbebaude et ce fut cette nuit-là, sans doute, que je basculai définitivement du côté de la vie, sous le fourmillement des étoiles, dans l'odeur de la paille et du grain, à l'abri du grand chêne de la Borderie.

Je pus alors faire face à la nouvelle situation créée par l'armistice. Grandval se trouvait en zone libre, mais la frontière avec la zone occupée ne passait pas loin : à l'ouest de Périgueux, Ribérac exactement. Pas plus que moi, nul dans la vallée n'avait vu le moindre

Allemand. Des milliers de réfugiés avaient investi la Dordogne, beaucoup d'Alsaciens et d'israélites à Périgueux plus précisément. La situation semblait stabilisée : depuis le 12 juillet le Maréchal était devenu chef de l'Etat français, et il avait fait inscrire son effigie sur les timbres et la monnaie. Disposant de tous les pouvoirs, « père de la patrie », il souhaitait que la France « renonce aux erreurs et aux mensonges ».

Je dois dire qu'il trouva beaucoup d'échos dans le monde rural, lequel pensait avoir été trahi par les décideurs des villes, et d'abord par ceux des états-majors. Moi-même, dans un premier temps, je lui sus gré d'avoir mis fin à la guerre et d'avoir prononcé des mots qui m'avaient touché : « La terre ne ment pas. » Mais il ne me fallut pas longtemps pour comprendre que cet Etat français faisait la chasse à certaines catégories de population : Juifs, instituteurs, fonctionnaires francs-maçons, communistes, suspects de sympathie de gauche, tous ceux qui, dans la presse, étaient accusés d'être les fossoyeurs de la nation.

A ma grande stupeur, je découvris que j'en faisais partie en octobre, peu après les vendanges, pour avoir abrité des Espagnols réfugiés. Le nouveau maire nommé par l'Etat – un gros propriétaire de la vallée dont je tairai le nom – vint m'en informer accompagné de deux gendarmes, et ne me cacha point que je devrais désormais rendre des comptes aux nouvelles autorités. Il est vrai que si Etchevaria et Beltran n'étaient pas revenus, Esteban, lui, était rentré à Grandval au début du mois de juillet, persuadé qu'il risquait moins que les deux autres, plus marqués que lui politiquement.

– Je repars, patron, me dit-il après cette visite, gardez les femmes et les enfants, tant que vous le pourrez.

– Et où vas-tu aller ?

– Vous inquiétez pas, j'ai l'habitude de me cacher, ils me trouveront pas.

Il partit, sans que je songe à le retenir. J'étais très inquiet pour le domaine, pour tous les miens, et, sous le coup d'une culpabilité que je n'avais jamais soupçonnée, je me demandais ce que nous allions devenir.

7

Les mois qui passèrent jusqu'au début de l'année 1941 ne m'apportèrent pas le moindre réconfort : un hiver gris et froid, des menaces autour de Grandval, des interrogations quotidiennes sur son avenir, aucune possibilité de gagner de l'argent sur les chantiers. Heureusement, si Paul et les siens avaient regagné la Ferrière, j'avais près de moi Sabrina et mes enfants pour me réchauffer le cœur. Et leur présence m'était précieuse en un temps si périlleux. Chaque fois que je sortais, j'emmenais mes fils et ils étaient heureux de raconter à leur mère ce que nous avions fait, ce que nous avions vu – des biches, parfois, chassées des forêts par le froid ou les chasseurs des villages voisins.

Ce fut au retour d'une de ces escapades, alors que je me chauffais près de la grande cheminée de la salle à manger, que Sabrina me dit, un grand sourire aux lèvres :

– J'attends un enfant.

J'eus un serrement de cœur que je parvins à lui cacher. J'étais tellement inquiet pour notre avenir que ce rêve poursuivi depuis longtemps me semblait pour le moins inopportun. Mais je la vis si heureuse que je pris sur moi et lui montrai un visage réjoui en m'écriant :

– Je suis sûr que ce sera une fille !

– J'espère, dit-elle, et elle fit de tels projets que j'en fus bouleversé à l'idée d'un avenir que je considérais très sombre.

– François va partir à Périgueux en septembre, et Baptiste dans trois ans, ajouta-t-elle. Je ne pourrai pas vivre sans enfants autour de moi.

Je ne savais que trop que François allait partir à l'automne. Mon fils menait auprès de moi et de sa mère le même combat que j'avais mené à son âge, mais je ne devais pas céder : il fallait qu'il parte. L'avenir se trouvait ailleurs, Grandval n'était plus qu'une île menacée par les tempêtes d'une évolution qui le condamnait. J'étais bien résolu à en sauver le cœur le plus longtemps possible, mais j'étais convaincu que mes enfants ne pourraient y gagner leur vie, y vivre aussi bien que nous y avions vécu.

D'autant que les difficultés s'accumulaient car déjà on ne trouvait plus d'engrais ni de carburant pour les machines. Nous allions devoir faire les foins et les moissons comme dans l'ancien temps, sans doute couper le foin à la faux et remettre en état de marche l'antique batteuse à vapeur. La désolation qui régnait dans les campagnes où manquaient les bras de trois cent quatre-vingt mille agriculteurs prisonniers était au moins aussi grande que celle des villes où la main de fer des vainqueurs se joignait à celle de la police de Vichy. De surcroît, le trouble était grand parmi la population, depuis qu'on avait vu le Maréchal serrer la main de Hitler à Montoire en octobre 1940.

Pour ma part, je savais que Hitler ne pouvait pas s'arrêter là et que le pire était devant nous. Et je ne l'oubliais pas en voyant s'arrondir le ventre de Sabrina, tout au long des beaux jours qui se succédèrent jusqu'en juin, me restituant fugacement les bribes d'un bonheur ancien, désormais impossible. Du moins je le croyais, mais je me trompais, heureusement : reprendre la faux, retrouver les gestes d'avant, le pas de l'homme et le pas des chevaux, me fit entrer dans une sorte de monde hors du temps et donc à l'abri de ses orages. Ce début d'été lumineux me rendit aux fastes de mon enfance et j'en profitai éperdument, Sabrina et mes fils près de moi.

Elle ne travaillait pas, car la délivrance approchait, mais elle venait s'asseoir à l'ombre, tricotait une layette pour la fille qu'elle espérait. Nous nous relayions auprès d'elle, vérifiant que tout allait bien, que les guêpes ne tournaient pas autour de sa chaise ou qu'elle ne ressentait pas la moindre douleur, ce qui la faisait rire.

– Allons ! disait-elle, je ne suis pas malade, tout de même !

Ses cheveux couleur de blé étaient noués en chignon sur sa nuque, elle souriait, confiante dans l'événement qui approchait.

Il nous fallut plus de dix jours pour venir à bout des foins, car les familles d'Etchevaria et de Beltran étaient parties au printemps, l'une à Hautefort où Pilar, la femme du premier, avait trouvé du travail à l'hospice, l'autre à Excideuil où Conception, la femme du second, s'était engagée comme cuisinière dans une auberge. J'en avais été soulagé, car l'hiver avait été long et elles ne pouvaient pas payer la nourriture dont elles avaient besoin. L'aide qu'elles avaient apportée à Mélinda et à Sabrina ne compensait évidemment pas les charges qu'elles représentaient, mais j'étais heureux de ne pas les avoir chassées – d'avoir pu au contraire les garder jusqu'à ce qu'elles trouvent du travail ailleurs. Je crois que ces deux femmes recevaient régulièrement des nouvelles de leur mari, mais elles n'en parlaient à personne, par souci de prudence.

Restait donc à Grandval Maria, l'épouse d'Esteban, et ses deux fils, lesquels nous aidaient dans les prairies et les champs de cet été que je n'ai jamais pu oublier, puisqu'il a vu la naissance de mon troisième enfant. Au beau milieu des moissons, ce qui a compliqué davantage un accouchement qui s'est terminé à Périgueux, à l'hôpital, dans des conditions périlleuses pour la mère et le garçon. Car c'était un garçon et non une fille comme l'avait espéré Sabrina. Mais ce n'était pas cela le plus grave : nous apprîmes de la bouche du médecin qu'elle ne pourrait plus avoir d'enfants.

Quand je l'ai ramenée de Périgueux à Grandval, elle n'avait pas encore retrouvé toutes ses forces. Elle portait son fils dans ses bras – un fils que nous avions appelé Fabien, comme mon grand-père – mais, malgré son sourire, je voyais bien qu'elle était malheureuse, ayant compris qu'elle n'aurait jamais cette fille qu'elle avait tant espérée. Une fois au château, elle se refusa à sortir, en dépit des battages en cours, de la perspective de retrouver les siens, de l'antique batteuse à vapeur que nous avions été contraints de remettre en service, de cette odeur si particulière des grains de blé séparés de la paille, dont notre vie, à tous les deux, avait été embellie.

Une semaine plus tard, je dus insister pour qu'elle assiste au repas de la gerbebaude, sous le chêne de la Borderie où, enfin, elle sembla oublier, du moins pour la soirée, ce qu'elle venait de vivre. Ensuite, heureusement, le soleil qui dura jusqu'à la mi-septembre parut réchauffer son cœur et elle me demanda un soir, alors que nous nous apprêtions à dîner :

– Est-ce que les raisins sont beaux ?

Et, comme je lui répondais qu'ils l'étaient et que nous ne tarderions pas à vendanger :

– J'ai hâte, Antoine, cela me fera du bien.

Ce mois de septembre éclatant de couleurs et baigné de vent tiède ne parvenait pas à basculer vers l'automne. Déjà des charrettes lourdes de grappes, accablées d'abeilles, rentraient le soir vers les métairies. Les nuits s'étaient mises à sentir le moût, les futailles, les caves ouvertes. J'aimais beaucoup cette saison où l'air s'épaississait soudain, saturé de parfums, mais sans la chaleur suffocante de l'été. Les nécessités du travail quotidien m'aidaient à ne pas penser à l'avenir, mais seulement à ce qui pressait, à Sabrina, à ce fils qu'elle emmenait au milieu des rangs de vigne dans un panier, et sur lequel elle se penchait, maintenant, sans paraître souffrir.

Les vendanges terminées, nous fûmes rattrapés par la réalité avec le départ de François pour Périgueux. Il s'y refusa jusqu'au dernier moment, ce fils qui me ressemblait tellement, mais je me montrai intraitable malgré la souffrance que provoquait en moi cette séparation. Je m'imaginais sans peine au même âge et je ressentais exactement ce qu'il éprouvait. Je le lui expliquai, lui montrai à quel point la vie était devenue difficile ici, et sans avenir, mais il ne m'entendit pas, et il se battit jusqu'au bout, avec un désespoir qui me brisa le cœur.

Le jour venu, je rassemblai mon courage pour le conduire au collège, par un matin merveilleux de douceur, sans la moindre brume, qui laissait apparaître la paisible beauté des prairies, des champs et des collines. J'avais l'impression de trahir l'enfant que j'avais été. Sabrina était restée à Grandval pour veiller sur Baptiste et sur Fabien. Heureusement, sans quoi je ne sais pas si elle aurait eu la force de laisser François seul dans la cour du collège, peu après midi, alors qu'il retenait ses larmes de toutes ses forces après m'avoir imploré une dernière fois. Je partis sans me retourner : il y a des pas qui coûtent plus que d'autres, dans notre vie, et ceux-là m'ont semblé alourdis par des chaussures de plomb. Ce n'est qu'un peu plus tard, sur la route, que j'eus la sensation d'avoir remporté une victoire sur moi-même et sur mon fils, mais j'ignorais encore que nous devrions en payer le prix fort.

J'étais à peine remis de ce départ que le 10 octobre, alors que l'on ramassait les noix, je reçus la visite de celui que je redoutais tant, sans oser me l'avouer. Il était méconnaissable, Grégoire, dans son costume trois pièces, avec son chapeau, son cigare et ses fines lunettes rondes que je ne lui avais jamais vues. Sachant que Sabrina, à qui je n'avais pu laisser ignorer sa précédente visite, le redoutait autant que moi, je le fis rapidement entrer dans mon bureau, surpris de le voir sourire alors que je me souvenais de sa colère lors de sa précédente visite.

– Si c'est pour les Espagnols que tu viens, lui dis-je en restant debout devant mon bureau, ce n'est pas la peine de t'en soucier : ils sont partis.

Son sourire s'accentua quand il me répondit :

– Je le sais, Antoine, comme je sais tout ce qui se passe ici.

Et il ajouta aussitôt :

– Je te félicite de t'en être débarrassé comme je te félicite pour ton troisième fils.

Il me vit surpris, reprit, d'une voix où je décelai une immense satisfaction :

– Tu ne me demandes pas pourquoi je sais tout cela ?

– Je suppose que tu vas me le dire.

Il laissa passer de longues secondes pleines de jubilation, puis il lança :

– Je travaille pour la police de Vichy.

Je n'eus pas la force d'exprimer quoi que ce soit, tant ces quelques mots m'avaient glacé.

– Tu ne me félicites pas ?

– Je ne sais pas s'il faut t'en féliciter ou t'en plaindre.

– Tu as tort, répliqua-t-il en abandonnant son sourire : sans moi, il y a longtemps que tu aurais eu des ennuis.

– Il faut donc que je te remercie ?

– Je n'en souhaite pas tant.

Il se tut, me défiant du regard, savourant d'avance ce qui allait suivre.

– D'ailleurs, ce n'est pas à cause de tes Espagnols que je suis ici.

Il s'arrêta de nouveau, se réjouissant des questions que je me posais et qui me plaçaient en état d'infériorité.

– Qu'est-ce que tu veux Grégoire ? dis-je, sans dissimuler mon exaspération.

– Je ne veux rien de toi, fit-il en se levant lentement et en venant se placer face à moi.

Et il reprit aussitôt, alors que je restai coi :

– Je suis venu t'apporter une bonne nouvelle, à toi et à Sabrina.

Il s'éloigna de moi, fit mine de réfléchir, revint sur ses pas, et dit enfin, d'une voix étrange qui me laissa désemparé :

– Laurine est vivante. Je l'ai retrouvée.

Les jambes fauchées, je dus m'asseoir pour assimiler ces quelques mots qui, lentement, douloureusement, faisaient leur chemin en moi.

– Tu n'es pas content ? fit Grégoire d'une voix doucereuse et inquiétante. Tu devrais courir l'annoncer à ta femme.

Je ne bougeais pas, je sentais seulement que je ne pouvais pas me réjouir comme je me serais réjoui d'une telle nouvelle si je l'avais apprise par quelqu'un d'autre que lui.

– Où est-elle ? dis-je doucement.

– Pas si vite ! Pas si vite ! s'exclama Grégoire, le visage baigné d'une joie énigmatique.

– Qu'est-ce que tu veux, Grégoire ? demandai-je de nouveau.

– Je ne veux rien, répondit-il, mais j'ai mis du temps pour la retrouver, alors tu peux bien attendre un peu.

– Tu veux de l'argent ?

Il partit d'un rire grinçant qui me fit autant de mal que sa réponse :

– Mon pauvre Antoine ! J'ai plus d'argent que tu n'en verras jamais.

– Alors ? répétai-je, qu'est-ce que tu veux ?

– Je veux savoir.

– Tu veux savoir quoi ?

– Si elle était libre, est-ce que tu quitterais Sabrina ?

Je le savais cruel, intéressé, revanchard, et je le découvrais machiavélique.

– Non, répondis-je sans la moindre hésitation.

– Non ? Tu en es sûr ?

– Tout à fait sûr.

– C'est parce que tu ne l'as pas revue. Elle n'a pas changé, tu sais, elle est toujours aussi belle.

– Tu l'as vue ? Tu lui as parlé ?

– Bien sûr que je lui ai parlé.

Mon estomac se noua : je me demandai s'il n'avait pas l'intention de lui faire du mal.

– Laisse-la tranquille, Grégoire.

– Tu vois ! Tu t'inquiètes pour elle.

– J'ai tort ?

Il laissa s'écouler un long moment avant de répondre :

– Tu n'as pas tout à fait tort.

– C'est le passé, tout ça, Grégoire.

Il soupira, sourit :

– Tu ne veux pas savoir où elle est ?

Et, comme je ne répondais pas :

– A Bordeaux.

– A Bordeaux ? dis-je, stupéfait de la savoir si proche et si loin à la fois.

– Qu'y a-t-il d'étonnant à cela ? Il lui a suffi de suivre la grand-route. Tant de gens de chez nous sont partis à Bordeaux : c'est la voie la plus normale pour qui veut s'en aller.

– Et que fait-elle ?

– Elle est mariée.

Et, comme je baissai la tête, sans pouvoir prononcer le moindre mot :

– Tu vois, elle nous a oubliés tous les deux.

Son visage s'était durci et je compris qu'il souffrait de cette constatation.

– Tu ne veux pas savoir avec qui ?

– Ça aussi, tu le sais ?

– Je te le répète, Antoine, je sais tout, c'est mon métier maintenant.

– Je t'écoute.

– Avec un homme très riche, qui a fait fortune dans le commerce avec l'Afrique, et qui s'est reconverti aujourd'hui : il possède de nombreux immeubles et il est marchand de biens.

Il ajouta dans un sourire mauvais :

– Tu vois, elle est à l'abri du besoin. Elle cachait bien son jeu, hein ?

– Elle ne cachait rien, Grégoire, et elle a fait comme elle a pu.

– Pourquoi la défends-tu de la sorte ? Elle nous a trahis, l'un comme l'autre.

– Elle n'a trahi personne. Elle s'est enfuie parce qu'elle ne voulait pas se marier, c'est tout.

– C'est cela : elle ne voulait pas de moi.

– C'est loin, tout ça, Grégoire, il faut oublier. Si elle est heureuse, j'en suis heureux aussi.

Il s'assit, réfléchit un instant, reprit :

– Il y a une chose que j'ai oublié de te dire, Antoine, et qui n'est pas de la moindre importance : son mari est juif.

Grégoire avait prononcé ces mots avec une évidente satisfaction qui ne m'avait pas frappé tout d'abord, mais qu'il souligna en ajoutant :

– Les Juifs aujourd'hui, tu sais...

– Quoi, les Juifs ?

– Tu ne lis pas les journaux ?

– Pas vraiment.

– Tu devrais. Alors tu saurais qu'ils n'ont plus désormais les mêmes droits que nous, qu'ils doivent rendre des comptes, qu'ils sont en danger, en quelque sorte.

J'étais saisi d'horreur. J'avais compris en quelques secondes de quoi Grégoire était capable.

– Laisse-la, Grégoire, dis-je. Ne t'en prends pas à elle.

– Qui te parle de ça ? C'est à lui que j'en veux.

– Non ! Grégoire, oublie-les tous les deux.

Il ne répondit pas sur l'instant, il contempla longuement sa bague en la faisant tourner sur l'annulaire, puis il murmura :

– Sans mari, toute seule dans la vie, elle reviendrait sans doute et sa famille serait contente, ta femme en particulier. Car tu vas le lui dire que sa sœur est vivante, n'est-ce pas ?

– Elle le savait. Je n'ai pas à le lui dire.

– Ne te fatigue pas, je sais que tu mens. Personne ne savait où était Laurine.

– Elle m'avait écrit.

– C'est faux. Elle n'a jamais écrit à personne, elle me l'a dit.

Un long silence s'insinua entre nous, que je n'eus ni l'envie ni la force de rompre. Grégoire, lui, savourait son plaisir de jouer avec moi comme un chat avec une souris.

– Pourquoi es-tu venu ? Que veux-tu ?

– Je te l'ai déjà dit : je suis venu t'apprendre une bonne nouvelle. J'espérais d'ailleurs l'apprendre de vive voix à Sabrina.

– N'y compte pas. Je le ferai moi-même.

Il se leva, soupira, puis :

– En ce cas, je vais m'en aller, mais sois tranquille, je reviendrai te tenir au courant.

– Ce n'est pas nécessaire.

– Mais si, j'y tiens.

Il s'attarda encore, fit le tour du bureau comme s'il cherchait quelque chose, puis, à mon grand soulagement, il se dirigea vers la porte. Ensuite, sans doute espérant rencontrer Sabrina, il s'arrêta sur la terrasse, leva la tête vers les fenêtres, et finit par regagner sa voiture dont il baissa la vitre.

– A bientôt, Antoine, tu peux compter sur moi.

Je ne répondis pas et remontai vivement vers le château où, dans la salle à manger, Sabrina, qui avait tout vu, m'attendait. Je n'avais pas eu le temps de réfléchir à ce qu'il fallait lui dire ou taire, mais je n'eus pas le cœur de lui cacher que Laurine était vivante, qu'elle habitait Bordeaux. Elle pleura de joie et me demanda de l'y conduire au plus vite. Je lui dis que Bordeaux se trouvait en zone occupée, qu'il fallait obtenir des autorisations, que j'avais besoin d'un peu de temps.

Elle voulut bien me faire confiance et elle partit à la Ferrière pour annoncer à son frère cette magnifique nouvelle. Je pus alors rester seul pour réfléchir à la situation. Je décidai de ne pas inquiéter Sabrina en lui dissimulant les menaces de Grégoire, mais j'étais bien persuadé que nous avions tout à redouter de lui.

Vint un hiver très froid qui s'installa dès le mois de novembre, porté par des rafales de vent glacé. J'avais décidé de me tenir davantage au courant des nouvelles en lisant chaque jour le journal de Périgueux. J'avais appris que le département de la Dordogne, peu avant la déclaration de guerre, avait été choisi par l'état-major français pour évacuer les populations qui vivaient à Strasbourg et dans dix-neuf communes incluses dans l'arrondissement d'Erstein et de Sélestat. Une seconde vague alsacienne-lorraine s'y était ajoutée en mai-juin 1940, si bien que notre département comptait plus de deux cent mille réfugiés, dont les fonctionnaires strasbourgeois de l'administration municipale.

Certains étaient repartis en juillet 1940 sur l'ordre des Allemands, mais la plupart d'entre eux, dont les familles juives, était restés dans le département, à Périgueux en particulier, et souvent dans la clandestinité, car elles avaient tout à redouter de l'occupant. Quoique en zone libre, la loi portant statut des Juifs d'octobre 1940 leur interdisait non seulement les emplois publics, mais aussi l'accès aux cadres de la presse et de l'industrie.

Même en zone libre, au demeurant, il devenait de plus évident que le régime de Vichy s'alignait chaque jour davantage sur l'occupant dont les instructions formelles et les réquisitions ne laissaient plus de doute sur l'état de sujétion dans lequel il soumettait le gouvernement du Maréchal. Il avait même forcé le vieil homme à reprendre Laval après l'avoir limogé, et il contrôlait toute l'économie par des prélèvements financiers et des saisies discrétionnaires. La police était partout, y compris dans les petites villes ou dans les villages, et faisait preuve d'un zèle qui irritait fortement la population. Cela, je ne l'avais pas appris dans les journaux, qui étaient surveillés étroitement par la censure, mais par l'ancien maire de Saint-Martial qui avait gardé des contacts avec ses collègues de Périgueux et des communes voisines.

J'avais réussi à faire accepter à Sabrina de ne pas se rendre à Bordeaux, afin de ne pas se mettre en danger. Mais elle s'y résignait de moins en moins, me pressait de la conduire, ce à quoi j'allais me résoudre, quand, un après-midi du début du mois de décembre, alors que je revenais de la Borderie, Mélinda m'attendait sur la terrasse pour m'annoncer que nous avions une visite. Elle ajouta seulement, comme je l'interrogeais du regard :

– Sabrina t'attend dans la salle à manger.

J'enlevai mes bottes en toute hâte et me précipitai vers la grande pièce où flambait un feu près duquel il me tardait de me réchauffer, et je demeurai saisi de stupeur en ouvrant la porte : Sabrina et Laurine pleuraient dans les bras l'une de l'autre. Elles se séparèrent en m'apercevant, me dévisagèrent un long moment, attendant sans doute un geste, un mot de ma part, mais j'étais bien incapable de dire ou faire quoi que ce soit. Je regardai cette femme de quarante ans qui n'avait pas changé, ou à peine, avec ses longs cheveux noirs bouclés, cet air farouche demeuré exactement le même, sa peau mate sans la moindre ride, toujours aussi féline quand elle fit un pas vers moi en disant :

– Antoine, mon Dieu, il y a si longtemps.

Je franchis lentement les quelques mètres qui nous séparaient, la pris dans mes bras, la sentis trembler, me détachai d'elle doucement.

– Tu ne dis rien, fit-elle.

Et sa voix, aussitôt, me renvoya vers ces années de lumière où nulle menace ne pesait sur le monde et les enfants que nous étions. Je tremblais moi aussi, maintenant, autant de froid que d'émotion, me demandant par quel ébranlement du temps et de l'espace je retrouvais intactes des sensations que je pensais perdues à jamais, mais qui resurgissaient avec la même netteté qu'à cette époque lointaine où je croyais que rien ne nous séparerait.

– Asseyons-nous, dit Sabrina, comme pour venir à mon secours.

Nous nous approchâmes du feu, qui faisait face à trois fauteuils, tandis que Mélinda apportait du café. Je ne pouvais détacher mon regard de Laurine que j'avais si longtemps crue morte, sans jamais toutefois en être vraiment persuadé, et qui, aujourd'hui, réapparaissait dans ma vie – dans nos vies – avec la même présence, la même troublante beauté. Elle comprit que c'était à elle de parler, et elle commença doucement, avec des hésitations, des excuses, des explications, des regrets, et des larmes qu'elle effaçait d'un doigt ganté sur ses pommettes hautes.

Rien de ce qu'elle nous raconta ce jour-là ne me surprit vraiment. J'aurais très bien pu l'imaginer tout seul, dans la mesure où nous n'avions pas retrouvé son corps, et qu'elle était donc forcément vivante quelque part. Elle commença par nous confirmer ce que nous savions déjà, que l'idée de se marier avec Grégoire lui avait toujours paru insupportable. Elle avait donc décidé de s'enfuir sans laisser la moindre trace derrière elle, afin de lui échapper définitivement.

– Et nous ! fit Sabrina. Te rends-tu compte que nous pensions que tu étais morte !

– C'était la seule solution, répondit Laurine. Si j'avais donné la moindre nouvelle, le moindre indice, je suis sûre qu'il m'aurait retrouvée.

Elle ajouta, d'une voix accablée :

– La preuve, aujourd'hui, si longtemps après, c'est ce qu'il a fait. Et moi, j'ai toujours su de quoi il était capable...

Elle laissa passer quelques secondes, pensive, ne sachant plus comment continuer. Puis elle nous expliqua qu'elle était partie à pied sur les chemins, sans emprunter la grand-route, pour se rendre à Périgueux. Là, elle avait travaillé quelque temps comme femme de ménage dans l'hôtel où elle s'était réfugiée le premier soir, grâce au peu d'argent qu'elle avait pu emporter. Mais Périgueux, pour elle, était trop près de Grandval. Alors, dès qu'elle avait touché sa première paye, elle avait pris le train pour Bordeaux. Après avoir travaillé dans les cuisines d'un restaurant pendant trois mois, elle avait trouvé une place chez un notaire, comme gouvernante des trois enfants. Elle s'y était sentie si bien qu'elle s'était dévouée à sa tâche et avait bientôt fait partie de la famille, étant admise aux repas et présentée comme telle aux amis. Un an plus tard, elle avait fait la connaissance d'un homme plus âgé qu'elle qui fréquentait assidûment maître B., car il était marchand de biens.

Cet homme s'appelait Simon K., il était veuf, et, deux ans après avoir fait sa connaissance, il l'avait demandée en mariage. Pour couper définitivement les liens avec son passé, afin d'échapper définitivement à Grégoire mais aussi pour assurer son avenir, elle avait fini par accepter. C'est le notaire de Bordeaux qui s'était chargé d'obtenir les papiers nécessaires à la mairie de Saint-Martial, dans la discrétion la plus absolue. Voilà pourquoi nous n'en avions jamais rien su. Elle s'était mariée le 16 février 1929 à Bordeaux, et vivait depuis avec cet homme dans une grande et belle maison des allées Tourny. C'est là que l'avait surprise Grégoire six mois auparavant, et il ne lui avait pas caché qu'il travaillait pour la police de Vichy. Dès lors les ennuis avaient commencé pour Simon, qui était d'origine juive bien que non pratiquant : ses biens avaient été placés sous scellés, puis il en avait été spolié sans le moindre jugement, sur une simple décision administrative du préfet.

– Si je suis venue, conclut-elle, c'est parce que je sais qu'il va être arrêté. Il y a eu une rafle à Paris au mois d'août dernier, d'autres vont suivre.

Et elle ajouta, dans un sanglot qui me bouleversa :

– Je suis venue vous demander de nous cacher tous les deux, ici, à Grandval.

Elle avait dit « vous », mais c'était bien à moi qu'elle s'adressait, car ses yeux ne me quittaient pas, et j'y lisais un tel désespoir, une telle détresse, que j'aurais accepté tout de suite si je n'avais pensé aux visites de Grégoire.

– Justement, dit Sabrina, il ne pourra pas penser qu'ils sont si près. Il ne les cherchera jamais ici.

En continuant d'opposer des arguments raisonnables, je craignis de laisser entrevoir un refus auquel je ne songeais pas une seconde.

– A Grandval, bien sûr, dis-je, mais peut-être serait-ce moins dangereux à la Ferrière, chez Paul, car la métairie est très isolée, et Grégoire n'y mettra jamais les pieds.

Et j'ajoutai tout aussitôt, m'adressant à Laurine :

– Ne crois pas que je ne veuille pas vous accueillir au château. Si tu penses que vous y serez plus en sécurité qu'à la Ferrière, c'est entendu.

– Je ne sais pas, dit-elle. Je ne sais plus.

Je l'avais connue forte, décidée, sûre d'elle et je la redécouvrais fragile, s'en remettant à moi qui, je le compris ce jour-là, étais le seul être au monde, à part ceux de sa famille, en qui elle avait confiance. Cette constatation me troubla et m'émut tellement que je restai muet, ne voulant pas me trahir. J'avais beau me savoir en décembre 1941, par instants, sous les yeux de Laurine, je me sentais projeté en arrière, en un temps qui était exempt de la moindre menace, et je ne parvenais pas à reprendre pied dans une réalité qu'elle prétendait si dangereuse. Mais je me gardai bien de le lui dire. Au contraire, l'idée de la savoir tout près de moi me comblait...

– Tu penses revenir quand ? dis-je.

– Le temps de rentrer à Bordeaux, de régler quelques

affaires, et de revenir par Ribérac où m'a amenée un ami.

– C'est-à-dire avant Noël ?

– J'espère. Simon pense que la période des fêtes sera dangereuse car les familles seront réunies.

– Nous avons le temps de réfléchir, dis-je, pour le château ou la Ferrière. Il faut quand même en parler à Paul.

– J'irai dès demain, dit Sabrina.

Comme si elle avait craint un refus de ma part, Laurine paraissait maintenant plus détendue. Elle nous donna quelques précisions sur sa vie à Bordeaux, puis elle se laissa aller à évoquer le temps où nous courions les chemins, et ce bonheur alors, qui nous semblait promis. Sans la présence de Sabrina, je me demande si elle ne serait pas allée plus loin dans ses souvenirs. Avait-elle oublié le grenier à foin, tout ce qui l'inclinait vers moi, alors, et, je ne pouvais pas en douter, qui avait revêtu une telle importance au moment où elle avait décidé de fuir ? J'étais persuadé que non, tandis que nous devisions dans cette grande salle où se tenaient jadis les réveillons de Noël, et où, une nuit, elle s'était trouvée mal sans que j'en comprenne les raisons.

– Nous avons été heureux ici, dit-elle en repensant à ces fêtes paisibles, et je donnerais bien dix années de ma vie pour revenir à cette époque-là.

Elle pleurait de nouveau, me faisant mesurer à quel point elle était ébranlée par ce qu'elle vivait à Bordeaux. Avec Sabrina, nous nous employâmes à la rassurer et, vers le soir, à l'heure du dîner, un sourire naquit enfin sur ses lèvres. Je n'arrivais pas à réaliser que c'était bien elle, celle qui avait disparu si longtemps et à qui j'avais pensé si souvent. Et pourtant, ce visage, ces yeux, ces cheveux me prouvaient assez que je ne rêvais pas, qu'ils étaient bien ceux qui faisaient souvent irruption dans mes pensées, au moment où je m'y attendais le moins.

Après le dîner, Sabrina monta coucher les enfants, et nous restâmes seuls pendant quelques minutes, Laurine et moi, à moins d'un mètre l'un de l'autre. Ses yeux s'attachèrent aux miens, et elle eut un sourire plein de tristesse en murmurant :

– Antoine ! Pourquoi la vie est ainsi faite ? Pourquoi vivons-nous séparés ?

Et elle ajouta, avançant une main que je pris sans la moindre hésitation :

– Tu as bien fait de te marier avec Sabrina.

Encore un silence, puis :

– Mais ça n'empêche rien, tu sais. Quoi que je fasse, où que je sois, c'est vers toi que vont mes pensées. Que veux-tu ? Je n'y peux rien. C'est comme ça depuis toujours.

Elle n'alla pas plus loin, mais c'était déjà beaucoup plus que je n'en espérais. Quand Sabrina redescendit, Laurine demanda à se reposer un moment, car elle devait repartir à une heure, ayant rendez-vous à trois à Ribérac.

– Il vaut mieux que je ne m'attarde pas inutilement, dit-elle.

– Tu es venue comment, depuis Ribérac ? demandai-je.

– Mon ami est resté chez ses parents. Il m'a prêté sa voiture. Je suis venue à pied depuis Saint-Martial.

– Alors tu sais conduire ?

– Oui, dit-elle, j'ai appris ça aussi.

Quand il fallut partir, elle me demanda de l'accompagner, ce que je lui aurais de toute façon proposé, car Fabien, là-haut, comme s'il avait senti une présence étrangère dans la maison, pleurait, appelant Sabrina.

C'était une nuit de pleine lune, il faisait froid, et nous nous rendîmes à pied vers l'église près de laquelle elle avait garé sa voiture. A un moment donné, comme elle frissonnait, elle prit mon bras et je hâtai le pas. Une fois arrivés, elle me dit doucement :

– Je voudrais te demander une chose, Antoine, s'il te plaît. On ne sait jamais ce qu'il peut arriver.

– Quoi donc ?

– S'il te plaît, serre-moi dans tes bras, une fois, une seule fois, ça ne fera du mal à personne et moi ça m'aidera.

Elle ajouta dans un souffle :

– J'en ai tellement rêvé.

Elle était tout près de moi, j'avais la sensation qu'elle avait surtout besoin d'être protégée et, comme elle le souhaitait, je l'attirai contre moi et refermai sur elle mes bras. Combien de temps cela dura-t-il ? Au moins cinq minutes, j'en suis sûr, car nous sommes restés enlacés sur place, oscillant doucement comme pour bercer une douleur trop forte, attentifs seulement à ne pas nous séparer, afin que ces instants demeurent inoubliables. Qui a fait le premier geste pour se détacher de l'autre ? Moi, sans doute, car j'ai pensé à Sabrina qui m'attendait, inquiète, à coup sûr.

– Merci, Antoine, a dit Laurine.

Puis elle est montée dans sa voiture, laquelle a démarré dans un grondement qui m'a semblé réveiller toutes les maisons environnantes, et je me suis dépêché de m'éloigner vers le château, seul, avec la sensation d'un froid immense dans mon corps.

A la fin de l'année, nous n'étions plus seulement six au château, mais huit, car c'étaient les vacances de Noël et François se trouvait parmi nous. Laurine et son mari nous avaient rejoints. Ils avaient finalement décidé de rester avec nous et de garder la Ferrière comme un recours possible. Il avait fallu mettre les enfants au courant, ce qui ne posait pas de problème avec François, qui allait repartir à Périgueux, mais avec Baptiste, âgé de neuf ans, qui fréquentait l'école de Saint-Martial où il risquait de parler. Nous lui avions expliqué ce qu'il devait savoir et, surtout, fait comprendre qu'une seule parole de sa part pouvait mettre en péril ceux qui se cachaient à l'étage, dans l'aile gauche. Il nous avait promis de ne rien dire, et nous avions confiance en lui.

Simon, le mari de Laurine, était un homme de grande taille dans la cinquantaine, ses longs cheveux blancs, rejetés vers l'arrière, dégageant un front haut, au-dessus d'épaisses lunettes dont les verres ne dissimulaient rien de l'éclat vif de ses yeux clairs. Il était toujours vêtu d'un costume, d'une cravate et d'une pochette dont les couleurs se répondaient, en harmonie. Il parlait peu, mais, lorsqu'il ouvrait la bouche, c'était toujours de façon aimable et pour me remercier.

A vrai dire, je ne le voyais pas souvent, car il ne quittait guère sa chambre sous les toits, en tout cas moins que Laurine, qui rattrapait le temps perdu avec sa sœur par de longues conversations. Paul et sa femme venaient de temps en temps les voir, mais ils ne s'attardaient pas. Simon sortait la nuit dans le parc, lorsque les grandes portes étaient closes et que le silence protégeait Grandval. Je ne les sentais pas vraiment en danger, bien que je sache inévitable une nouvelle visite de Grégoire.

Il surgit quelques jours avant Noël, la mine sombre, le geste brusque, l'œil noir, et il ne me laissa pas longtemps ignorer les raisons de sa colère.

– Elle a disparu, me dit-il.

Il fit plusieurs fois le tour du bureau, se planta devant moi, reprit d'une voix sèche :

– Elle a quitté Bordeaux et son mari aussi.

– Elle a peut-être des raisons pour ça, dis-je.

– Sans doute.

Il parut réfléchir, s'approcha à moins d'un mètre de moi, demanda :

– Pourquoi dis-tu cela, Antoine ? Que sais-tu de ce qui se passe à Bordeaux ?

– C'est toi qui m'as dit qu'ils allaient avoir des ennuis.

– C'est juste, fit-il.

Et il s'apaisa un peu tout en continuant de me dévisager. Puis, de nouveau la suspicion se lut sur son visage.

– Antoine, fit-il, si jamais ils avaient l'idée de se réfugier par ici, il est bien évident que tu me le ferais savoir tout de suite.

– Pour que tu t'acharnes sur eux ?

– Pense ce que tu veux, mais il me faut ta parole.

– Ils ne viendront jamais ici. Tu n'as pas besoin de ma parole.

Et j'ajoutai, sans pouvoir dissimuler une faille dans ma voix :

– Si Laurine est partie depuis si longtemps, ce n'est pas pour revenir aujourd'hui.

– Ne te fais pas d'illusions, ils sont aux abois, et tout refuge leur est bon.

Je ne répondis pas. J'avais peur de me trahir, de prononcer le mot de trop.

– De toute façon je les retrouverai, reprit Grégoire.

Il ajouta, haussant la voix, serrant les poings :

– Tu m'entends, Antoine ? Je les retrouverai !

– Mais pourquoi cette haine ? Pourquoi un tel acharnement ?

– Tu le sais très bien.

– Enfin ! Grégoire, nous étions des enfants, le passé est le passé. Crois-moi, c'est trop loin, tout ça.

– Pas pour moi.

Et il ajouta à voix basse :

– Je n'ai jamais pu vivre sans elle, et aujourd'hui pas plus qu'hier.

Puis, furieux, sans doute, de cet aveu, il tourna les talons et partit tout en jetant par-dessus son épaule :

– Préviens-moi, Antoine, sinon Grandval n'y survivra pas !

Dès que la traction noire eut disparu, Laurine descendit aux nouvelles et j'eus beaucoup de mal à la rassurer. Elle voulait tout de suite partir se réfugier à la Ferrière. Sabrina parvint à la convaincre d'attendre Noël, assurant que Grégoire ne venait pas souvent à Grandval et que nous avions un peu de temps devant nous. Simon était de cet avis : il valait mieux garder un refuge de secours.

C'est ainsi que Noël passa, la messe de minuit et le réveillon sans Laurine et sans son mari. Vers vingt-deux heures, nous montâmes dans la chambre du haut, afin de partager quelques instants avec eux. J'avais remarqué que Laurine évitait de se trouver seule avec moi et je m'en félicitais. Pourtant je sentais souvent son regard sur moi, et quand ses yeux rencontraient les miens, je les détournais aussitôt, car ce regard était exactement le même que celui qui me frôlait à la saison des foins, il y avait si longtemps. Mais aujourd'hui ce qui s'était passé nous était interdit, elle le savait aussi bien que moi, et nous avions l'un et l'autre d'autres préoccupations.

François repartit, le cœur lourd, pas encore habitué au collège, mais résigné, me sembla-t-il, à accepter cette nouvelle vie que je lui imposais. J'étais toujours aussi meurtri de le voir s'éloigner du domaine, mais toujours aussi déterminé : rien de ce qui se passait à Grandval ou dans le pays ne me donnait l'impression que la paix reviendrait, et avec elle la perspective d'une vie heureuse.

Cet hiver, au demeurant, fut interminable, sans la

moindre neige, mais avec beaucoup de brumes froides, sans horizon, lourd de menaces. Nous apprîmes en mars qu'il y avait eu une descente de police à Hautefort, et le lendemain à Tourtoirac. Il nous sembla qu'un étau se resserrait autour de nous. Laurine et son mari se réfugièrent alors à la Ferrière. Je dois avouer que j'en fus soulagé car je ne doutais ni de la détermination ni du machiavélisme de Grégoire. Les beaux jours enfin là, les travaux des champs qui s'annonçaient me firent retrouver un peu de confiance : ils prouvaient que malgré la guerre et ses menaces, le monde, lui, continuait de tourner, les saisons de se succéder, hors la folie des hommes. Le parfum des foins parvint à me réconcilier quelque temps avec la vie que les événements assombrissaient.

8

L'été ne s'acheva pas sans une nouvelle visite de Grégoire qui m'apprit, non sans jubilation, qu'une rafle de Juifs avait eu lieu à Paris en juillet, et qu'il en serait bientôt de même en zone libre. Il était évident qu'il n'avait pas désarmé, et cette folle obstination me serrait le cœur : de quoi, au juste, serait-il capable s'il les retrouvait ? Du pire, sans doute, je ne pouvais pas en douter.

Parfois, en réfléchissant, je me disais qu'il était de mon devoir de lui démontrer à quel point son désir de vengeance était injuste et cruel. Je m'imaginais capable de le convaincre, mais ce projet ne résistait pas longtemps à l'image de son visage déformé par la haine et j'y renonçais en songeant aux risques encourus. Je m'en voulais, cependant, de ne pouvoir influer sur celui qui était mon frère et avec qui j'avais partagé une si belle complicité lorsque nous étions enfants. Que s'était-il passé ? Quelle faille s'était creusée entre nous et pourquoi ? Laurine n'y était pas pour rien, certes, mais rencontrer aujourd'hui un tel acharnement me paraissait inconcevable. Je me sentais coupable : j'aurais dû comprendre plus tôt à quel point il s'était senti trahi, et peut-être aurais-je dû l'aider à la retrouver avant cette guerre qui avait exacerbé les passions les plus folles. Etait-il trop tard ? Oui, sans doute, je le mesurai encore en novembre quand Grégoire vint m'annoncer l'invasion de la zone sud par les Allemands.

– Je croyais que le régime du Maréchal était chargé de nous protéger, dis-je.

– C'était vrai jusqu'au débarquement des traîtres en Afrique du Nord. Heureusement qu'ils sont là, les Allemands, ils sauront, eux, nous protéger du vent mauvais qui souffle ailleurs.

– Il n'y a donc plus de zone libre.

– Heureusement ! Nous allons pouvoir agir comme de l'autre côté de la ligne. Il était temps !

Il renouvela ses menaces et repartit non plus seul, mais en compagnie des deux sbires en uniforme qui l'attendaient de part et d'autre de la traction stationnée dans le parc du château pendant notre entrevue.

Ainsi, cette fin d'année apporta la désillusion la plus totale à ceux qui avaient cru à l'action du Maréchal. Le bilan de Vichy était calamiteux, la France entièrement occupée. La flotte s'était sabordée à Toulon, le Maréchal et son gouvernement se trouvaient pratiquement prisonniers à Vichy, le pays tout entier était soumis à la volonté de l'occupant. C'est à peine si j'avais entendu parler de De Gaulle en Angleterre et de Giraud, basé à Alger, qui se déchiraient pour incarner la France libre.

Chez nous, plus que de Grégoire, qui sévissait à Périgueux, je me méfiais surtout du chef de la Légion installé à C., un village voisin de Saint-Martial, lequel prit la tête de la milice locale, dès le début de l'année 1943. Le danger rôdait autour de nous. Les gens ne parlaient pas facilement, mais, à l'image du journal collaborationniste *Je suis partout*, le pouvoir en place semblait tout savoir. Je m'inquiétais beaucoup pour Laurine et pour son mari. J'avais raison : le 20 février, la métairie de la Ferrière fut encerclée par une demi-douzaine de voitures, Simon et Laurine découverts, emmenés avec Paul à Périgueux. Seules la femme de Paul et sa fille avaient été laissées en liberté. J'ai appris plus tard que c'était la petite qui avait parlé, à l'école, en confidence à une amie, de cet oncle et de cette tante qui se cachaient dans le grenier de sa maison.

Poussé par Sabrina, je partis aussitôt pour Périgueux afin de parler à Grégoire. Je n'eus aucun mal à le trouver, en plein centre-ville, dans les locaux de la police au sein de laquelle il occupait une place éminente. Je n'en avais jamais douté, mais de le découvrir si redouté de ses hommes, si sûr de lui, de son pouvoir, de sa force, m'épouvanta. Il était bien sûr au courant de ce qui s'était passé à la Ferrière, et il s'était fait remettre les prisonniers qui dépendaient entièrement de lui. Comme je m'apprêtais à plaider pour eux, il contourna son bureau où l'on m'avait conduit aussitôt que j'avais prononcé son nom, et il me dit d'une voix froide, qui me fit comprendre que j'étais en face non d'un frère, mais d'un ennemi :

– Tu m'as trahi, Antoine. Je sais déjà que tu les cachais depuis des mois.

– Laisse-les, Grégoire, dis-je. Ils n'ont rien fait de mal.

– Toi, si. Tu n'as aucun droit d'être ici. Repars vite avant qu'il ne soit trop tard.

– Libère au moins Paul, et garde-moi en échange, s'il le faut. Tu sais bien qu'il n'y est pour rien.

Il ne répondit pas, lança un ordre et je fus entouré par deux hommes en uniforme qui me prirent par les bras et me firent redescendre les escaliers, avant de me jeter dans ma voiture. La nuit était tombée, il faisait froid et je ne me résignais pas à rentrer à Grandval. Je restai là un long moment, espérant que Grégoire sortirait et que je pourrais de nouveau l'approcher, mais il ne se passa rien, à part l'arrivée de deux camions qui voulurent se garer et dont les soldats en armes me chassèrent de la rue où je stationnais.

Pendant le trajet de retour, je m'efforçai de trouver des mots rassurants pour Sabrina, quitte à lui mentir. Ce que je fis, en entrant dans le salon où elle m'attendait, anxieuse, à plus de minuit. Je lui dis que Paul et Laurine ne risquaient rien, que Grégoire en voulait seulement à Simon, et que je n'avais même pas été inquiété. Je ne pense pas qu'elle me crut, mais elle consentit cependant à aller se coucher. Elle me posa des questions jusqu'au matin, et s'endormit seulement peu avant le jour, alors que je me levais pour réfléchir à la situation.

Que faire ? Je ne pouvais que m'en remettre à Grégoire, à espérer qu'il saurait se souvenir de ce que nous avions vécu, se rappeler ce que nous avait appris notre père, son indulgence, son sens de la famille, tout ce qui avait constitué la vie des Grandval.

Aucune nouvelle ne nous parvint pendant plusieurs jours. La femme de Paul venait chaque matin, me suppliait de retourner à Périgueux, ce que je fis, au bout d'une semaine, mais on ne me laissa pas entrer dans les locaux de la police : Grégoire avait donné des ordres dans ce sens. Enfin, le dernier jour du mois de février, Paul apparut le soir, peu avant la nuit. Les traits tirés, épuisé, il était porteur d'un message de Grégoire que je lus dans mon bureau, face à Sabrina qui m'interrogeait du regard. Simon avait été expédié vers Drancy, Laurine était assignée en résidence surveillée à Périgueux, et Paul était libéré. « Tu vois, concluait Grégoire, si je n'occupais pas la position qui est la mienne, vous auriez tous été arrêtés, toi le premier. J'espère que tu comprendras enfin quel parti prendre et qui est réellement ton frère. » Il ajoutait en post-scriptum : « Ne t'inquiète pas pour Laurine, je l'ai fait enfermer pour la protéger d'elle-même et de la Gestapo, mais elle ne risque rien. »

Nous fûmes soulagés pour Paul et pour Laurine, pas trop inquiets pour Simon, car nous ne savions pas, à cette époque-là, vers où partaient les prisonniers de Drancy. Il me sembla alors que nous avions évité le pire et, au fil des jours, je me tournai vers des préoccupations plus terre à terre : il fallait à tout prix se consacrer aux travaux des champs, car je n'avais plus d'argent. Et des foins, des jardins, des moissons, du bétail, des volailles dépendait notre sort. Je me promis d'y consacrer l'essentiel de mes forces, bien aidé en cela par Louis et par Paul qui, comme moi, comme nous, savaient à quel point nous avions besoin de récoltes.

Les beaux jours furent en avance, éclairant enfin la vallée de la lumière neuve des printemps. Pas de gelées lors des saints de glace, grâce à un vent du sud qui persista pendant deux semaines, apportant des pluies tièdes, provoquant une éclosion de couleurs sur les collines, et réveillant en moi, comme chaque année, des sensations qui auraient pu être totalement heureuses, si nous n'avions pas été soucieux du sort de Laurine, dont la privation de liberté se prolongeait. Je n'en dis rien à Sabrina, mais plus le temps passait et plus j'étais convaincu que Grégoire usait de son pouvoir pour lui faire payer tout ce qu'il avait souffert à cause d'elle.

Je pris l'initiative d'un nouveau voyage à Périgueux, où Grégoire, cette fois, me reçut, souriant, et me répondit comme je m'inquiétais de Laurine :

– Je la protège. Sans moi, elle serait déjà avec son mari en Allemagne, dans un camp. C'est ce que tu souhaites pour elle ?

– Non.

– Alors ?

– Tu ne peux pas la retenir prisonnière si longtemps.

– Je peux tout, Antoine, et elle le sait.

– Laisse-moi la voir, au moins une fois.

– Non.

– Pourquoi ?

– Tu sais très bien pourquoi.

Et il ajouta, d'une voix froide qui ne me laissa aucun doute sur sa détermination :

– Aujourd'hui, elle est à moi.

Je compris qu'il était inutile d'argumenter. Je repartis, dévasté par l'idée que je ne pouvais rien pour elle, hanté par la certitude que Grégoire ne la relâcherait jamais. Ce que je tus, évidemment, à Sabrina, essayant de lui montrer au contraire à quel point sa sœur était en sécurité à Périgueux. Elle feignit de me croire et se laissa porter comme moi vers la chaleur de juin, ses jours interminables et ses soirs si paisibles.

Comme il avait plu au printemps, les foins s'annonçaient beaux. Sans essence, il fallut reprendre les faux et les fourches, retrouver ces gestes anciens que nous avions désappris, avancer au pas des chevaux, les chars bringuebalant sur les chemins, sous un ciel où ne rôdait pas le moindre nuage. Je ne m'éloignais pas de Sabrina, observais près de moi ses cheveux couleur de blé attachés en chignon, les flocons d'avoine fleuris sur ses avant-bras, m'efforçais de soutenir son regard lorsque ses yeux clairs rencontraient les miens. Je savais qu'elle retrouvait avec plaisir ce travail qu'elle avait appris depuis son plus jeune âge, et que, comme moi, elle en était réconfortée. Je me gardai bien de laisser filtrer la moindre lueur d'inquiétude au sujet de Laurine.

Le dernier soir, juste avant la nuit, c'est près d'elle que j'engrangeais le foin dans le fenil de la Ferrière, et quand elle s'approcha de moi, je ne la repoussai pas, au contraire : nous étions seuls, enivrés par ce parfum épais, si puissant, de l'herbe sèche. Je ne me souviens plus si c'est elle, ou moi, qui prit l'initiative d'une étreinte rapide, dans le picotement de la peau contre le foin, mais je jure que ce jour-là l'image de Laurine ne m'apparut pas une seule seconde. C'était bien Sabrina qui enserrait mon cou de ses bras, qui murmurait des mots fous dans l'ombre de la nuit qui achevait de tomber, et qui se laissa glisser ensuite, sur les planches du grenier, comme si elle avait perdu connaissance.

Il nous fallait bien ce genre de compensation pour oublier les menaces qui pesaient sur Laurine mais aussi sur Grandval. Je sentais que le château était surveillé. Depuis Saint-Martial jusqu'à la Borderie, des hommes passaient parfois sur la route ou suivaient les sentiers du domaine, vers la Brande et vers la Ferrière. Je ne savais s'il s'agissait des policiers envoyés par Grégoire ou ceux de la milice locale, mais j'étais certain de leur présence et du danger qu'ils représentaient.

Il fallait s'en accommoder, éviter d'y penser et préparer les moissons, car nous avions besoin de blé, les réserves de l'année passée étant toutes épuisées. Heureusement, les champs étaient lourds d'épis, sans le moindre charbon ni la moindre trace de moisissure. La perspective rassurante qu'ils suscitaient m'aidait à envisager l'avenir sous des auspices moins sombres, d'autant que le beau temps s'était installé, et qu'il semblait que nous pourrions moissonner avant les orages qui n'éclataient pas d'ordinaire avant la fin août.

Et ce fut justement le premier jour des moissons, alors que je rentrais fatigué au château, que la traction noire de Grégoire arriva en même temps que moi dans le parc. C'est peu dire qu'il était furieux : il écumait de rage et il ne trouvait pas les mots pour exprimer sa colère. Il refusa de me suivre dans le bureau où se déroulaient d'ordinaire nos entrevues, et ce fut sur la terrasse, criant et hurlant, fou de colère, qu'il m'apprit que Laurine avait échappé à la vigilance de ses gardiens et qu'elle s'était enfuie.

– Ecoute-moi bien, Antoine, conclut-il, si elle se réfugie de nouveau ici et que tu la caches, je ferai mettre le feu au château. Est-ce que tu m'as bien compris ?

Je tentai de le calmer mais il était hors d'état de m'entendre. Il continua de vociférer pendant un long moment, alertant Sabrina et Mélinda qui croyaient à un drame et se désespéraient derrière la vitre de la salle à manger, puis il rejoignit sa voiture en lançant une dernière menace :

– Si tu apprends où elle se trouve, préviens-moi tout de suite, sinon tu sais ce qui t'attend !

Quand il eut disparu, Sabrina se précipita vers moi et j'eus beaucoup de mal à la rassurer. En fait, je ne savais pas s'il fallait se réjouir de cette nouvelle ou s'en désoler. A Périgueux, même sous la tutelle de Grégoire, c'était vrai que Laurine était en sécurité. Libre mais recherchée, qu'allait-elle faire ? Où allait-elle se cacher ? Je ne pus trouver les mots pour apaiser Sabrina. Nous allâmes prévenir Paul et sa femme et nous leur recommandâmes la plus grande prudence, sachant que nous serions encore plus surveillés.

Le lendemain, après une nuit sans sommeil, il fallut reprendre le travail, et ce ne fut pas facile. J'avais espéré des moissons heureuses mais la pensée de Laurine en danger ne cessait de me hanter. Je voyais bien que Sabrina, près de moi, était obsédée par les mêmes noires pensées. Tout le monde travaillait en silence, sans joie, et pas le moindre éclat de rire ne retentissait parmi les moissonneurs.

Les jours suivants, il en fut de même. Au bout d'une

semaine, seulement, les battages ramenèrent un semblant de gaieté, mais je n'eus pas le cœur à demander aux femmes de préparer le repas de la gerbebaude. Il me semblait que Grégoire pouvait surgir à tout moment pour nous annoncer une mauvaise nouvelle. L'été paraissait à son déclin : la plus belle saison venait de passer sans nous apporter le peu de bonheur que nous en espérions. Les orages éclatèrent un soir, peu avant la nuit, et s'acharnèrent sur la terre dure des champs avec une fureur qui me parut défier celle des hommes.

Dès lors, nous vécûmes dans l'attente et dans l'angoisse, malgré les embellies d'un automne qui alluma sur les collines des foyers de toutes les couleurs. Les vendanges, en nous occupant pendant une semaine, me firent un peu oublier Laurine et son mari, puis, vers la fin septembre, une nuit, on frappa à la porte de la terrasse, sans que les chiens n'aient aboyé. Je crus qu'il s'agissait de Laurine, mais c'était Louis Mestre, de la Borderie, et il n'était pas seul : deux hommes l'accompagnaient, que je ne connaissais pas. Je les fis entrer dans mon bureau après avoir rassuré Sabrina qui avait entendu, comme moi, et s'était levée. Ils m'expliquèrent en quelques mots ce qui les amenait là : des résistants combattaient dans l'ombre contre l'occupant, et ils avaient besoin de moi ou plutôt de la grange de la Borderie pour entreposer des armes. Je leur fis observer que le domaine était surveillé et qu'il valait peut-être mieux les entreposer ailleurs.

– Elle se trouve à la lisière de la forêt, me répondit Louis. On ne passe jamais à découvert pour y accéder.

Et il ajouta, comme je demeurais sceptique, en me désignant les deux hommes :

– De toute façon, on n'a pas le choix. Ils sont venus vous prévenir, mais ils en ont déjà décidé.

– Ne vous inquiétez pas, fit l'un des deux hommes, le plus grand, qui portait une canadienne et un béret, ils auront très bientôt d'autres chats à fouetter que de surveiller vos chemins. Quant à vous, il vaut mieux que vous vous démarquiez de votre frère, sans quoi un jour, comme lui, vous devrez rendre des comptes.

– Faites comme vous le souhaitez, dis-je, je voulais simplement vous prévenir du danger qui rôde autour de Grandval.

– Nous le connaissons et nous l'avons mesuré. Votre métairie est la plus proche de la forêt.

C'est ainsi que s'établit le premier contact avec les maquisards de la région et j'avoue que, d'une certaine manière, il me fit du bien. J'eus la sensation de rejoindre Laurine et son mari dans le combat qui les opposait aux Allemands et à ceux qui, comme Grégoire, les aidaient. J'eus aussi probablement la satisfaction de me rapprocher enfin des hommes qui partageaient les mêmes idées que moi, alors que j'avais toujours cru être seul dans mon refus du régime en place symbolisé par Pétain et Laval. Ainsi, malgré les risques, malgré le danger, je me sentis mieux, comme réconcilié avec cette part de moi-même qui se révoltait contre la menace perpétuelle qui pesait sur le pays, sur le domaine, sur cette liberté qui avait si longtemps été la nôtre. Je compris que Louis Mestre, qui s'était battu contre les Allemands pendant la dernière guerre, n'était pas pour rien dans le rapprochement des maquisards de la région vis-à-vis du domaine et de ses forêts.

Peu après cette entrevue, comme je l'interrogeais à ce sujet au cœur même de la Borderie, il me répondit :

– Il vaut mieux que vous n'en sachiez pas trop. J'ai confiance en vous, mais on ne sait jamais.

Et il ajouta, d'une voix qui me fit chaud au cœur :

– C'était la seule solution, sans quoi vous auriez un jour payé les pots cassés par votre frère.

Je savais qu'il avait raison et je le remerciai sincèrement tout en lui faisant observer que ce qui se passait dans le domaine grâce à lui était un soulagement pour moi.

– Alors tout va bien, dit-il.

Nous nous séparâmes, après nous être serré la main. Louis était un homme carré, fidèle et fort, comme son père il s'était toujours montré fiable, attaché à Grandval et à notre famille. Je l'aimais beaucoup et j'étais heureux de pouvoir compter sur lui.

Au cours des semaines qui suivirent, je me préparai à voir surgir Grégoire, mais il n'apparut qu'à la fin novembre. Je m'attendais à ce qu'il me parle des maquisards de la région, mais ce n'était manifestement pas sa préoccupation. Non, il se montra toujours aussi obsédé par Laurine, et il me livra des informations qui me firent trembler pour elle. Il m'apprit avec jubilation qu'elle avait rejoint les réseaux juifs clandestins dont la façade officielle, l'Aide sociale israélite, était située rue Thiers à Périgueux. Pour pouvoir bénéficier de secours matériel – nourriture ou médicaments –, tous les Juifs de la région devaient y être affiliés. La police disposait donc de la liste des bénéficiaires et les connaissait parfaitement.

– Là n'est pas le problème, me dit Grégoire, notre souci c'est les clandestins dont le travail est d'établir de fausses pièces d'identité et de cacher des enfants un peu partout, notamment dans les fermes et dans les châteaux. Je sais que Laurine est entrée en contact avec la directrice de l'Aide sociale qui s'appelle Fanny Schwabb. Elle n'a pas quitté le coin. A mon avis, tu ne tarderas pas à recevoir de ses nouvelles.

– Ça m'étonnerait ! dis-je, je te rappelle que c'est ici qu'elle a été arrêtée.

– Bien sûr. Mais le jour où elle sera acculée, où elle ne saura plus où aller, je suis certain qu'elle viendra.

Et ce jour-là, Antoine, si tu ne me préviens pas, je ne pourrai plus rien pour toi.

Je laissai passer quelques secondes avant de répondre :

– Tu n'as jamais pensé que le vent pourrait tourner un jour ?

– Qu'est-ce que tu racontes ?

– Tu crois vraiment que les Allemands occuperont indéfiniment notre pays ?

Grégoire ne répondit pas. Je m'aperçus avec stupeur que c'était une question qu'il ne s'était jamais posée.

– Ne t'inquiète pas pour nous, dit-il, ce n'est pas une poignée de terroristes qui va faire la loi dans ce pays.

Il s'en alla, toujours aussi sûr de lui, après avoir renouvelé ses menaces à mon égard. Des menaces que je dissimulai soigneusement à Sabrina, de même que le danger que courait Laurine. La fin de cette année 1943 fut lugubre, pesante, car je redoutais d'apprendre une nouvelle arrestation de celle à qui je pensais continuellement.

Peu avant Noël, Louis Mestre et Paul Chanourdie vinrent me trouver pour me prévenir du fait que tous les deux, à présent, travaillaient pour la résistance. Sabrina assistait à l'entretien. Contrairement à ce que je croyais, elle ne s'en montra pas du tout effrayée et, au contraire, elle proposa son aide à Louis et à son frère. Elle m'apprit dans les jours qui suivirent qu'elle assurerait la liaison entre la Borderie et la Ferrière. Je lui fis observer que cela deviendrait vite dangereux, mais rien n'aurait pu la détourner de son besoin de mener le même combat que sa sœur.

C'est alors que débuta cette terrible année 1944 qui allait être si tragique et laisser tant de cicatrices dans nos vies. Partout, dans les bourgs, les villes et les villages, la résistance s'organisait, forte des réfractaires au STO qui venaient de rejoindre ses rangs pour ne pas partir en Allemagne. En Périgord, les opérations et les sabotages se multipliaient, au point qu'ils finirent par indisposer sérieusement l'occupant qui, depuis Paris, décida d'expédier une division placée sous les ordres du général Walter Brehmer, lequel installa son PC, le 24 mars, à l'hôtel Domino à Périgueux.

Deux jours plus tard, l'enfer commença pour la population située dans un triangle Montpon-Monestérol, Mussidan et Ribérac. Ne trouvant pas trace des maquis, les colonnes armées s'en prirent à la population civile et, au cours de la journée du 26, fusillèrent vingt-quatre otages, incendièrent des maisons et des immeubles. Près de cinq cents personnes furent arrêtées et emprisonnées dans la caserne de Périgueux.

Je fus prévenu au cours de la nuit suivante par Louis Mestre, qui pensait que les Allemands n'en resteraient pas là. Effectivement, pendant les jours qui suivirent, la division Brehmer investit l'est du département, à la recherche des maquis, des communistes et des Juifs. Mais les premiers se cachaient, tandis que les israélites étaient sans défense. Dans la plupart des cas, les hommes furent exécutés sur place, alors que les femmes et les enfants étaient arrêtés et déportés. Les drames les plus terribles se jouèrent à Brantôme, Sainte-Marie-de-Chignac et la Bachellerie.

Nous avions compris qu'il s'agissait d'une opération d'envergure décidée depuis la capitale, mais nous n'avions aucune idée de la sauvagerie avec laquelle elle devait être exécutée. J'étais très inquiet pour Laurine, mais je ne savais pas qu'elle avait été arrêtée à Mussidan et emprisonnée à Limoges. Le lendemain, un message nous parvint de Tourtoirac, expédié par une femme juive qui avait assisté à l'arrestation des otages de Mussidan et réussi à passer à travers les mailles du filet. Je décidai de me rendre sur place pour tenter de retrouver cette femme et me faire expliquer ce qui s'était passé. Je la cherchai en vain : elle se cachait bien, car elle avait eu très peur et se sentait en péril. Alors se produisit l'inimaginable, ce que je me reprocherais toute ma vie de n'avoir pu deviner, de n'avoir pu empêcher. Le 1er avril, Sabrina, rendue folle de douleur par l'arrestation de Laurine, partit en début d'après-midi, sans rien me dire, pour Tourtoirac, afin de retrouver cette femme.

J'ai appris par la suite qu'elle y était arrivée vers quatorze heures, qu'elle s'était renseignée un peu partout, qu'elle avait finalement retrouvé cette femme qui s'appelait Aline W., et qu'elle se trouvait encore chez elle quand la colonne allemande, à seize heures, a investi le village, avec toujours le même objectif : arrêter les Juifs, les communistes et ceux qu'ils appelaient « les terroristes ». Quatre hommes furent fusillés au bord de la rivière, les enfants et les femmes, dont Sabrina retrouvée sans papiers chez une israélite, emmenés à Périgueux. Ce que j'ai pu reconstituer, car la plupart des témoins sont morts à Auschwitz, c'est que le camion, pour une raison inconnue – mais je pense qu'il s'agissait de fusiller un dernier otage descendu du car de Hautefort alors que la colonne allemande s'apprêtait à partir –, a fait halte à un kilomètre de Tourtoirac, au niveau du village de Saint-Hilaire. Là, Sabrina, qui se trouvait à l'extrémité de la plate-forme arrière, côté route, a cru pouvoir se sauver, a sauté et s'est mise à courir vers l'abri d'une maison mais n'a pas pu l'atteindre.

Dieu que c'est difficile, malgré les années écoulées, d'écrire ces mots-là ! Je ne crois pas être capable de pouvoir exprimer le désespoir dans lequel j'ai sombré quand j'ai été prévenu, à la nuit tombée, par Paul et par Louis Mestre. Ils ramenaient le corps criblé de balles de Sabrina. Les enfants dormaient, heureusement. Qu'ai-je fait ? Qu'ai-je dit ? Je ne sais pas. Je crois que mon esprit s'est absenté, a reflué je ne sais où, incapable d'admettre ce qui venait de se passer, et que sans ce retrait, peut-être serais-je devenu fou. Mélinda s'est occupée des enfants, les femmes de Paul et de Louis Mestre sont venues au château pour veiller avec moi, préparer les obsèques, lesquelles furent expédiées rapidement, car les risques étaient importants, la milice surveillant tout ce qui se passait. De ce fait, Paul et Louis n'y assistèrent pas : c'était trop dangereux. Nous fûmes peu nombreux à nous recueillir sous le grand frêne de la Borderie, où reposaient tous les Grandval.

Ce fut cet après-midi-là, au retour, que je mesurai la détresse de mes enfants – de François en particulier – et que je repris un peu d'empire sur moi-même. Je n'étais pas seul à souffrir, ils avaient besoin de leur père. Je puisai donc au plus profond de moi, là où se trouvent enfouies des réserves insoupçonnées, afin de leur venir en aide et de passer le cap. Fabien était petit, encore, mais Baptiste et François se montraient accablés par le chagrin, inconsolables – à tout jamais, me sembla-t-il.

Sans eux, je n'aurais peut-être pas survécu. Les nuits m'étaient insupportables, je ne parvenais pas à dormir, j'apercevais Sabrina qui courait, tendait les bras vers moi, je la voyais distinctement tomber, me demandais si elle avait crié comme elle criait devant moi dans l'obscurité, me forçant à me lever pour ne plus l'entendre, à partir sur les chemins du domaine pour marcher comme un fou. J'avais perdu toute conscience de ce qui était étranger à Sabrina et à mes enfants. Je ne pensais ni à Paul ni à Louis qui couraient les pires dangers, ni à Laurine dont j'ignorais le sort. Je n'étais plus que douleur, incapable d'envisager l'avenir, soucieux seulement de rester en vie pour ceux qui avaient besoin de moi.

9

A ma grande surprise le soleil revint sur Grandval, alors que je le croyais disparu pour toujours. Il m'avait semblé que le monde ne serait plus jamais le même et voilà que les beaux jours s'installaient, comme chaque année, que l'herbe poussait, faisant reverdir les collines et les prairies, insensibles à ce que vivaient les hommes, leur folie et leur souffrance. J'en fus d'abord meurtri, comme si cette indifférence, cette insensibilité témoignaient d'une froide distance, alors que je m'étais toujours senti intégré dans cet univers de verdure et de beauté. Puis, très vite, heureusement, cette permanence, au contraire, m'apparut rassurante : le monde naturel était inaccessible au malheur, il lui demeurait étranger. Là se situait sans doute le refuge où je trouverais les forces pour continuer.

Paul, très ébranlé par la mort de Sabrina, m'avait appris que Laurine, malgré un coup de force des résistants de Périgueux, avait été transférée vers Drancy et, de là, en Allemagne. Je n'en avais pas été surpris, son mari ayant suivi le même itinéraire l'année précédente. Nous étions abattus par la perte de l'une et de l'autre, même si nous gardions l'espoir de revoir Laurine un jour. Nous avions du mal à tenir debout, à envisager de nous remettre au travail et, pourtant, les foins déjà étaient hauts, gonflés par les pluies du printemps.

C'est alors que nous apprîmes le débarquement de Normandie et que Louis et Paul, brusquement, disparurent, requis par le maquis AS dont ils faisaient partie. Avec les FTP, depuis le mois de mai, ils attaquaient régulièrement les convois allemands, faisaient sauter des voies ferrées – notamment celle de Thiviers à Périgueux – provoquant, hélas, des représailles dans les bourgs ou dans les villages. A partir de ce 6 juin 1944, donc, la funeste division Das Reich, qui remontait vers la Normandie, prêta main-forte aux miliciens et aux troupes cantonnées dans la région pour lutter contre les maquis. Le Périgord s'embrasa, le 9 juin au Fleix, à Terrasson, à Lesparat ; le 11 à Mussidan de nouveau, où le maire fut assassiné en même temps que cinquante-deux otages. Ce fut l'époque d'une violence aveugle et des règlements de comptes, dont je m'attendais à subir aussi les conséquences au château.

Heureusement, Paul et Louis veillaient d'un côté, et probablement Grégoire de l'autre. S'il n'apparaissait plus à Grandval, c'est parce que les routes n'étaient pas sûres et qu'il devait être par ailleurs très occupé. Je ne doutais pas qu'il fût au courant de la mort de Sabrina et, à coup sûr, de la déportation de Laurine. Avait-il essayé de la sauver ou s'en était-il désintéressé ? Je ne le savais pas. Du moins pas encore.

Il fallut entreprendre les foins malgré l'absence des hommes. Nul n'avait le cœur à travailler parmi les femmes et les enfants. En outre, les nouvelles des exactions se multipliaient, et j'avais peur d'exposer les uns et les autres au cours des travaux en plein air. Mais comment faire autrement ?

Vers la fin du mois, heureusement, le nord-est du département tomba sous l'autorité des résistants, les miliciens s'enfuirent vers Limoges, et les Allemands se réfugièrent à Périgueux et à Bergerac. Mais ils ne restaient pas inactifs : le 26 juin ils attaquèrent les maquis dans la région de Sarlat et quarante FTP trouvèrent la mort dans ces combats.

Louis apparut un soir et nous aida à rentrer les foins en trois jours, puis il disparut de nouveau, après m'avoir rassuré : son groupe se trouvait dans la forêt d'Excideuil, à deux pas de Grandval. Le mois de juillet continua d'apporter son lot de nouvelles alarmantes : des otages fusillés, une population constamment menacée, des combats à Savignac, Manzac, Neuvic, Saint-Etienne-de-Puycorbier, les ultimes tentatives allemandes pour déloger les maquis des zones qu'ils contrôlaient. Début août, je ne pensais même pas aux moissons, tellement nous étions inquiets. Enfin, le 20 août, la bonne nouvelle arriva : les Allemands venaient de quitter Périgueux, non sans avoir, hélas, exécuté quarante otages.

Le lendemain, Louis et Paul réapparurent. C'était fini. Pour eux, il n'était pas question d'accompagner les volontaires vers la Normandie : le Périgord étant libéré, ils ne pensaient plus qu'aux moissons. Il était temps, les épis commençaient à verser. Ils se mirent au travail comme s'il ne s'était rien passé et je les retrouvais aussi forts, aussi déterminés qu'avant, peut-être même plus, car la fierté faisait briller leurs yeux. Ils avaient libéré leur terre, avaient fait leur devoir et retournaient naturellement aux travaux qui les faisaient vivre, eux et leur famille. Plus que de la fierté, Paul savourait aussi une revanche, me semblait-il, sur ceux qui avaient tué sa sœur. Quand il me parla des combats et de la manière dont il s'était battu contre les derniers Allemands, je compris que sa vengeance avait été terrible.

Deux jours plus tard, je crois, ou peut-être dans la nuit du 22 au 23, je fus réveillé par un bruit anormal sur la terrasse. Je descendis, en même temps que Mélinda qui avait entendu aussi. Je trouvai un homme allongé sur le ciment. Il avait fait s'écrouler deux chaises de jardin en tombant. Il devait être blessé, car il râlait, mais dès que je me penchai sur lui, je fus saisi de stupeur : c'était Grégoire. Couvert de sang, incapable de se tenir debout, il balbutiait mon nom, s'agrippait aux pans de ma robe de chambre, et je vis que ses lunettes étaient cassées. Je le pris par les épaules et le tirai à l'intérieur avec difficulté, car Mélinda, très âgée à présent, ne pouvait pas m'aider. Je l'emmenai dans la cuisine, allumai, constatai qu'il était blessé au front et à la cuisse droite.

– Ils me cherchent, Antoine, cache-moi, dit-il d'une voix précipitée, affolée, en me prenant les bras.

Je pensai à Sabrina, à Laurine, et je fus tenté de le ramener dehors, où je l'avais trouvé. Plus que de la pitié, une colère sourde montait en moi, me poussant à prévenir Paul et Louis, qui se seraient chargés de remettre Grégoire à ceux qui le cherchaient. Pourquoi ne l'ai-je pas fait ? Peut-être parce que je l'ai revu soudain devant moi, l'été d'avant son départ au collège, me suppliant de l'aider. Ce n'était plus le même, certes, mais c'était mon frère, celui avec qui j'avais partagé tant de secrets, tant d'espoirs, tant de rêves.

– Antoine, ne m'abandonne pas ! gémissait-il, et ses yeux épouvantés me rappelaient tant de souvenirs, de moments complices que malgré moi, malgré Sabrina, malgré Laurine, ma décision fut prise.

Je n'ai jamais regretté d'avoir fait ce que j'ai fait : ce frère détesté, ignoble mais adoré, c'était le mien, le fils de Pierre, à qui, aussi, cette nuit-là, j'ai pensé. Je me suis vu devant mon père et j'ai compris qu'il l'aurait sauvé. Alors j'ai soigné Grégoire, j'ai lavé son sang, essuyé ses larmes, pansé ses plaies, je l'ai porté vers la chambre de la tour où, ironie du sort, s'étaient cachés Laurine et Simon.

Mélinda était repartie se coucher. Je restai seul une

partie de la nuit avec Grégoire qui haletait doucement, répétait :

– J'ai essayé de la sauver, je te le jure, mais j'ai été prévenu trop tard. Le convoi n'est pas passé par Périgueux, il est parti directement pour Limoges.

Il toussa, s'étrangla, reprit :

– Il faut me croire, Antoine, quand j'ai reçu les listes, huit jours plus tard, elle avait déjà quitté Drancy.

– Et Sabrina ? dis-je, sentant de nouveau la colère bouillonner en moi.

– Je vous ai protégés de toutes mes forces, tu le sais bien puisque tu n'as jamais vu le moindre soldat allemand à Grandval. Et pourtant je savais que les maquisards y étaient présents, car le domaine était surveillé. Mais elle, comment aurais-je deviné qu'elle se trouverait à Tourtoirac ce jour-là ?

Il avait fait un tel effort pour tenter de me convaincre qu'il s'évanouit. Je le ranimai en faisant couler quelques gouttes de vieux marc entre ses lèvres, puis je le rassurai. Alors il se calma et finit par s'endormir. Je ne sais pas si je dois l'avouer, si ce sera compréhensible à ceux qui liront ces lignes, mais, pour ne pas le laisser seul, je m'allongeai à côté de lui et y restai jusqu'au matin.

Je fus comme absent des moissons, ailleurs, inaccessible au parfum délicieux des épis et des grains, à la chaleur épaisse qui campait sur l'aire de la Borderie où se tenaient les battages. Paul et Louis se rendirent compte que j'étais soucieux, mais ils étaient loin d'imaginer pourquoi. Il n'y eut pas de repas de la gerbebaude, aucun de nous n'ayant le cœur à la fête, au souvenir de la disparition de Laurine et de Sabrina.

Au château, seule Mélinda était au courant de la présence de Grégoire. Je n'en avais pas prévenu Baptiste, qui devait rejoindre le collège à l'automne, ni Fabien qui irait bientôt à l'école. Le bavardage de la fille de Paul au sujet de Laurine et de Simon m'avait servi de leçon. Le problème était que je devais trouver une jeune femme capable de s'occuper de mes fils, Mélinda, malgré ses protestations, étant trop âgée, trop fatiguée pour s'en charger. Il était dans le destin des Grandval, depuis mon grand-père Fabien jusqu'à mon père et moi, de perdre leur femme jeune et d'avoir en charge des enfants en bas âge. C'était ainsi. Mais je devais agir vite, car mon plus jeune fils avait besoin d'une présence féminine pour compenser un peu la perte d'une mère dont, dans la candeur de ses quatre ans, il croyait qu'elle allait un jour revenir.

La douleur permanente de mes enfants me dévastait. Je m'efforçai de leur parler d'avenir, de ne faire aucune allusion à celle qui n'était plus là, d'apparaître gai alors que j'étais submergé de souffrance, de demeurer proche d'eux, jamais distant, toujours attentif, mais mes forces me trahissaient parfois, et je m'enfermais dans mon bureau pour une heure ou deux, le temps de puiser l'énergie nécessaire pour vivre, tout simplement.

C'était moi, et moi seul, qui montais de quoi manger à Grégoire. Il avait repris apparence humaine en quelques jours, ses blessures étant superficielles : la balle qui l'avait blessé à la cuisse avait à peine entamé sa chair et les coups qu'il avait reçus à la tête lui avaient seulement ouvert le cuir chevelu. Cependant, il demeurait hagard, sous le coup de cet effondrement auquel il n'était pas préparé, des représailles qu'il avait subies. Je ne le reconnaissais pas : il ne cessait de me remercier, me suppliait de ne pas le chasser.

– Ils me tueront, Antoine, je t'en supplie, laisse-moi rester ici ; personne ne me trouvera.

Ce n'était certes pas Mélinda, qui l'avait élevé comme une mère, qui pouvait le livrer à ceux qui le cherchaient. Pourtant, elle ne se privait pas de manifester une désapprobation muette lorsque je m'emparais d'un peu de nourriture pour la porter à Grégoire. Je ne savais plus que faire. La seule chose dont j'étais certain, c'est que je n'enverrais pas mon frère à la mort. Paul et Louis me faisaient chaque jour le récit d'exécutions sommaires en représailles contre les collaborateurs de la région. Je devinais qu'ils pensaient à Grégoire, sans doute poussés par les responsables des maquis qui étaient sur sa piste, mais ils n'osaient pas m'interroger à son sujet.

Je savais ce que je risquais de cacher ainsi ce frère qui avait fait tant de mal à la population de la région, mais je savais aussi que je ne le livrerais pas. Cette idée m'apparaissait inenvisageable, insupportable. Et cependant – en réaction sans doute –, je me montrais dur vis-à-vis de Grégoire, laissant planer le doute, refusant d'écouter ses fausses justifications, ses mensonges, le côtoyant seulement le temps de lui apporter ses repas et de lui prodiguer les derniers soins à ses blessures.

Je me demandais où tout cela allait me conduire. Je faisais confiance aux jours qui passaient, j'espérais un oubli rapide, mais la guerre continuait, les vengeances, les règlements de comptes, les jugements hâtifs se multipliaient. Je trouvai un heureux dérivatif dans la recherche d'une femme capable de s'occuper de mes enfants, et j'aboutis à une solution à la fin de ce mois-là. Elle s'appelait Jeanne, elle avait un peu moins de quarante ans, elle était veuve et avait élevé un enfant aujourd'hui parti en ville pour travailler. Brune, ronde, affable, pleine de bonne volonté, elle me parut capable de donner à mes fils ce dont ils avaient besoin. D'ailleurs, Fabien l'adopta tout de suite, Baptiste moins volontiers, mais il allait partir en octobre à Périgueux.

Cette nouvelle présence dans la maison exaspéra

d'abord Mélinda, puis elle finit par l'accepter, d'autant que ses forces déclinaient. Elle me posa des problèmes à cause de Grégoire, lequel, mis au courant par mes soins, s'en inquiéta. Il voulut savoir d'où elle venait, qui elle était, se montra nerveux et, pour finir, retrouva son agressivité. Comme je lui montais le journal chaque jour, il était au courant de ce qui se passait : Paris était libéré, les Allemands reculaient partout et le sort réservé aux collaborateurs faisait les gros titres des quotidiens.

– Il faut que tu m'aides à passer à l'étranger, me dit-il un soir, alors que je désespérais de trouver une solution.

– Où donc ?

– En Espagne, chez Franco, par Bordeaux et l'océan. Là-bas je pourrai vivre en sécurité.

J'en fus soulagé. J'acceptai même de le conduire une nuit jusqu'à Bergerac en évitant les grandes routes.

Je me souviens encore avec émotion de ce voyage avec Grégoire près de moi, une nuit de la mi-septembre éclairée par la lune. Un vent chaud glissait à travers les fenêtres ouvertes, et nous ne parlions pas car nous guettions tous deux la moindre lumière suspecte, un possible barrage dans les villages que nous traversions. Je lui avais dit que, dans son intérêt, il fallait que je sois rentré avant le jour, afin de ne pas éveiller l'attention, et il en était convenu. Je devais le laisser un peu avant Bergerac, dans un hameau où il prétendait avoir un relais sûr. Là, à deux heures du matin, il m'a remercié, a voulu m'embrasser mais je me suis reculé, et je le regrette aujourd'hui : c'était la dernière fois que je le voyais.

Il a été arrêté à Bordeaux, sur les quais, au moment d'embarquer sur un bateau de pêche. C'est sur ces quais que j'ai perdu sa trace. Il n'a pas été jugé, il a été ramené vers Périgueux puis exécuté je ne sais où.

Malgré mes efforts, je n'ai jamais su où se trouvait son corps. C'est le seul à ne pas reposer sous le frêne de Grandval aujourd'hui, et cette pensée m'est douloureuse. C'était mon frère et je l'aimais, malgré ses défauts, malgré sa conduite, malgré ses crimes, sans doute. Depuis son départ de Grandval, au fond de moi, j'avais toujours su que tout cela finirait mal. J'avais raison, hélas, et cette disparition s'ajoutait à une autre, celle de Sabrina, toujours aussi douloureuse. Cette guerre, décidément, n'en finirait jamais.

J'ai appris la nouvelle de la mort de Grégoire par Louis Mestre, un matin, au moment des vendanges. Je n'ai pas douté de la parole de Louis une seule seconde. Il n'était pas homme à parler sans savoir. J'ai quitté les vignes et je suis rentré lentement au château où je me suis enfermé dans mon bureau, essayant de comprendre à quel moment et pourquoi une pièce essentielle s'était rompue dans l'équilibre de Grandval. Etait-il possible que Laurine fût à l'origine de tout cela ? J'avais toujours pensé que c'était dans l'enfance que se forgeaient nos vies, mais tout de même ! Tant d'événements, de drames, de comportements irrationnels pouvaient-ils réellement trouver leur source si loin, dans une innocence trop vite bafouée ?

Il m'apparut ce matin-là que Laurine était la seule, avec moi, à avoir survécu au temps et à la guerre. Du moins pouvais-je l'espérer, car je ne savais rien de son sort aujourd'hui. Mais elle me semblait proche, vivante en tout cas, et c'est cette pensée qui m'aida à franchir ce cap, à regagner les vignes deux jours plus tard, dans la chaleur d'un après-midi au milieu duquel tournaient des guêpes saoules, l'odeur puissante des moûts refermée sur la vallée comme un couvercle que ne soulevait même pas le vent de nuit.

La vie reprit, le vin fut tiré, il était bon, pas très vigoureux, mais d'un moelleux qui me rappelait d'autres vendanges, d'autres breuvages de fêtes, de festins. Baptiste partit au collège, un peu moins malheureux que son frère au même âge, ce qui me soulagea. J'étais seul au château avec Fabien, Mélinda et Jeanne. Toujours incapable de faire le moindre projet d'avenir, encore suspendu au sort de la guerre, même si les combats s'étaient éloignés vers l'Alsace et la Rhénanie.

Le froid s'installa vers le 20 novembre, après une semaine de vent furieux qui arracha les plus hautes feuilles des arbres. Je ne pouvais pas demeurer dans l'attente des nouvelles de Laurine et le souvenir de la mort de Grégoire. Pendant tout cet hiver j'entrepris des démarches pour retrouver son corps et le faire inhumer sur les collines de la Borderie. Louis Mestre m'aida un peu, mais non celui qui, probablement, en savait le plus : Paul Chanourdie. Je ne le lui demandai même pas.

J'enquêtai à Périgueux, une piste me conduisit sur la route de Ribérac, en lisière d'un bois, mais elle s'arrêta là, sans le moindre indice fiable et il me sembla que l'on avait voulu m'égarer. Je me dis alors que sans Louis et sans Paul, j'aurais peut-être été en danger. Je pensai à mes fils et je rentrai à Grandval où je trouvai Mélinda couchée, abattue par une fièvre tenace. Je la soignai de mon mieux : après les épreuves que j'avais subies, il n'était pas possible que je la perde elle aussi. Pas maintenant. Pas si vite. C'eût été trop. Elle se remit, reprit sa place auprès de Fabien et de Jeanne, fidèle sentinelle dont la présence m'était précieuse, indispensable même, en ces jours si difficiles, si froids, si battus par un vent du nord aux morsures cruelles.

J'allais chaque jour à la Ferrière demander si on avait des nouvelles de Laurine. Mais rien n'arrivait jamais de cette Allemagne funeste où les combats faisaient rage. Les journaux rendaient compte de la résistance acharnée des nazis, prétendaient qu'ils faisaient combattre des enfants. La première armée de De Lattre était engagée dans les opérations de la Forêt-Noire, du Wurtemberg et de la Bavière. Depuis que les Alliés avaient franchi le Rhin, ils semblaient progresser plus vite que lors des combats précédents dans les Vosges et en Alsace.

C'est ce que j'expliquai à Paul en lui montrant le journal et en essayant de le persuader qu'il fallait garder espoir au sujet de Laurine. Il parlait peu. Les atrocités de la guerre, auxquelles il avait participé de près, l'avaient fermé encore plus sur lui-même. Son grand front sous des cheveux coupés très court, ses pommettes hautes comme celles de ses sœurs, ses yeux immenses et clairs dans lesquels errait une lueur un peu folle donnaient l'impression qu'il n'était pas tout à fait là, qu'il était demeuré dans la stupeur où l'avait jeté la mort de Sabrina et la violence dans laquelle il s'était précipité pour la venger.

– J'ai pas d'espoir, me disait-il de sa voix éraillée – comme blessée elle aussi. Je les ai vus à l'œuvre. Je sais de quoi ils sont capables.

– Mais si, disais-je, il faut espérer. Elle a toujours été forte. Elle va revenir.

Il ne répondait plus, s'enfermait dans un silence où je devinais une pointe d'hostilité, mais cela ne m'empêchait pas de retourner chaque matin à la Ferrière, dans le vent du nord qui ne faiblissait pas, malgré les premiers jours de mai. Je rentrais par les collines et non par les rives de l'Auvézère, guettant sur les arbres de la forêt les plumeaux de verdure qui annonçaient le vrai printemps, une vie nouvelle, enfin, qui puisse me faire oublier ces dernières années, espérer que tout ne s'était pas écroulé définitivement.

Quand les cloches se mirent à sonner à la volée, le 8 mai 1945, et que nous apprîmes la fin de la guerre en Europe, l'hiver parut enfin nous quitter. Moi qui avais eu froid chaque jour depuis trois mois, je sentis la chaleur regagner chaque pouce de mon corps et, même si nul ne manifesta l'envie de s'associer aux réjouissances sur la place de Saint-Martial, le soulagement, parmi les gens du domaine, fut général.

C'était donc fini. Le cauchemar venait de s'achever. Restait à retrouver celle à qui je ne cessais de penser, et dont je m'étonnais déjà, quelques jours après, de ne pas recevoir de nouvelles. Au cours des semaines précédentes, les journaux avaient rendu compte du retour des prisonniers, mais on ne savait pas grand-chose de ces camps dans lesquels avaient été déportés les Juifs et les résistants. Je fus saisi d'horreur, un matin, en découvrant la une de *Sud-Ouest*, qui montrait les visages et les corps décharnés, les yeux pleins d'horreur, les costumes rayés de ceux qui avaient été délivrés d'une barbarie inconcevable.

Je la cachai à Paul et à mes proches car il me parut impossible que Laurine eût survécu à une telle tragédie. Je passai plusieurs jours dans l'abattement le plus total. Il ne restait rien de mes heures bénies : Grégoire, Sabrina et Laurine avaient disparu. Je n'aperçus même plus le jaillissement de couleurs sur les collines et au cœur de la vallée. Le monde, de nouveau, s'assombrit, et toutes mes pensées avec lui.

C'est alors que je me trouvais au plus profond du désespoir que Paul m'apporta une lettre qui était postée de l'hôtel Lutetia à Paris. Quelques mots avaient été tracés par une main tremblante, auxquels j'eus du mal à croire. Ils disaient simplement :

« Paul, Sabrina, je suis revenue, mais ne venez pas tout de suite. Prévenez Antoine et attendez une deuxième lettre. Je vous expliquerai. »

C'était signé « Laurine ».

Ces mots dansaient devant mes yeux, je ne les voyais plus, et pourtant je les avais bien lus. C'était elle, il n'y avait pas de doute. Elle était vivante. Elle en avait réchappé. Mais je réalisai en même temps qu'elle ne savait pas que sa sœur était morte – comment l'aurait-elle su ? Il faudrait le lui apprendre et ce serait une nouvelle épreuve. La supporterait-elle ?

Je raccompagnai Paul à la Ferrière et j'y passai l'après-midi, à la fois dans le soulagement et la douleur de songer que, peut-être, Laurine ressemblait à ces fantômes aperçus dans les journaux. Ce devait être le cas, puisqu'elle ne voulait pas qu'on la rejoigne tout de suite. Fallait-il lui obéir ? Fallait-il partir sans attendre ? Paul penchait plutôt pour la première solution, mais je savais qu'il n'avait pas mesuré tout à fait l'atrocité de l'enfer d'où revenaient les survivants.

Je pris sur moi. J'attendis. Un jour, trois jours. Une semaine. Dix jours. Et puis je n'y tins plus. Je montai dans le train qui, depuis Périgueux, via Limoges, m'avait conduit il y avait longtemps vers Paris et, au départ de la gare de l'Est, vers l'Allemagne. J'y arrivai le soir, mais non à la nuit, car nous étions à la fin mai et les jours étaient longs. Je louai une chambre dans un hôtel proche de la gare, à l'angle du boulevard Saint-Marcel, mais je ne pus dormir. Je sentais Laurine proche de moi et elle l'était plus que je ne le pensais, puisqu'elle se trouvait à l'hôpital de la Salpêtrière, c'est-à-dire presque en face de ma fenêtre. Cela, je l'appris le lendemain matin, à l'hôtel Lutetia où je m'étais rendu de très bonne heure et où j'avais dû patienter jusqu'au milieu de la matinée pour obtenir l'information. C'était là, en effet, qu'étaient organisés les secours pour tous ceux qui étaient rentrés des camps de la mort.

Je pris un taxi pour revenir le plus vite possible vers l'hôpital, mais la pensée d'avoir à annoncer à Laurine la mort de Sabrina m'arrêta brusquement dans la cour. Fallait-il parler ou se taire ? Etait-elle en état de recevoir une pareille nouvelle ? Je résolus d'en juger une fois en sa présence, il n'y avait pas d'autre solution.

Dans le couloir, une autre idée me paralysa : avais-je le droit de passer outre sa recommandation de ne pas venir la voir avant une deuxième lettre ? Qu'allais-je découvrir ? N'allais-je pas trahir sa confiance dans ces circonstances terribles ? Je fis demi-tour, revins vers l'hôtel, m'allongeai sur mon lit pour réfléchir. Puis, comme j'avais faim, je ressortis et pris un repas frugal dans l'un des petits restaurants du boulevard de l'Hôpital. Pendant que je mangeais, j'apercevais les murs qui abritaient Laurine, et il me paraissait impossible qu'elle se trouvât là, si près, tout près de moi.

Je finis à peine mon assiette, payai en toute hâte, retraversai le boulevard, et, mû par une force à laquelle je ne pouvais plus résister, je poussai la porte d'entrée et me renseignai au guichet. Mon Dieu ! Qu'avais-je fait ?

Encore aujourd'hui le remords me taraude et je n'ai jamais parlé à quiconque de ce que j'ai vu, de cette pauvre chose au fond de ce lit trop blanc, de ces grands yeux sans la moindre larme qui semblaient occuper tout le haut du visage, de ces bras décharnés posés sur le drap, de ces quelques mots qu'elle a prononcés d'une voix méconnaissable :

– Antoine, s'il te plaît, va-t'en !

J'ai fermé les yeux et j'ai fait demi-tour, emportant avec moi la vision d'une femme que je ne connaissais pas, qui n'avait rien de commun avec celle dont le souvenir brûlant n'avait cessé de me hanter, d'un crâne chauve alors que des boucles brunes dansaient encore devant mes yeux. Je crois bien que j'ai couru jusqu'à l'hôtel où je me suis effondré sur le lit, conscient d'avoir commis l'irréparable, persuadé qu'elle ne me pardonnerait jamais. Je suis reparti le soir même, par le train de nuit, malade au point de passer la presque totalité du trajet dans les toilettes du wagon.

A Grandval, je restai trois jours couché. Le docteur Baruel, qui ne comprit pas de quoi je souffrais, parvint difficilement à me soigner. Je ne révélai rien à Paul de ce que j'avais vu. Je lui dis simplement que Laurine souffrait d'une pneumonie et qu'elle avait besoin d'un long repos. Il ne manifesta aucune surprise, me fit confiance, s'inquiéta des foins qui approchaient. Ce souci m'aida à reprendre pied dans la réalité. Je m'aperçus alors que le soleil était revenu sur le domaine, que les jours étaient longs, que mes enfants allaient bientôt rentrer pour les vacances. Je fis semblant de recommencer à vivre, mais une partie de mon être était restée là-bas, dans une chambre d'hôpital, devant une femme méconnaissable, quasiment chauve, aux yeux éteints.

Jamais, sans doute, les fenaisons ne m'avaient été si utiles, si précieuses pour trouver du courage. Nous n'avions pas de carburant pour les machines, mais les hommes étaient revenus et retrouvaient non sans plaisir les gestes de toujours. Le parfum des andains étalés sur les prés, la chaleur des journées que n'apaisait pas le moindre orage, le chant des grillons à la tombée de la nuit réveillèrent heureusement quelque chose au fond de moi. Sans doute une pensée confuse de bonheur ancien, dans laquelle je trouvais un peu d'apaisement.

Lorsqu'il fut temps d'engranger le foin, j'évitai de monter dans le fenil pour ne pas frôler les ombres de celles qui n'étaient plus là. Je m'étais jeté dans le travail et, comme j'étais épuisé, je parvenais à dormir, non à oublier. Heureusement, dès que les foins furent terminés, François et Baptiste arrivèrent et reformèrent autour de moi, avec Fabien, Mélinda et Jeanne, un noyau sûr, d'où, parfois, un rire s'élevait. Je vérifiai une fois de plus qu'ils étaient mon rempart le plus efficace contre le désespoir. Comme après la disparition de Sabrina, ils me démontraient que je n'étais pas seul, que je leur étais indispensable et qu'ils comptaient sur moi.

Un soir, j'eus sur la terrasse une longue conversation avec François, sous les étoiles qui s'allumaient une à une. Il n'avait que seize ans, mais il m'apparut plus mûr que son âge, sans doute à cause de la perte de sa mère dont il ne s'était pas remis. Cela faisait plus d'un an, déjà, qu'elle était morte, mais comme moi il ne parvenait pas à admettre cette absence.

– Je déteste les Boches, me dit-il, les poings serrés, et je compris qu'il tenait ce terme de Paul.

– Tout ça était inéluctable, lui dis-je. Je l'avais deviné dès les années 1920, dans l'Allemagne occupée.

Je le sentais vibrant d'une colère dont je cernai mieux les raisons quand il murmura d'une voix sèche :

– Quand je pense que mon oncle s'est battu pour eux.

– Il en est mort, dis-je.

Mais il n'était pas décidé à lâcher ce sujet dont il souffrait plus que je ne l'avais imaginé :

– Est-ce qu'il y a quelque chose, ici, ou quelqu'un, qui l'a poussé vers les nazis ?

Et comme j'hésitai à répondre :

– Il faut me le dire, j'en ai besoin.

– Non, dis-je, il n'y a personne.

– Comment cela a-t-il pu être possible ?

– Je ne sais pas.

J'ajoutai, d'une voix lasse :

– La vie, le destin.

Je me rendis compte qu'il pleurait, et je lui pris une main qu'il retira doucement en me disant :

– J'ai l'impression que Grandval a été sali.

– Mais non, Grégoire vivait à Périgueux, pas ici.

Son regard croisa le mien et je sentis que cette remarque lui avait fait du bien. En même temps je me dis qu'il n'était pas nécessaire de le réconcilier avec le domaine, qu'il n'y avait pas d'avenir ici, d'autant qu'il était bon élève, et qu'il passerait bientôt le baccalauréat.

– Dis-moi plutôt ce que tu comptes faire plus tard, dis-je.

Il serra de nouveau les poings, répondit d'une voix acerbe :

– La guerre. Pour venger ma mère.

Je demeurai muet de stupeur. La blessure était bien plus profonde que je ne l'avais pensé. Mais qu'y avait-il d'étonnant à cela ? Comment un adolescent pouvait-il accepter de perdre sa mère à cause de la folie des hommes ?

– La vengeance ne ramènera jamais ceux qui sont morts.

– Ça ne fait rien. Il faut que les coupables payent.

Je n'insistai pas. Il y avait trop de douleur en lui pour lui faire entendre raison – et d'ailleurs le fallait-il ?

Une voix me disait que oui, qu'on ne pouvait pas combattre la guerre par la guerre sans engendrer d'autres catastrophes, mais au moment de prononcer ces mots, je pensai à Sabrina et à Laurine, et je me tus. Je fis simplement remarquer à François qu'il était temps d'aller dormir. Je lui dis bonsoir en le serrant dans mes bras, mais il se dégagea rapidement et disparut dans l'escalier. Pendant plusieurs jours, je gardai de cette conversation beaucoup d'inquiétude pour l'avenir. Je sentais qu'il avait été ébranlé dangereusement et j'avais du mal à trouver les mots pour lui redonner confiance, lui éviter une rancœur qui, plus tard, pouvait influer de façon néfaste sur sa vie.

Peu avant les moissons, réapparut un soir Juan Beltran, l'Espagnol qui savait travailler le fer. Il m'expliqua qu'il avait combattu dans les maquis limousins sous les ordres de Guingouin, puis qu'il était allé jusqu'en Allemagne après s'être enrôlé dans la brigade Alsace-Lorraine. Il savait qu'Esteban Martin était mort lors des combats du mont Gargan, mais il n'avait plus de nouvelles d'Etchevaria qui, lui, avait rejoint les maquis de la Corrèze, plus au sud. Il me demanda si je n'avais pas de travail pour lui, et je lui répondis qu'il pouvait s'installer avec sa famille dans les communs, au moins pour les moissons et les vendanges. Après, nous aviserions.

Il nous fut très utile au bon déroulement de ces lourds travaux, au cours desquels le domaine retrouva la quiétude des années lointaines. Du moins en apparence. La chaleur qui campait sur la vallée s'écrasa en orages peu avant les battages que je dus reporter de trois jours. Quand ils eurent roulé leurs tambours au-dessus des collines, ils s'éloignèrent enfin, et je m'en portai mieux, car l'air en avait été rafraîchi.

En réalité, je n'avais pas l'esprit au dépiquage ni au repas de la gerbebaude que nul, d'ailleurs, ne demanda.

Je ne pensais qu'à Laurine, jour et nuit, je devinais que quelque chose de terrible s'était insinué entre elle et moi, je redoutais cette lettre qui ne manquerait pas d'arriver. Pourtant, parfois, au détour d'un chemin que nous avions parcouru elle et moi jadis, un fol espoir me soulevait et j'imaginais ce qu'aurait pu être notre vie, enfin réunis. La mort de Sabrina m'avait délivré de tout scrupule. Je sentais la présence de Laurine près de moi et elle ne ressemblait en rien à celle que j'avais vue à Paris. Au contraire, elle avait retrouvé ses épaules couleur d'abricot, ses boucles brunes, sa peau mate, ses yeux noirs et sa fougue d'autrefois.

Sa lettre arriva à la fin du mois d'août. J'allai la lire au bord de l'Auvézère, comme pour me protéger d'une nouvelle que je redoutais tellement. J'avais raison. En quelques mots choisis, Laurine m'écrivait qu'elle ne reviendrait pas à Grandval, qu'elle ne le pouvait pas. Non, elle n'avait rien oublié, mais elle n'était plus la même. Elle allait essayer de savoir si oui ou non elle pouvait redevenir celle qui grimpait dans les fenils ou se baignait dans l'Auvézère avec l'insouciance de cette enfance qui avait été si cruellement souillée. Elle ne le pensait pas, mais elle me promettait d'essayer. Elle me demandait de ne pas tenter de la retrouver. « C'est ainsi que tu m'aideras le mieux, Antoine », concluait-elle. « Contrairement à ce que je croyais, ce qui forge nos vies ne dépend pas de nous. »

TROISIÈME PARTIE

Dans la paix des saisons

10

Un an passa avant que je trouve l'énergie de rebâtir ce qui, en si peu de temps, s'était écroulé. D'autant que Mélinda quitta ce monde au mois de janvier 1946, me laissant sans aucun témoin de ce qui avait été Grandval au temps de mon père et des années de bonheur. J'eus beaucoup de mal à me débarrasser de l'hiver qui, me semblait-il, était entré jusque dans mon corps et dans mes pensées.

J'étais seul dans le château trop grand en compagnie de Jeanne et de Fabien qui, à cinq ans, allait à l'école à Saint-Martial. Après les dernières vendanges, Juan Beltran m'avait demandé la permission de passer la mauvaise saison dans les communs avant de chercher du travail ailleurs. Je l'y avais autorisé d'autant plus facilement qu'il se rendait utile en effectuant les nombreux travaux qui pressaient dans le parc. Il était aussi bien capable de graisser des courroies que de désherber les allées ou de monter sur les toits pour changer quelques tuiles.

Tout cet hiver-là, je cherchai les forces pour recommencer à travailler, songeant que bientôt j'aurais besoin d'argent pour faire face aux études qu'allaient entreprendre François et, un jour, je ne pouvais en douter, Baptiste également. C'est ce que j'avais souhaité, je ne pouvais pas m'en plaindre.

Je m'abîmais encore dans une réflexion confuse et sans effet quand Paul Chanourdie vint me trouver, un matin de février fleuri de givre, et demanda à me parler. Je le fis entrer dans mon bureau où il refusa de s'asseoir, un peu gêné, me sembla-t-il, mais il ne me fit pas attendre pour exposer de façon un peu abrupte ce qui l'amenait.

– Voilà ! dit-il, j'ai quarante-sept ans et je ne veux plus être métayer.

Et, comme je le dévisageais sans bien déceler où il voulait en venir, il reprit d'une voix ferme :

– Ou vous me vendez la Ferrière ou je m'en vais.

Et il ajouta, mais plus calmement :

– Il faut comprendre, je veux travailler pour moi, j'ai gagné ce droit.

Je l'aimais beaucoup, Paul. Au cours de l'automne, nous avions écrit ensemble une lettre à Laurine pour lui annoncer la mort de sa sœur. Il n'avait pas compris que Laurine n'eût pas regagné la Ferrière, au moins pour quelque temps – se soigner, m'avait-il dit, on l'aurait aidée, n'est-ce pas ? Il savait tout d'elle et de moi, et je ne doutais pas qu'il eût sérieusement envisagé de ma part le sauvetage d'une sœur qui avait trop souffert. Je crois qu'il pensait que je m'y étais refusé et qu'il m'en voulait. Mais comment lui expliquer que c'était Laurine qui m'avait repoussé, et pourquoi ? Je n'avais pas jugé bon de lui expliquer ce que j'avais vu à Paris et je lui avais caché les journaux qui avaient rendu compte du retour des déportés. Il avait rempli sa mission dans la résistance et il était revenu vers la terre avec la ferme intention de ne plus mettre le nez dans la marche folle du monde, dont nous avions tant souffert. Mais il n'était plus le même, lui non plus. Il s'était battu, la guerre l'avait changé, et il ne voulait plus subir la loi de personne. Il souhaitait devenir maître de sa vie.

Il me regardait sans impatience, maintenant qu'il avait parlé, sûr de lui, de sa force, de ce défi, peut-être, qu'il me lançait.

– Il faut que je réfléchisse, dis-je. C'est une décision qui n'est pas sans conséquences.

– Pas trop longtemps, s'il vous plaît. Ma femme a hérité d'un peu d'argent. On ne souhaite pas le laisser dormir.

Il s'en alla, après m'avoir à peine salué, et je demeurai seul, mesurant tout de suite l'importance de la décision que je devais prendre. Dès l'abord, je n'imaginais pas la Ferrière sans la famille Chanourdie : c'était celle de Laurine et de Sabrina. Je les y avais toujours vues. Trop de souvenirs y étaient enfouis, trop de bonheur, trop de présences encore sensibles, pour moi, chaque fois que mes pas m'y portaient. Si Paul devenait propriétaire, je pourrais encore y aller, mais chez des étrangers, certainement pas. Il n'était donc pas inenvisageable de vendre à Paul la Ferrière. Non, ce que je craignais secrètement, c'était que, devant cet exemple, la famille Mestre demande à acheter la Borderie. Et cela, je ne pouvais y songer : j'avais trop besoin des produits de la réserve pour vivre, et il n'était pas question de me séparer des terres où reposaient les Grandval.

Je réfléchis pendant plus d'une semaine et, sans doute dans le souci de prendre la bonne décision, je me replongeai dans les écrits de mon grand-père Fabien. J'avais besoin de revenir aux sources, de retrouver un socle sur lequel assurer ma vie, désormais. C'est alors qu'un matin, j'entendis un marteau résonner sur une enclume de la forge. J'y entrai, le cœur battant comme si j'allais revoir les fantômes de ceux qui avaient travaillé là, avant la guerre, sous l'œil bienveillant de mon père. Juan ne m'entendit pas arriver. Il sursauta quand il m'aperçut et, comme s'il se sentait coupable, il se justifia en disant :

– Je forge une nouvelle lame pour la faux. L'ancienne est ébréchée.

– Continue, dis-je, ne t'occupe pas de moi.

Je l'observai un long moment, puis j'examinai les tours, les enclumes et les étaux qui semblaient n'avoir pas souffert depuis la fermeture. Combien de temps s'était-il écoulé ? Plus de dix ans, sans doute. Douze ans, en fait, ou à peu près. Je partis, mais le son clair du marteau sur la lame demeura présent en moi tout le temps de ma promenade le long de l'Auvézère.

A mon retour, je relus les pages de mon grand-père dans lesquelles il expliquait que nous étions avant tout des forgerons. La sensation que, quoi que je pensais, je l'étais moi aussi devint en quelques minutes une certitude qui me fit beaucoup de bien. N'était-ce pas le moment de faire redémarrer l'usine, de me lancer dans un projet capable de nourrir le présent, de me soulever au-dessus de cette paralysie, cette absence de projet qui ne me faisait envisager l'avenir que comme une inéluctable défaite ?

Juan Beltran, ce matin-là, venait sans le savoir de réveiller quelque chose de précieux au fond de moi. Il m'apparut que la vente de la Ferrière pouvait m'apporter les ressources nécessaires à cette relance, que je trouverais peut-être là les moyens de financer pour mes enfants les études dont ils auraient besoin, et qu'elle requerrait de moi-même de l'attention, du temps, des efforts qui me délivreraient de l'obsession de Laurine, de tout ce douloureux passé. Par ailleurs, il ne me parut pas sans intérêt de prendre le pari de l'artisanat ou de l'industrie plutôt que celui de l'agriculture. Ce pari allait me mettre en péril, et le domaine avec moi, mais c'était sans doute le seul moyen de mobiliser mes forces afin de reconstruire quelque chose qui méritait de l'être. Ma décision était prise. Vivre, désormais, ce serait devenir forgeron, comme l'avaient été tous les Grandval, même s'il me fallait en payer le prix.

Une fois mon accord donné à Paul, je me sentis mieux, comme réconcilié avec moi-même, et je trouvai l'énergie nécessaire pour m'installer dans le bureau de la forge, embaucher un ouvrier capable d'aider Juan, établir un catalogue de produits susceptibles d'être vendus chez les grossistes de la région : des outils agricoles, faux, pelles, serpes, râteaux, fourches, mais aussi toutes sortes d'ustensiles destinés aux besoins domestiques comme des pique-feu pour les cuisinières, bref, tout ce qui se forgeait et pouvait être vendu sans trop de difficulté.

J'achetai une Rosalie Citroën d'occasion et partis sur les routes trois jours par semaine pour démarcher les grossistes des bourgs et des villes. Le reste du temps, je le passais à la forge et m'essayais aux gestes montrés par Juan et Roger, l'ouvrier que j'avais embauché. J'y trouvais un plaisir qui m'aida à suivre ce chemin salvateur ouvert comme par miracle. Je découvrais les secrets du travail manuel, le contact des outils, la fascination du feu de la forge, la satisfaction de voir naître un bel objet. Pendant mes voyages sur les routes de la région – de Périgueux à Brive, de Limoges à Angoulême –, je traversais les collines et les forêts en me sentant chez moi, mais je rêvais aussi à Laurine, en me demandant où elle était et si je la reverrais un jour. Heureusement, les commandes se multipliaient, le travail pressait, m'occupant continuellement, y compris le dimanche. Je ne m'en plaignais pas. Il m'enivrait, me faisait oublier tout ce qui avait assombri ma vie au cours des dernières années.

Au début de l'été 1947, les foins me ramenèrent vers Grandval avec toujours autant de plaisir. Je mesurai alors vraiment, pour la première fois, l'amputation du domaine qui me privait de la Ferrière. Seuls les prés de la Borderie m'accaparèrent avec la famille Mestre, dans la chaleur habituelle de ces jours si paisibles. Mais les foins ne s'achevèrent pas aussi bien que je l'aurais souhaité. Le dernier soir, alors que nous achevions de dîner dans la nuit qui tombait, Louis, comme je le redoutais, me demanda à acheter la Borderie. Je sentis à quel point le monde se transformait rapidement, et à quels nouveaux défis j'allais devoir faire face. Mais je n'étais pas du tout disposé à vendre la Borderie où reposaient tous les miens. Je le dis à Louis sans ambiguïté, mais il le savait bien. En fait, il avait pensé à tout : ce qu'il voulait, c'était les bâtiments, c'est-à-dire la ferme, l'étable et la fameuse grange qui avait servi aux résistants. Il avait déjà passé un accord pour acheter les terres contiguës, vers Tourtoirac, qui étaient à vendre. Je pouvais garder les miennes. Il me proposait de prendre son fils Serge pour les exploiter et de le loger dans les communs, car deux familles ne pouvaient pas vivre sur celles qu'il achetait. Ils s'aideraient l'un l'autre. L'hiver, Serge pourrait travailler à la forge, comme avant, au temps où les paysans devenaient forgerons à la mauvaise saison.

Je demandai à réfléchir, car ce nouveau pas vers l'amputation du domaine me poussait encore plus vers la forge, dont je devenais davantage dépendant. Mais je savais qu'un jour ou l'autre je ne trouverais plus personne pour travailler les terres, car tous les jeunes partaient vers les villes. La solution proposée par Louis Mestre permettait d'anticiper ces problèmes, tout en préservant les terres qui m'étaient chères. Je n'hésitai pas longtemps. Je lui donnai mon accord peu avant les moissons, et il en fut satisfait. Moi aussi finalement, car cet argent frais allait me servir à développer la forge, acheter les machines nécessaires à mon nouveau métayer, c'est-à-dire un tracteur et une faucheuse.

Cette décision coïncida malheureusement avec une altercation avec François qui avait obtenu le baccalauréat en juillet et qui n'en démordait pas : il voulait s'engager dans l'armée. Je tentai de le retenir en lui montrant que le développement de la forge avait changé toutes les données, mais j'eus du mal à convaincre ce fils qui avait tant souffert.

– Il est bien temps ! me reprocha-t-il. Tu nous as toujours dit qu'il fallait partir, qu'il n'y avait aucun avenir à Grandval, et aujourd'hui tu voudrais me démontrer le contraire ?

Il avait raison. Mais comment lui expliquer que la vie n'est pas simple, que parfois les événements nous dépassent, que les choses évoluent ? Je me repliai vers des positions plus défendables, tentai de lui démontrer qu'il pouvait entreprendre de brillantes études à Bordeaux, que j'avais les moyens de les payer le temps nécessaire, que l'armée n'était pas une solution, qu'il était promis à un brillant avenir, qu'il comprendrait trop tard à quel point il avait fait fausse route.

– Il y a eu des forgerons dans notre famille, mais il y a eu aussi des militaires. Tu le sais très bien puisque c'est toi qui m'as donné à lire les écrits de ton grand-père.

– Pourquoi te sens-tu obligé de les imiter ?

– Pour deux raisons. Tu connais la première : je veux un jour venger ma mère.

Et, comme je ne répondais pas, accablé par ce que je venais d'entendre pour la deuxième fois :

– La seconde, c'est qu'il y a un honneur à restaurer. Celui que ton frère Grégoire a souillé.

– Ce n'est pas à toi de le faire.

– A qui, alors ? A toi, qui as quarante-trois ans et trois enfants à charge ?

Que répondre à cela ? Je tentai encore tout l'été de le fléchir, car je savais que cette voie l'exposerait un jour au danger, qu'il méritait mieux que cela, ce fils si brillant mais si fier, qui ressemblait tant à mon frère Aurélien.

Il n'avait pas vingt et un ans, mais seulement dix-huit. Il lui fallait mon autorisation. Comme je le lui faisais observer un soir, alors qu'une fois de plus nous poursuivions notre discussion sur la terrasse où nous entendions frissonner les grands arbres du parc, il me répondit :

– Je ne doute pas que tu ne te conduiras pas comme ton arrière-grand-père, Eloi, qui a chassé son fils et lui a un jour envoyé les gendarmes.

– Tu as lu cela aussi ?

– C'est toi qui me l'as proposé.

– Non, tu as raison, je ne me conduirai pas comme lui. Je cherche seulement à te convaincre que l'on ne combat pas la haine par la haine, la violence par la violence. Je l'ai compris en Rhénanie au début des années 20, quand la France occupait l'Allemagne.

– Elle avait des raisons pour ça.

– Et elle en a donné à l'Allemagne pour se venger un jour. D'ailleurs, ça n'a pas tardé : à peine dix ans ont suffi à Hitler pour s'emparer du pouvoir.

– Tu prends la défense de ceux qui ont assassiné ma mère.

– Mais non, François, j'en souffre autant que toi.

– Je n'en ai jamais eu l'impression.

Je ressentis comme un coup au cœur et mon visage s'embrasa. Heureusement, l'obscurité le dissimula à François, tandis que je m'interrogeais sur ce qu'il savait de mes relations avec Laurine. Mais il ne pouvait rien en connaître, j'en étais à peu près certain, il avait

226

simplement constaté que je ne m'étais pas arrêté sur le chagrin, que je m'étais remis en marche le plus vite possible, sans comprendre, peut-être, que c'était avant tout pour ses frères et pour lui.

En revanche, il ne savait rien de mes moments de désespoir, de ce poids qui me tombait soudain sur les épaules au souvenir de tout ce qui s'était passé, de la nécessité que je ressentais à renouer les liens avec le domaine, marchant dans les prairies et les forêts des heures entières, cherchant vainement près de moi les silhouettes de celles ou ceux qui avaient disparu.

– Il faut se tourner vers l'avenir, dis-je à François ce soir-là. Il n'y a pas d'autre solution.

– C'est ce que je fais à ma manière, me répondit-il. Alors ne m'en empêche pas.

Je laissai passer quelques secondes, puis :

– C'est entendu, dis-je, je signerai les papiers d'engagement.

Il me dit merci, se leva et disparut. En me couchant cette nuit-là, j'eus la sensation d'avoir une nouvelle fois perdu un être cher.

Il partit en novembre, un dimanche matin, et je dus l'emmener en voiture à Périgueux, d'où il devait prendre un train pour Limoges et Paris. Je me souviens de son silence, de cette volonté farouche et muette près de moi, de mon incapacité à trouver des mots devenus d'ailleurs inutiles. Quand je l'embrassai dans la cour de la gare, il me remercia, alors que je m'accusais encore mentalement d'avoir été incapable de le retenir.

Je revins ébranlé à Grandval où je retrouvais pour le déjeuner Jeanne et Fabien – Baptiste ne rentrait que tous les quinze jours. Nous n'étions plus que trois au château, qui me paraissait trop grand, trop vaste, trop vide. Heureusement, les communs, eux, étaient redevenus vivants, habités qu'ils étaient par les familles de Juan et de Serge Mestre.

L'après-midi, je partis marcher dans la forêt au-dessus du frêne de la Borderie sous lequel étaient enterrés tous les miens. Les feuilles des arbres, flétries par les premiers gels, viraient du jaune à l'or et à la rouille. Le vent d'ouest venait les cueillir sur les plus hautes branches et les déposait sur le sol comme les épaves d'une vie déchue. Je m'arrêtai sur place, frappé par une impression douloureuse. Ce déclin de la forêt me parut symboliser celui de ma vie et de Grandval : toujours menacés, promis à un hiver glacé et, cependant, avec des couleurs magnifiques mais qui ne duraient pas. Feux passagers, provisoires, très beaux, comme ceux qu'avaient allumés Sabrina et Laurine, mais trop rapidement éteints. Ma vie était un automne, elle ressemblait à cette forêt qui jetait des éclats désespérés avant de s'abîmer dans une nudité froide et déserte.

Poursuivi par la pensée que le départ de François contribuait à ce dénuement d'un hiver inévitable, je rentrai le plus vite possible pour tenter de me réchauffer le corps et le cœur devant la grande cheminée du château. J'y retrouvai Jeanne et Fabien, lequel vint s'asseoir sur mes genoux. A six ans, sans doute pour compenser l'absence d'une mère véritable, il recherchait ma présence et mes bras. Je ne les lui refusais pas, mais j'étais trop souvent absent de Grandval et il en souffrait.

Il était blond, comme Sabrina, fragile, comme elle, avec des mimiques qui me la rappelaient sans la moindre miséricorde.

– Est-ce que je partirai un jour, comme François ? me demanda-t-il.

– On ne peut pas savoir, dis-je.

Et pourtant j'étais prêt à tout, ce jour-là, pour lui inculquer le désir de ne jamais quitter Grandval, le retenir à tout prix, malgré la conscience des risques que j'avais pris en vendant la Borderie et la Ferrière pour relancer la forge.

– Je ne te quitterai jamais, me dit-il en me serrant dans ses petits bras.

J'ignorais que c'était lui qui partirait le plus loin. Heureusement, sans quoi, moi qui ne parvenais pas à me réchauffer, cet après-midi-là, je ne sais pas ce que je lui aurais dit, ou ce que j'aurais fait pour échapper à cet étau glacé qui s'était refermé sur ma poitrine.

Dès le lendemain la vie se remit en marche, me poussa en avant, car les commandes de la forge se multipliaient, m'obligeant à aider Juan et Roger, ce qui, chaque fois, me réconciliait avec la mémoire des miens – de tous les miens – et m'apaisait. Comme j'avais de l'argent d'avance grâce aux ventes des métairies et aux affaires de la forge, je résolus de soigner mes blessures en me faisant plaisir : j'achetai deux poulinières pour raviver cette passion des chevaux à laquelle j'avais dû renoncer pour sauver l'usine. J'en conçus comme un sentiment de revanche sur le sort, une victoire, en somme, d'autant plus que Serge Mestre nourrissait la même passion que moi.

Ainsi, dès le printemps, l'écurie retrouva une vie qui déborda dans le parc et lui rendit un peu de son animation d'antan. Comme j'avais pu acheter deux pouliches pleines, j'assistai à la mise bas, au mois d'avril, et je dormis deux nuits de suite dans la paille pour veiller sur l'un des poulains qui souffrait d'une fièvre maligne. Ces deux nuits dans la chaleur animale des chevaux parvinrent à me réchauffer définitivement. J'y puisai une énergie qui me surprit moi-même et m'aida à me tourner vers les beaux jours avec un peu plus de confiance.

Avec le retour des fenaisons, j'abandonnai mes tournées et la forge pour plus d'une semaine. Si nous ne fanions plus à la Ferrière, nous rentrions le foin de mes terres de la Borderie, et nous aidions Louis Mestre dans les siennes. Le père et le fils s'entendaient bien. Comme nous en étions convenus au moment de la vente, ils s'aidaient sans la moindre dispute et je me félicitais d'avoir accepté l'offre de Louis.

Un soir, alors que je rentrais à pied, dans la nuit chaude et épaisse, vers le château, je ne résistai pas au plaisir de me baigner dans la rivière. Il y avait longtemps que je n'avais accompli ce rite entretenu depuis mon enfance, sans doute parce que j'étais seul aujourd'hui pour entrer dans l'eau fraîche, sans Grégoire, Laurine ni Sabrina. Ce coin de l'Auvézère me rappelait, en outre, de mauvais souvenirs, comme ce jour où nous avions cherché Laurine, Grégoire et moi, croyant qu'elle s'était noyée. Mais j'avais toujours présentes en moi les délicieuses sensations de ce velours très chaud des nuits de juin, qu'adoucissait la fraîcheur de l'eau alors que nous rentrions épuisés, couverts de sueur, vers le château. Je fus surpris de les retrouver telles que je les avais quittées – exactement les mêmes, jusqu'au frisson premier, le spasme de bien-être qui m'incitait à plonger jusqu'au fond, à y demeurer le plus longtemps possible avant d'émerger, à bout de souffle, la tête dans les étoiles.

Ensuite, détendu, je restai un long moment dans l'herbe de la rive, renversé vers le ciel, étonné mais heureux de constater que rien n'était vraiment perdu – rien de ce monde, au moins, qui m'entourait, et, sans doute, me protégeait. Protégeait-il aussi Laurine ? Ce fut la question qui me vint, cette nuit-là, car elle au moins était vivante, au contraire de Grégoire et de

Sabrina. Il me sembla qu'il n'était pas possible qu'elle eût oublié ce qu'il y avait ici de précieux et de secourable. Ce n'était pas une certitude, mais un espoir qui s'affirma au fur et à mesure que la nuit s'écoula.

Je finis par m'endormir et rentrai seulement à six heures du matin. La rosée du petit jour me fit frissonner et me rendit à une réalité moins confiante, mais la pensée d'autres nuits dans l'herbe tiède, sous les étoiles éternelles, m'aida à repartir pour traverser les jours sans celle qui ne cessait d'occuper mes pensées.

Le beau temps se prolongea jusqu'aux moissons, à l'occasion desquelles je retrouvai avec plaisir l'aire de battage de la Ferrière. En effet, aucun des propriétaires de la vallée n'était assez riche pour acheter une moissonneuse-batteuse et on louait donc celle d'un entrepreneur qui visitait les fermes, l'une après l'autre. Les voisins venaient aider au cours de ces journées épuisantes, qui se terminaient par des repas qui se prolongeaient tard dans la nuit.

Le vin aidant, on entendait des rires, des cris, mais pas de chants encore, les souvenirs de la guerre ne s'étant pas éteints. J'y participais volontiers, toujours pour les mêmes raisons : des retrouvailles heureuses avec les festins d'avant, au temps où nous étions tous réunis. Il me suffisait de fermer les yeux pour croire que les rires étaient ceux de Laurine, de Grégoire ou de Sabrina. Je m'évertuais à me réapproprier ce monde qui avait le goût du bonheur et dont la caresse furtive, apportée par un léger vent de nuit, renaissait par instants, mais si fugacement que j'en demeurais dévasté, une main tendue, mais vainement, pour la retenir.

Au terme du festin de la Ferrière, Paul me demanda s'il pouvait m'accompagner sur le chemin de Grandval. Je n'avais pas dérogé à mon habitude de gagner la métairie à pied, persuadé que c'était là le plus sûr moyen de retrouver les ombres de ceux que j'aimais.

Les nuits d'août ne ressemblent pas à celles de juin. Les jours ayant diminué, elles sont plus fraîches, davantage chargées du poids de l'herbe humide, déjà tournées vers l'automne pourtant lointain. Mais je les aime tout autant car elles démontrent un acharnement à vivre, à refuser la fanaison qui les guette.

Paul marcha un moment en silence près de moi, sur le sentier qui se faufilait entre les prés où l'herbe avait repoussé, moins haute qu'au printemps, mais plus épaisse.

– Le regain sera beau, dis-je, sans doute pour l'inciter à parler.

– Oui, fit-il, et heureusement, parce qu'on n'a pas rentré trop de foin en juin.

Ce fut tout. Nous marchâmes encore pendant cinq cents mètres et j'allais me résoudre à lui demander ce qu'il me voulait – et qui, apparemment, était si difficile à exprimer – quand enfin, après s'être éclairci la voix, il murmura :

– Elle m'a écrit.

Je n'eus évidemment aucun doute sur l'auteur de la lettre qu'il évoquait. Je m'arrêtai, lui fis face, le contraignant à s'arrêter lui aussi, et demandai avec, dans la voix, une précipitation que je regrettai aussitôt :

– Où est-elle ?

– A Paris.

– Est-ce qu'elle donne son adresse ?

– Non.

Il hésitait à poursuivre, se balançait d'un pied sur l'autre, et je discernais sous la lueur de la lune ses traits creusés par l'embarras dans lequel il se trouvait.

– Elle est malade ?

– Non, fit Paul. Non, elle va bien.

Il ajouta, alors que je lui prenais un bras et le serrais sans m'en rendre compte :

– Enfin, elle va mieux.

232

De nouveau le silence. Je lui secouai un peu le bras et il se dégagea, reculant d'un pas.

– C'est pas facile à dire.

– Dis-le quand même, c'est pour ça que tu m'as accompagné, non ?

Il attendit encore quelques secondes, puis il se jeta à l'eau brusquement :

– Elle vous demande de l'oublier.

Et, comme je mesurais l'ampleur du désastre :

– Elle affirme qu'elle ne reviendra jamais.

– Non. Ce n'est pas possible.

– Si ! C'est la vérité.

– Tu peux me montrer cette lettre ?

– Non, elle ne veut pas, sinon elle vous aurait écrit.

C'était évident. Affolé, je réfléchissais, me refusant à ces mots que je ne pouvais même pas vérifier.

– Je ne peux pas le croire.

Il me tourna le dos et se mit à marcher vers la Ferrière. Je le rattrapai, le pris par l'épaule.

– Elle donne une explication, j'en suis sûr.

– Non. Elle ne reviendra jamais. C'est tout.

Je voulus le retenir encore un moment, mais il fit volte-face et, sans un mot de plus, il s'éloigna et se fondit dans la nuit. Je demeurai seul, perdu, dévasté par la pensée que, sans doute, je ne la reverrais plus jamais et en même temps persuadé que je ne pourrais pas le supporter. Au fond de moi, si j'avais accepté son silence pendant trois années, c'était parce que j'étais persuadé qu'elle me reviendrait un jour, qu'il fallait lui laisser le temps d'oublier ce qu'elle avait vécu, de se réhabituer à une existence normale. Ce silence-là, je pouvais le comprendre, l'accepter. Mais aujourd'hui ?

Je m'assis sur la rive de l'Auvézère, écoutai l'eau qui coulait à mes pieds, songeai que ce n'était jamais la même, qu'elle filait comme le temps sans que nul ne puisse la retenir. J'avais l'impression que ma vie aussi s'en allait, qu'elle n'était qu'une perte, à l'image de Laurine. Et le fait de la savoir vivante ailleurs, perdue pour moi, me fit passer là, dans le murmure des saules et des frênes, les pires heures de ma vie.

Je ne me souviens plus de ce que j'ai fait exactement cette nuit-là. Je pense que j'ai dû marcher dans la vallée, sur les collines, jusqu'à l'épuisement. Je me suis retrouvé endormi dans la forêt au-dessus de la Borderie. Il faisait jour, déjà la chaleur montait, faisant crépiter les feuilles des arbres. Je suis rentré lentement au château, avec, sur les épaules, un poids qui me faisait trébucher sur le sentier rendu glissant par la rosée de la nuit.

11

Deux ans passèrent sans que je m'en rende compte. Nous sommes ainsi faits que l'absence d'événements lisse le temps et nous le rend moins perceptible. Surtout lorsque la vie a perdu ses couleurs, que rien ne nous accompagne ni nous aide à traverser le désert des jours. Heureusement, la forge et mes enfants occupaient assez mes pensées pour m'épargner les pires résolutions. Au fond de moi, je me refusais à perdre l'espoir de revoir Laurine un jour. Son image était devenue lointaine dans mon esprit, mais elle ne s'était pas effacée. De temps en temps elle réapparaissait, surtout la nuit, quand le sommeil me fuyait, ou brusquement, le jour, au moment où je m'y attendais le moins, puis elle regagnait ces confins où Laurine semblait s'éloigner sans le moindre regret.

J'avais combattu de mon mieux pour ne pas sombrer, allant même au-delà de ce que j'avais cru possible à la forge. Afin de fabriquer des plaques de cheminée – qu'on appelait « taques » en Périgord –, j'avais fait construire un four pour couler de la fonte. Certes, ce n'était pas un haut-fourneau comme celui de la grande époque de Grandval, mais quand la fonte liquide se répandait dans les réceptacles ouvragés en creux dans lesquels elle se solidifiait, son éclat m'emplissait de fierté. Il y avait maintenant quatre ouvriers dans l'atelier. Nous fabriquions toujours des outils mais de plus en plus d'ustensiles domestiques pour les cuisinières et les cheminées. Les affaires marchaient bien, car l'économie était enfin repartie, après les difficiles années de l'après-guerre.

En cet été 1950, Baptiste avait passé le baccalauréat avec succès, et il manifestait le souhait d'entreprendre des études de droit à Bordeaux afin de devenir avocat. Je l'approuvais, car l'exode rural qui s'accentuait me fortifiait dans l'idée (depuis toujours présente en moi) que la vie glissait de plus en plus vers les villes, que l'économie traditionnelle était condamnée. La résolution de Baptiste m'avait rassuré. Ce n'était donc pas lui qui m'inquiétait, mais François, qui, en deux ans, grâce à son baccalauréat et à la détermination qu'il avait démontrée, était déjà caporal.

Si je ne m'étais guère intéressé aux affaires du pays, je m'en préoccupais de plus en plus depuis que des troubles étaient apparus en Indochine. Vincent Auriol était président de la République et Georges Bidault président du Conseil. Ils avaient signé l'année précédente des accords avec Bao Daï (que la France avait rétabli sur le trône au détriment d'Hô Chi Minh qui refusait toute allégeance), reconnaissant l'unité et l'indépendance du Viêtnam, mais dans le cadre de l'Union. Et les troubles avaient repris, surtout dans le Nord, près de la frontière chinoise, dans la région de Cao Bang.

Le poste de radio que j'avais acheté me renseignait tous les soirs sur ce qui se passait là-bas et sur la nécessité, disait-on, de renforcer nos troupes pour faire face à la rébellion. Malgré moi, je revoyais mon frère aîné, Aurélien, lorsqu'il était parti à la guerre, et je ressentais les mêmes appréhensions à l'idée que François, militaire de carrière, pouvait partir aussi. Cette idée m'obsédait.

Les foins de juin ne réussirent pas à me la faire oublier car ils coïncidèrent avec la chute du gouvernement et une crise politique qui fit de René Pleven le nouveau président du Conseil. La situation n'était pas simple : la France était gouvernée au centre par les MRP et les socialistes, mais leur majorité à l'Assemblée était très faible et pas moins de six gouvernements s'étaient succédé en trois ans. Ces deux forces étaient soudées par leur refus de la décolonisation. L'opinion se montrait également hostile à une décolonisation, mais en même temps elle ne voulait pas d'un maintien coûteux par la force. Cette contradiction devait durer pendant toute la durée de ce malentendu, qui, je l'avais compris, ne pouvait que mal finir. En fait, pour maintenir l'Union française chère à Vincent Auriol, la France n'avait pas d'autres moyens que d'affecter de plus en plus de troupes au maintien de l'ordre.

J'avais raison de redouter cette politique. Juste avant les moissons, François arriva, un soir, dans la paix bleutée du début de juillet, et il n'attendit pas le repas pour se confier à moi. Avant qu'il n'ouvre la bouche, je savais ce qu'il allait me dire. Effectivement, il était venu m'annoncer qu'il partait pour l'Indochine le 20 juillet. D'abord, je ne réagis pas, puis je finis par lui faire observer, alors qu'il tentait de me démontrer que la France avait besoin de son empire colonial pour se développer et conserver une place privilégiée dans le concert des nations :

– Nous sommes bien loin d'une guerre contre l'Allemagne et de cette vengeance que tu projetais.

– Peut-être, me répondit-il, mais plus nous serons forts, et moins elle aura de chances de s'en prendre de nouveau à nous.

– Elle est occupée et ne parvient pas à relever ses ruines.

– Qu'importe ! La France a besoin d'être grande, et ses colonies lui sont nécessaires, le Viêtnam en particulier.

Il tenait les mêmes propos qu'Aurélien et que ceux de mon père, il y avait bien longtemps. Je me demandai s'il s'agissait d'une tradition qui se transmettait de façon inconsciente chez les aînés des Grandval, mais je ne lui en fis pas la remarque, car son point de vue se situait bien au-delà de ces considérations familiales. Il s'était forgé ses propres convictions au moment de la mort de sa mère, et elles s'étaient renforcées au fil du temps. Je savais qu'il ne servait à rien de lui montrer les dangers qu'il allait courir.

– C'est toi qui m'as poussé à partir, reprit-il, tu ne vas pas me le reprocher aujourd'hui !

– Je ne pensais pas que ce serait dans de telles conditions, répondis-je, sans quoi je m'en serais bien gardé.

– Il y a toujours eu des militaires dans notre famille, à commencer par ton père. Je perpétue une lignée qui, contrairement à d'autres, a toujours eu le sens de l'honneur.

Je me gardai bien de lui rappeler que Thibault et Aurélien étaient morts jeunes.

– Est-ce que tu es heureux, au moins ? demandai-je seulement, désireux de mettre un terme à cette conversation qui ne pouvait aboutir au résultat que j'avais espéré.

– Je fais ce que j'ai toujours voulu faire.

– Toujours ? Même avant 1944 ?

– Toujours. Même si je ne t'en avais jamais parlé.

Cette confidence me rassura. La mort de Sabrina, que je n'avais pas su éviter, n'avait peut-être pas été déterminante, contrairement à ce que je croyais. J'en conçus comme un apaisement, et renonçai à poursuivre sur ce sujet. Je lui parlai alors de la forge, du four à couler la fonte que j'avais mis en production, de la satisfaction que j'en retirais. Il m'écouta d'une oreille distraite, si bien que je compris qu'il n'était déjà plus là.

Quand il partit, le 18 juillet, j'évitai de le suivre dans le parc et de l'observer derrière la fenêtre. Je me souvenais des départs d'Aurélien, pendant la guerre de 14, et de cette impression chaque fois ressentie de le voir pour la dernière fois. Je m'enfermai dans mon bureau et n'en ressortis qu'une heure plus tard pour me réfugier à la forge où le travail m'attendait.

Seuls les moissons et les battages réussirent à me faire oublier cette séparation. Comme chaque année, la chaleur épaisse, l'odeur des épis et des grains réveillèrent au fond de moi ce qu'il y avait de plus précieux, ces sensations nées d'un travail séculaire que rien, jamais, pas même les guerres, n'avait pu faire disparaître. A cette occasion-là, sur la demande de Serge Mestre, je relançai le repas de la gerbebaude dans le parc du château. Paul Chanourdie fit de même à la Ferrière, et ce furent deux soirées heureuses qui ressemblèrent à toutes celles qui les avaient précédées dans la paix de l'été.

Dès septembre, je n'attendis pas les vendanges pour repartir sur les routes afin de remplir les carnets de commandes, mais la nécessité s'en faisait moins sentir qu'au début : j'avais maintenant des clients fidèles, grossistes ou détaillants, qui les renouvelaient par lettres ou par le téléphone. J'avais fait installer un appareil dans mon bureau, à la forge, et il m'était très utile, car il m'évitait de trop nombreux déplacements.

Fabien avait toujours autant besoin de moi. Certes, Jeanne s'en occupait très bien, mais il avait souffert, lui aussi, de l'absence d'une vraie mère, et il n'aimait pas me voir m'éloigner de Grandval. Aussi, chaque fois que je rentrais, je passais le plus de temps possible auprès de lui. A l'occasion des vendanges, je l'emmenai à la Borderie, puis à la Ferrière pour aider, comme c'était l'usage, depuis toujours. C'était un très bel automne, chargé de l'odeur des grappes chaudes, des champignons, des caves ouvertes où l'on avait nettoyé les fûts. J'étais heureux, ce matin-là, de faire découvrir à Fabien les charmes des raisins mûrs écrasés dans la bouche, du patient travail de cueillette, des repas pris à l'ombre des haies.

Quand nous arrivâmes à la Ferrière, les charrettes partaient vers les vignes sur le chemin étincelant de rosée. Je montai sur l'une d'elles, hissai Fabien près de moi, et je lui expliquai comment il fallait s'y prendre avec les paniers d'osier et les sécateurs. Une fois dans la vigne, je lui enseignai les gestes, la cadence à tenir, le soin à vérifier que l'on ne laissait aucune grappe derrière soi. Il travailla consciencieusement à mes côtés jusqu'à dix heures, mais ce n'était qu'un enfant, et il se fatigua vite. Je le laissai partir pour jouer avec les autres, dans le pré voisin, et je ne m'en souciai plus, trop absorbé que j'étais par ma tâche qui faisait ressurgir en moi tant de souvenirs.

A midi, je m'assis à l'ombre pour dévorer les traditionnelles salades de tomates et la charcuterie, quand il revint vers moi, accompagné par une petite fille dont l'apparition me troubla au plus haut point. Brune, bouclée, la peau mate, le front haut, elle avait aussi dans la manière de se mouvoir des grâces qui me rappelaient Laurine au même âge. Je parvins avec peine à dissimuler mon émotion et lui demandai comment elle s'appelait :

– Louise, me répondit-elle.

Puis elle fit volte-face et elle s'éloigna, suivie par Fabien, me laissant désemparé, sous le coup d'une interrogation qui m'atteignit jusqu'au cœur : était-il possible que Laurine et Simon eussent une fille sans m'en avoir jamais parlé ? Oui, peut-être, pour la protéger à l'époque de la guerre. Mais quel âge avait cette enfant ? Huit, neuf, dix ans ? Je résolus de le lui demander, mais je remarquai que la femme de Paul la retenait près d'elle. Comme s'il avait été renvoyé, Fabien revint vers moi, dépité, et le repas se termina alors que je songeais que je n'avais pas prévenu de ma participation aux vendanges de la Ferrière. Je constatai les regards gênés de Paul, qui faisait tout pour m'éviter, mais j'étais bien résolu à l'interroger et je réussis à l'approcher en portant moi-même mon panier vers le fût qui attendait sur la charrette.

– Qui est cette enfant brune, là-bas ? lui demandai-je en la montrant du bras.

D'abord il ne répondit pas, faisant mine de ne pas comprendre, puis il me dit, affrontant mon regard :

– C'est la fille d'une nièce à ma femme.

– D'où vient-elle ?

Comme s'il cherchait du secours, il jeta à droite et à gauche des regards inquiets, puis :

– Ils habitent à côté de Mussidan, dans une ferme, me dit-il. On l'a prise pour les vendanges.

Je m'approchai à le toucher, lui interdisant toute échappatoire :

– C'est tout ce que tu as à me dire ?

– C'est la vérité, me répondit-il, puis il s'écarta, reprit son travail et je compris que je n'en tirerais rien de plus.

Je regagnai la vigne, me remis à couper les grappes, obsédé par l'image de cette enfant, le malaise de Paul et de sa femme, essayant de comprendre à quel secret je me heurtais en ce si bel après-midi d'automne, dont je n'attendais que du bonheur. Etait-il possible que Laurine et Simon eussent confié leur fille à une autre famille que la leur ? Etait-ce justement parce qu'elle avait une fille que Laurine n'avait pas voulu revenir vers moi ? Dans ce cas pourquoi ne s'en occupait-elle pas elle-même ? Parce qu'elle ne le pouvait pas ?

Autant de questions qui se bousculaient dans ma tête, mais dont j'étais bien décidé à percer le mystère, car je ne doutais pas qu'elles avaient influé sur la décision de Laurine de ne pas revenir.

Je décidai d'interroger la petite, mais, quand je relevai la tête, je m'aperçus que la femme de Paul et l'enfant avaient disparu. Je faillis moi aussi prendre la direction de la Ferrière, mais je résolus finalement de réfléchir à tout cela et d'attendre le lendemain. Je ne dormis pas de la nuit. Cette enfant ne pouvait être que la fille de Laurine, j'en étais persuadé. Il y avait en elle quelque chose de familier qui me renvoyait aussitôt vers celle qui, au même âge, avait été si proche de moi que j'avais toujours eu l'impression de la connaître intimement. Pourquoi m'avait-elle caché son existence ? J'étais bien décidé à percer ce secret dès le lendemain, mais il fallut me rendre à l'évidence : l'enfant n'était plus là.

Comme j'interrogeais Paul à ce sujet, il me répondit que ses parents étaient venus la chercher, à cause de l'école qui approchait. Furieux, je repartis aussitôt avec Fabien qui ne comprenait pas ma colère et voulait retrouver son amie de la veille. Il se calma quand je lui dis qu'elle était repartie chez elle, et c'est alors qu'il me demanda, sans même que je songe à l'interroger :

– A Estignac ?

– Elle t'a dit où elle habitait ?

– Oui, à Estignac, fit-il comme si c'était une évidence.

Je rentrai précipitamment pour me jeter sur l'une des cartes qui m'avait servi à parcourir la région lorsque je m'étais mis à la démarche des grossistes et je n'eus aucun mal à trouver ce hameau à quelques kilomètres de Mussidan. Dès lors je n'eus plus qu'une hâte : m'y rendre le plus vite possible et comprendre enfin ce que l'on voulait me cacher.

Je partis le surlendemain, dans une matinée grise et froide, où le soleil ne parvenait pas à percer. Deux jours de réflexion ne m'avaient pas fait avancer, sinon dans la conviction que cette enfant était bien la fille de Laurine et dans ma détermination à savoir pourquoi on l'avait éloignée de moi. Après une heure de route, je n'eus aucun mal à trouver le hameau : trois maisons espacées d'une centaine de mètres, dont les cheminées fumaient. Je me renseignai auprès d'une vieille femme qui gardait les moutons dans un pré au bord de la route, en me faisant passer pour un ami de la mère de Louise.

– C'est là-bas, me dit-elle en me désignant une fermette basse aux volets bleus.

Je garai ma voiture un peu avant et m'y rendis à pied. Quand j'eus frappé à la porte, une femme m'ouvrit, brune, la cinquantaine, un fichu sur les cheveux, avec beaucoup de méfiance dans les yeux. Me prenant pour un représentant, elle me dit :

– Si c'est pour vendre des outils, mon mari n'est pas là. Il vous faudra repasser.

– Non, dis-je, ce n'est pas pour des outils. Est-ce que je peux entrer ?

Elle ne m'y paraissait pas décidée, mais je savais qu'elle représentait le premier et le seul maillon qui pouvait me conduire à la vérité, et je n'étais pas disposé à renoncer si facilement.

– Je suis représentant en vêtements pour enfants, dis-je avec le plus d'assurance possible, et on m'a dit que vous avez une petite fille.

– Non, répondit-elle, je n'ai pas de petite fille. Celle que je garde pendant les vacances est repartie chez sa mère.

– C'est loin ?

– Mon pauvre monsieur, elle habite Bordeaux. Mon mari est allé la ramener pour l'école.

– Ça m'intéresse, mon secteur s'étend jusqu'à Bordeaux. Vous pouvez me donner son adresse ?

Elle se ferma d'un coup, comme si elle avait pris conscience d'avoir commis une imprudence.

– Ma valise est dans ma voiture, je vais la chercher, si vous voulez. Peut-être pourriez-vous lui faire un cadeau ?

J'étais habillé comme un homme de la ville, je présentais bien, et mon histoire semblait plausible. Pourtant, elle hésitait à me laisser entrer. Comme pour se débarrasser de moi, elle me jeta avant de refermer sa porte :

– Je crois que c'est dans la rue Saint-Rémi.

C'était plus que je n'en espérais. Je repartis, soulagé d'avoir trouvé une piste, et pas vraiment étonné de la destination vers laquelle elle semblait mener. Quoi de plus normal que Laurine eût regagné Bordeaux ? Elle devait posséder quelque chose là-bas, qui lui venait de son mari. Il n'était pas non plus étonnant qu'elle envoie sa fille en vacances – si c'était bien sa fille – dans la région de Mussidan où elle s'était réfugiée pendant la guerre – peut-être chez cette femme que j'avais rencontrée. Mais cette enfant, pourquoi la cachait-elle et, surtout, pourquoi, si près de moi, ne me donnait-elle pas signe de vie ?

Je décidai de me rendre rue Saint-Rémi quel que soit le prix à payer. Si je devais vraiment l'avoir perdue définitivement, comme elle me l'avait signifié, je voulais au moins savoir pourquoi, afin de tirer un trait définitif sur ce passé dont je souffrais tant.

Dès le lendemain, j'arpentais la rue Saint-Rémi, qui se trouve entre la rue Sainte-Catherine et les quais de la Garonne. Je ne doutais pas d'apercevoir ou la mère ou la fille, puisque l'école avait repris. Ce fut la petite que je découvris, peu après midi, mais elle était seule, son cartable à la main. Je la reconnus sans peine et, de nouveau, dans l'instant où je la vis, je vis aussi Laurine. Je me tournai vers la vitrine d'un magasin pour ne pas l'effrayer au moment où elle passa, puis je la suivis vers l'extrémité de la rue, côté fleuve. Elle entra dans un petit immeuble de deux étages aux escaliers de pierre et à la rampe de cuivre et, d'en bas, je l'entendis sonner à la porte du second. Le cœur fou, je montai et sonnai à mon tour. Quelques secondes plus tard, Laurine apparut devant moi.

Elle pâlit, porta la main vers sa poitrine, faillit tomber, se retint à la poignée de la porte, puis elle murmura d'une voix qui coula en moi comme une eau tiède :

– C'est peut-être mieux comme ça.

Elle s'effaça, me fit entrer et nous restâmes debout face à face, incapables de parler ni d'esquisser le moindre geste.

– Qui c'est ? demanda une voix venue de ce qui me parut être la cuisine.

– Un ami, dit Laurine. Mange, sinon tu seras en retard !

Puis elle eut comme un vertige et se laissa aller dans mes bras que je refermai sur elle. Je la gardai un moment contre moi, le temps de comprendre qu'elle avait perdu connaissance. Je la portai jusqu'à un divan de reps vert près duquel était allumée une lampe aux perles de jais. Contre le mur, un magnifique piano, dont le couvercle était rabattu, jetait des reflets d'ambre. Elle rouvrit les yeux, eut un mouvement de frayeur en m'apercevant, puis me reconnut et se détendit.

– Je savais que ça arriverait, dit-elle.

Je lui pris une main qu'elle ne me refusa pas. Elle ne ressemblait plus à celle que j'avais découverte à Paris à l'hôpital de la Salpêtrière. Elle avait repris du poids, les traits de son visage s'étaient arrondis, avaient retrouvé leur matité. Ses cheveux avaient repoussé et elle les portait longs, bouclés, comme avant – comme sa fille.

Celle-ci apparut, jeta sur moi un regard à la fois effrayé et étonné, mais Laurine la rassura et l'envoya dans sa chambre pour réviser ses leçons. De nouveau seuls, nous nous dévisageâmes, bouleversés, sans pouvoir trouver les mots, mais j'eus l'impression qu'il y avait dans le regard de Laurine comme un soulagement.

– Pourquoi m'avoir caché cette enfant ? dis-je, pensant sans doute que c'était la question la plus facile à poser. Que tu aies eu une fille avec Simon n'était pas un obstacle à nos retrouvailles. Au contraire, je l'aurais accueillie comme la mienne.

Deux larmes coulèrent sur ses joues, qu'elle essuya furtivement de la main, puis elle murmura d'une voix presque inaudible :

– Ce n'est pas la fille de Simon, Antoine, c'est la fille de Grégoire.

Il me sembla que toute la pièce était soudain plongée dans l'obscurité. Avais-je bien entendu ? Cette enfant, la fille de Grégoire ? Je demeurai muet, m'efforçant de desserrer l'étreinte d'acier qui s'était refermée sur moi. Alors, comme elle me devinait frappé par la foudre, elle se mit à parler d'une voix monocorde, mais très vite, comme pour se libérer d'un fardeau.

Lors de son assignation à résidence à Périgueux, elle avait cédé à Grégoire dans l'espoir qu'il sauverait Simon. Elle s'était retrouvée enceinte au mois de mai 1943, avait réussi à s'enfuir début août, quand elle avait compris que Grégoire n'interviendrait jamais pour faire revenir Simon d'Allemagne, au contraire. Grégoire n'avait donc jamais rien su de cette grossesse. Elle avait accouché dans la clandestinité en janvier 1944 chez ces gens d'Estignac où elle avait trouvé refuge. Elle avait confié l'enfant à Marie – la femme qui m'avait renseigné – puis elle avait repris le combat, sa manière à elle de venir en aide à Simon. Mais elle avait été arrêtée par les Allemands de la division Brehmer dès le mois de mars, à Mussidan, expédiée de là à Limoges et non à Périgueux, d'où le fait que Grégoire ne s'en soit aperçu que trop tard.

– Tu connais la suite, ajouta-t-elle après un instant de silence. Marie et Léon l'ont élevée jusqu'à ce que je revienne. Je l'ai reprise en 1946, quand j'ai décidé de vivre. Je la leur laisse aux vacances. Elle les aime beaucoup.

Elle soupira, reprit :

– Y a-t-il là quelque chose que tu ne puisses comprendre ?

– Non, dis-je, mais j'aurais pu comprendre plus tôt si tu me l'avais expliqué.

– J'avais d'autres préoccupations. Tu sais, Antoine, quand on revient d'où je suis revenue, on n'est pas certain de vouloir continuer à vivre.

– Je t'aurais aidée, moi.

– Peut-être, mais il n'y avait que moi à pouvoir prendre une telle décision.

Elle regarda l'horloge placée au mur et appela sa fille.

– Louise, c'est l'heure ! dit-elle.

La petite apparut, prête à repartir. Laurine l'embrassa, la conduisit jusqu'à la porte, revint vers la fenêtre pour la regarder s'éloigner dans la rue, puis s'assit de nouveau en face de moi.

– Et Simon ?

– Il est mort à Auschwitz en janvier 44, quelques jours avant que naisse ma fille.

Je me tus, ne posai plus la moindre question. Je songeai seulement que ce qui m'avait attiré si fort chez l'enfant, ce n'était pas seulement sa ressemblance avec Laurine, mais aussi celle avec Grégoire. Et je n'en avais pas eu conscience tellement elle m'avait paru inconcevable. Je relevai la tête vers Laurine qui gardait la sienne baissée, comme si elle ne pouvait plus soutenir mon regard. Où était celle qui me défiait si délicieusement sur les chemins de la Ferrière et dans ses greniers ? Il me sembla que ce pouvait être la même, quand elle reprit, d'une voix ferme, comme apaisée :

– Louise n'était pas le seul obstacle à mon retour, Antoine. Comme je te l'ai déjà dit, je n'étais pas sûre de vouloir continuer à vivre.

– Et aujourd'hui ?

– Aujourd'hui, je me suis fait violence pour ma fille. Elle a besoin de moi.

– Pourquoi pas à Grandval ? Qu'est-ce qui nous en empêche ?

– Je ne voulais pas vivre à Grandval, près de toi, différente d'avant. Je voulais être sûre de pouvoir vivre les mêmes choses, les retrouver telles que je les avais laissées, comme si rien ne s'était passé. Est-ce que tu me comprends ?

Je répondis dans un murmure :

– Je comprends.

– Il me fallait redevenir celle que j'avais été, reprendre au moins une apparence qui m'en laisse l'illusion.

Elle soupira, ajouta :

– Pouvoir réaliser mes rêves, sinon à quoi bon ? C'est cela qui m'importait : faire en sorte de rayer de ma mémoire des années de ma vie en reprenant le cours des choses au moment où ces rêves auraient dû se réaliser.

– Je me serais contenté de beaucoup moins que cela, dis-je. Ta seule présence m'aurait suffi.

– Pas moi. Tu sais bien, Antoine, que je ne sais vivre que dans la passion et la folie.

Elle se tut une nouvelle fois, me dévisagea avec une sorte de résignation qui me glaça.

– Il n'est pas trop tard, dis-je. Je suis sûr que tout est encore possible.

– Il est bien tard, Antoine.

– Non. Pas pour moi en tout cas. Aujourd'hui, je te retrouve comme avant, et nous sommes jeunes encore.

Elle eut un sourire d'une infinie tristesse, me montra l'intérieur de son poignet où un numéro était gravé avec une encre indélébile.

– Mon numéro à Birkenau, dit-elle. Il ne partira jamais.

Je lui pris la main, embrassai son poignet.

– Il est parti, dis-je.

Elle sourit de nouveau, puis elle effaça une larme sur sa joue. J'étais bien décidé à ne pas capituler, à la ramener vers moi à tout prix. Elle avait été loin si longtemps que, l'ayant enfin à ma portée, j'étais résolu à ne pas repartir sans lui avoir arraché une promesse.

– Ta fille n'a pas de père, dis-je. Moi, je la reconnaîtrai et elle en aura un, comme tous les enfants.

– Tu es bon, Antoine, murmura-t-elle, mais elle a, en quelque sorte, des parents adoptifs.

Je cherchai désespérément des arguments susceptibles de la convaincre. Il me semblait qu'elle n'était pas si inaccessible que je l'avais cru.

– Aujourd'hui, c'est moi qui ai besoin de toi, dis-je.

Elle rit et son visage reprit une expression familière qui me donna des frissons.

– Tu n'as jamais eu besoin de moi, Antoine. Rappelle-toi, tu préférais Sabrina.

– C'était à cause de Grégoire, il m'interdisait de te voir, tu le sais bien.

– Décidément, soupira-t-elle.

– Gagnons ce dernier combat contre lui. Ensemble. Tous les deux.

Elle ne répondit pas. Elle livrait bataille en elle-même contre toute cette noirceur, ce désespoir qui l'avait submergée. Je compris que se jouait là le sort du reste de mes jours et, cependant, je me sentais presque incapable de peser sur lui.

– S'il te plaît, dis-je, il ne sera jamais trop tard pour nous deux.

Elle s'allongea sur le divan, ferma les yeux.

– Parle-moi, Antoine, dit-elle.

J'avais la voix nouée et pourtant les mots finirent par sortir de ma bouche. Je lui parlai des foins et des moissons qui continuaient à Grandval, de l'Auvézère où je m'étais baigné il n'y avait pas longtemps, de tous ces moments où j'avais pensé à elle, des chemins que j'avais suivis près d'elle malgré son absence, des greniers où j'avais continué d'engranger jusqu'à la nuit, pour sentir contre moi le frôlement de sa robe. Je la vis sourire sous ses yeux clos.

– Encore, dit-elle.

Je parlai pendant près d'une heure, évoquant dans le détail chaque minute qui nous avait réunis jadis. Puis je me tus. Elle soupira, ouvrit les yeux, s'assit de nouveau.

– Il faut me faire une promesse, Antoine, dit-elle.

– Tout ce que tu voudras.

Elle soupira, reprit :

– Il s'est passé trop de choses aujourd'hui et j'ai besoin de réfléchir.

Puis, comme je ne disais mot, malgré l'espoir qui montait en moi :

– Je vais essayer, Antoine. Mais promets-moi que... disons le 1er juin, avant les foins, si tu ne me vois pas arriver dans la cour de Grandval, tu ne chercheras plus à me revoir.

– C'est un engagement d'une extrême gravité, dis-je. Je n'ai guère envie de...

– J'en ai besoin. Tout n'est pas encore bien à sa place dans ma tête.

Je sentis de nouveau se refermer sur moi un piège dont je ne pourrais plus desserrer l'étau, et je tentai d'argumenter, mais Laurine m'arrêta de la main et dit, d'une voix implorante :

– S'il te plaît, Antoine, promets et va-t'en.

J'attendis quelques secondes, je promis, me levai, l'embrassai et partis.

12

Bien des années se sont écoulées, mais je retrouve parfaitement l'impression qui m'envahit sur le chemin du retour, celle de n'avoir pas été assez convaincant, d'avoir peut-être perdu le combat le plus important de ma vie. J'avais accepté de remettre la décision dans les mains de Laurine, et je n'avais plus aucun moyen d'agir. Certes, une petite flamme d'espoir brûlait en moi, mais il y avait une telle souffrance chez Laurine, elle avait vécu une telle horreur, tant de temps avait passé, que je n'avais aucune certitude sur ce qu'elle allait décider.

J'eus beaucoup de mal à m'intéresser à la forge, aux commandes qui s'accumulaient. Il le fallait, pourtant, sans quoi je risquais de perdre des clients, mais mon esprit était ailleurs. Heureusement, Juan faisait face et, même s'il s'étonnait de me voir si lointain, si préoccupé, il se gardait bien de me poser des questions. J'étais perdu dans une attente qui me dévorait, je comptais les jours qui ne passaient pas assez vite à mon gré.

Les nouvelles en provenance d'Indochine me détournèrent pendant quelque temps de mon obsession vis-à-vis de Laurine : il y avait eu plus de deux mille morts, là-bas, et l'armée française avait dû évacuer Cao Bang, se replier vers le delta. On ne parlait plus que de cela à la radio, et j'attendais avec angoisse une lettre de François qui n'arrivait pas. Je ne la reçus que le 12 octobre, mais elle était rassurante : il avait échappé au pire et se trouvait désormais dans la région de My Tho, sur les rives du Mékong, près de la mer de Chine. D'après ce qu'il me disait, tout était calme dans le secteur et il ne risquait plus rien. Je le croyais car la radio rendait toujours compte de troubles, mais beaucoup plus au nord. La situation en Indochine venait d'inciter le gouvernement à porter la durée du service militaire à dix-huit mois. Heureusement, Baptiste était sursitaire, de sorte que je n'avais pas à être inquiet de ce côté-là. Ainsi, ce mois d'octobre si important, si crucial, s'acheva dans un apaisement qui transforma en souvenir agréable l'image de Laurine sur son divan de la rue Saint-Rémi.

Novembre me parut sinistre, avec d'épais brouillards qui ne se levaient pas et semblaient retenir les jours prisonniers autant que la lumière du soleil. Il aurait sans doute fallu un événement extérieur pour me forcer à réagir, à ne pas m'abîmer dans un immobilisme, une attente qui parfois me laissait plein d'espoir, parfois aussi me précipitait dans le doute et l'accablement.

Paul était venu me rendre visite et s'était excusé d'avoir refusé de me renseigner au moment des vendanges.

– Je ne pouvais rien dire. On avait promis, ma femme et moi.

– Ça ne fait rien, lui avais-je répondu, je ne t'en veux pas, ne t'inquiète pas.

Il m'avait remercié, puis il était reparti sans me poser de questions et je m'étais demandé s'il savait quelque chose de ce qui s'était passé à Bordeaux entre Laurine et moi.

Pour oublier un peu, je fis une tournée d'une semaine début décembre, sous une pluie de fin du monde. La solitude dans les hôtels, le soir venu, me fit comprendre que ce n'était pas une bonne idée : à Grandval, au moins, j'étais en compagnie de Jeanne et de Fabien. Cette tournée eut au moins l'avantage de mettre à jour un carnet de commandes qui en avait bien besoin. Je me mis à espérer des fêtes de Noël joyeuses avec mes enfants, Baptiste devant revenir de Bordeaux, peut-être même avec François s'il obtenait une permission. Je fis un rêve fou : Laurine n'attendrait pas le printemps ; elle profiterait des fêtes de Noël pour revenir vers moi.

Mais je ne vis ni Laurine ni François. Après la messe de minuit à Saint-Martial, je réunis au château, comme avant, les familles des ouvriers et de Serge Mestre pour le réveillon. Ce festin d'une trentaine de personnes, préparé par Jeanne et Conception, la femme de Juan, me réchauffa le cœur et m'aida à franchir le temps qui me séparait de l'année nouvelle, celle dont j'espérais tant. Dès lors, les jours me parurent passer un peu plus vite, d'autant que François m'annonça sa venue pour le début février, à l'occasion d'une permission de huit jours.

Je le retrouvai tel qu'il était, sûr de lui, de sa mission, de la nécessité qu'il y avait à combattre là-bas, désormais sous le haut commandement de De Lattre de Tassigny. Bref ! il était confiant, fier de lui, et je le vis repartir sans l'appréhension qui, dans cette circonstance, m'était coutumière.

Fin février, il plut beaucoup et nous fûmes occupés par la menace d'une inondation non dans la forge, qui avait été protégée par une digue construite par mon père, mais dans les communs. Serge Mestre avait deux enfants et Juan un, les autres ouvriers n'habitaient pas à Grandval mais à Saint-Martial. Je n'aurais donc eu aucun mal à les reloger dans le château, mais ce ne fut pas nécessaire : l'eau s'arrêta à trois mètres de la porte des logements et, dès le lendemain, le beau temps revint, apporté par un vent plus froid, venu du nord.

J'espérais un signe de Laurine, un mot, une lettre qui aurait confirmé mon espoir, et je guettais le facteur chaque matin, vers dix heures, mais rien n'arrivait jamais de Bordeaux, sinon des commandes. Le beau temps, même s'il faisait très froid, m'incita à sortir, à entreprendre de longues promenades sur les chemins où je pensais à celle qui les avait parcourus près de moi. J'y cherchais des indices favorables, les interprétais à ma façon, mais je rentrais toujours déçu, sans la moindre certitude, sinon celle que je ne maîtrisais plus rien de ma vie. Il m'arriva d'aller prier dans l'église de Saint-Martial, de crier le nom de Laurine dans la forêt, d'appeler à l'aide tous les saints de la terre, de promettre à Dieu les sacrifices qu'il exigerait de moi, pourvu qu'il me la rendît.

Puis, de guerre lasse, épuisé par le manque de sommeil, je me remis près de Juan au travail manuel qui, seul, comme on le sait, occupe assez la tête pour faire oublier les soucis. En quelques jours, je me sentis mieux et le temps finit par se remettre à couler, lentement, mais assez pour me transporter un peu plus confiant vers les premiers jours du printemps. Quand le vent tourna au sud, à la mi-avril, j'eus l'impression de toucher au port. Ensuite, l'herbe, en poussant, me fit penser aux foins que, peut-être, pour la première fois depuis très longtemps, je n'engrangerais plus seul à la tombée de la nuit. Enfin les jours s'allongèrent, les pluies tièdes de mai durèrent juste le temps qu'il fallait pour faire du bien aux prés et aux champs, et j'arrivai enfin au terme de cette attente qui m'avait ébranlé bien plus que je ne le pensais.

La veille du 1er juin, je parcourus de nouveau les chemins près de l'Auvézère en direction de la Ferrière, comme pour apprivoiser cette présence qui me fuyait, agir avec les seuls moyens dont je disposais. Je ne dormis pas de la nuit. Je respirais à peine, trop tendu que j'étais vers la matinée qui s'annonçait. Je la passais dans mon bureau du château, non dans celui de la forge, car c'était là que j'avais revu Laurine quand elle était venue chercher refuge à Grandval. Je demeurai debout derrière la fenêtre, le cœur battant, pendant plus de deux heures. A midi moins le quart, j'allai à mon bureau pour m'asseoir quelques minutes, comme si, soudain, j'avais trop peur de me confronter avec la réalité qui m'attendait.

Quand je revins à la fenêtre, au fond du parc, dans l'ombre du grand chêne, il y avait une femme immobile. Brune, son visage grave levé vers la façade du château, elle tenait une petite fille par la main.

Je ne sais pas comment j'ai pu dévaler l'escalier, franchir la distance qui sépare la terrasse des portes du parc et prendre dans mes bras celle que j'avais attendue si longtemps. Elle se laissait aller enfin, ayant lâché la petite qui nous observait, intriguée, mais que nous avions oubliée. Combien de temps ? Une éternité, sans doute, dans laquelle s'engloutissaient les années, les drames, les regrets, la douleur. Pour la première fois vraiment je pouvais respirer le parfum de ces cheveux bruns dans lesquels mon visage était enfoui, et celui d'une peau qui m'avait toujours paru intouchable, inaccessible.

Nous avons oscillé sur place comme à la recherche d'un équilibre introuvable, et peut-être serions-nous encore à la même place, si une petite voix n'avait dit, tirant la robe de Laurine à deux mains :

– J'ai faim !

Alors nous sommes rentrés sans un mot, pas tout à fait persuadés de la réalité de ce que nous étions en train de vivre, et pourtant submergés par une vague de bonheur qui, pour moi, au moins, dépassait toutes les émotions, toutes les sensations ressenties jusqu'à ce jour. Les dominait la conviction informulable d'avoir abordé à une île après une terrible tempête.

Laurine m'avoua plus tard avoir ressenti la même chose, mais, comme moi, ce jour-là, elle était bien incapable d'exprimer quoi que ce soit. Il me sembla que le plus simple, le plus secourable sans doute, était de retrouver rapidement les gestes quotidiens qui rassurent, donnent à la vie sa dimension ordinaire. Il fallait faire retomber la tension qui nous avait submergés. Heureusement, Fabien arriva de l'école et les présentations furent facilitées par le naturel propre aux enfants qui ne savent encore rien des drames de la vie et de ses secrets. Quand je lui eus expliqué que Laurine et Louise allaient rester au château, il ne me demanda pas pourquoi, il dit seulement à la petite :

– Viens ! On va manger.

Comme je n'étais pas souvent là à midi, il avait pris l'habitude de déjeuner dans la cuisine avec Jeanne, et ce fut tout naturellement qu'il s'y rendit. J'avais fait dresser quatre couverts dans la salle à manger où nous ne restâmes que deux, Laurine et moi, face à face, toujours incapables de parler, sinon pour remercier Jeanne qui nous servait. Seuls nos yeux exprimaient l'indicible, car nous n'étions pas tout à fait sûrs de ce qui se passait, ce midi-là, dans la chaleur montante d'une magnifique journée de juin.

Laurine baissait de temps en temps la tête vers son assiette, puis elle la relevait et de nouveau son regard s'attachait au mien. Que pouvions-nous dire que nous ne sachions déjà ? Je la regardais manger et je me disais qu'elle avait appris les gestes délicats de la société des villes, mais qu'elle avait aussi gardé une manière de couper le pain qui était celle des campagnes. En somme, elle avait changé mais elle était restée la même.

– Antoine, si tu savais, dit-elle enfin, après de longues minutes.

Elle rit, moi aussi, au souvenir de nos premières confidences, et ce rire nous fit du bien, nous détendit. Je pensai que ce repas était le premier de beaucoup d'autres, mais je n'osai pas le lui dire. J'avais encore peur d'un mot, d'une réflexion de sa part qui eût brisé le rêve. Je n'étais pas encore persuadé d'une décision définitive de sa part. J'avais trop attendu, trop espéré. Je savais que les mots allaient venir et je les redoutais. Je remarquai qu'elle portait des manches longues malgré la chaleur, très serrées aux poignets, et je détournai vite mon regard.

– J'ai tellement hésité, dit-elle enfin.

– Ne parle pas, dis-je. Plus tard.

Et j'ajoutai, tout bas :

– Tu es venue, c'est ce qui compte.

Il me sembla que les flammèches d'or de ses yeux, que je n'avais pas pu distinguer à Bordeaux, s'étaient allumées de nouveau. Je devinais qu'elle était heureuse, mais qu'elle avait peur, en même temps, de cette nouvelle vie, dans un univers différent de celui auquel elle s'était réhabituée, hantée par les noirs vestiges du passé.

Est-il possible de comprendre que nous n'avons plus prononcé le moindre mot jusqu'à la fin de notre repas ? Seuls nos yeux parlaient. Et ils disaient l'inavouable, le gouffre enfin comblé, la crainte et l'espoir de trouver la force de surmonter tout cela. A la fin, ils exprimaient davantage de confiance. Mais ce fut seulement au milieu de l'après-midi, alors que nous marchions vers la Ferrière, après avoir confié Louise à Jeanne, que la barrière tomba vraiment. Nous étions assis sur la rive de l'Auvézère qui chuchotait entre les pierres quand Laurine se confia enfin, franchissant ainsi les derniers obstacles qui auraient pu encore nous séparer. Elle ne me parla pas de Birkenau, non, mais elle regretta ma visite à l'hôpital de la Salpêtrière avant qu'elle ait pu reprendre apparence humaine.

– J'ai oublié, dis-je. Je te jure que je n'ai rien retenu de ce jour-là.

J'étais sincère. Quelque chose en moi s'était refusé à cette image d'une femme que je ne connaissais pas et l'avait chassée définitivement de mon esprit.

– Merci, Antoine, dit-elle.

Puis elle me raconta son combat pour accepter seulement de se nourrir, les retrouvailles avec sa fille dont la pensée l'avait préservée du suicide, son retour à Bordeaux et sa lutte pour retrouver les biens dont son mari avait été spolié. Ils n'étaient pas mariés sous le régime de la communauté et elle n'avait pu sauver que l'immeuble de la rue Saint-Rémi. Elle répéta ce qu'elle m'avait dit à Bordeaux et que je comprenais parfaitement :

– Je voulais être sûre de ressembler encore à celle que j'étais.

Elle ajouta, dans un soupir :

– Et puis, il y avait Louise, la fille de Grégoire. Je ne savais pas si tu l'accepterais.

– Comment as-tu pu en douter ?

– J'ai cédé pour Simon, je te le jure.

– Arrête ! Je t'en prie ! J'ai toujours su de quoi Grégoire était capable. Il a remué ciel et terre pour te retrouver et, dès lors, je pouvais tout imaginer. Mais il y a une chose à laquelle tu n'as pas pensé : c'est que Louise est une Grandval, comme moi.

J'ajoutai, dans un souffle :

– Et bientôt comme toi.

Elle ne répondit pas. Je n'insistai pas pour ne pas la heurter : il fallait lui laisser le temps de s'habituer. Afin de briser l'émotion qui venait de retomber sur nous, je me levai, lui tendis la main et nous repartîmes vers la Ferrière. Paul et sa femme furent heureux, sincèrement, je crois, de nous voir réunis. Ils ne posèrent pas de questions sur l'avenir, mais il me parut évident qu'ils ne doutaient pas que Laurine vécût désormais près de moi.

Quand nous repartîmes, la chaleur du jour ne diminuait pas, au contraire. Il devait être cinq heures et, sur le chemin qui longeait l'Auvézère, les sauterelles crépitaient comme des étincelles vertes. L'air oscillait devant nous en nappes épaisses qui sentaient l'herbe chaude. Le ciel n'était qu'une plage bleue sans le moindre nuage. Je ne sais si c'est elle, ou si c'est moi, qui bifurqua le premier vers l'eau. C'est en tout cas dans le trou si profond où elle avait voulu un jour se noyer que se passa ce à quoi nous n'avions cessé de rêver. Tout au fond, comme protégés du monde par cette rivière qui avait servi de lien à nos vies, l'Auvézère se jetant dans l'Isle, l'Isle dans la Dordogne, la Dordogne dans la Garonne près de Bordeaux.

Ensuite, il ne nous fallut pas longtemps pour confectionner un lit dans l'herbe haute, où je lui révélai ce lien qui m'était apparu au fond de l'eau. Nous restâmes là, blottis, jusqu'à la nuit. Je souhaite à tout un chacun d'avoir vécu une fois dans sa vie un tel sortilège : réaliser un rêve après de nombreuses années, après l'avoir cru perdu. Quand les étoiles complices nous raccompagnèrent vers le château, je compris que rien, jamais, dans mon existence future, n'approcherait le merveilleux de ces heures-là.

Nous vécûmes les deux jours qui suivirent dans un étonnement perpétuel. Je croyais rêver. Laurine aussi, j'en suis sûr. Nous demeurions prudents : nous parlions peu et nous faisions en sorte de garder encore quelque distance pour nous habituer à notre nouvelle vie. Elle m'interrogea un soir, pourtant, au sujet de Sabrina, exigea de connaître tout ce que je savais, se prétendit coupable :

– C'est à cause de moi qu'elle est morte, me dit-elle. Elle est venue à mon secours et je n'étais pas là. J'aurais dû penser aux miens au lieu de les mettre en péril.

– Tu luttais pour Simon, souviens-toi.

– Oui, mais Simon n'était pas seul, vous étiez là, vous aussi, et en danger.

Elle pleurait et je ne savais comment l'apaiser.

– Ce n'est pas à cause de toi qu'elle est morte mais à cause de moi, dis-je. J'aurais dû deviner qu'elle allait se rendre à Tourtoirac et l'en empêcher.

Elle feignit de me croire puis elle m'interrogea sur la vie que nous avions menée Sabrina et moi, sur son bonheur et le mien. Quand je lui eus raconté l'essentiel, elle me dit :

– Antoine, j'espère que tu lui as donné tout ce à quoi elle avait droit pendant le peu de temps qu'elle a vécu.

– Je l'espère aussi.

– Tu l'espères ou tu en es sûr ?

– J'en suis sûr.

– Tant mieux, Antoine, ça me fait du bien.

Même si elle y pensait toujours, elle finit par ne plus en parler et chaque matin qui naquit dans la lumière de juin nous trouva sur les chemins du domaine, sous prétexte de surveiller le mûrissement des foins. Bien que ce fût le dernier mois d'école, Louise suivait Fabien à Saint-Martial, où nous l'avions fait inscrire, afin qu'elle ne reste pas seule. Nous avions donc, Laurine et moi, de grandes journées devant nous pour rattraper le temps perdu – si toutefois le temps se rattrape jamais.

Elle s'adoucit, se laissa aller enfin, bien que de temps en temps, une ombre se posât sur ses yeux, la renvoyant vers des contrées redoutables. Cela se produisait de moins en moins : elle se réappropriait le domaine lentement, jusque dans ses recoins les plus secrets, me racontant ce qu'elle avait pensé, vécu là, à l'ombre d'une haie ou dans une clairière au milieu des bois :

– En fait, Antoine, je te cherchais partout, me dit-elle un après-midi, avec une fêlure dans la voix.

– Tu sais, lui dis-je, je crois qu'il ne faut pas essayer de revivre ce temps-là, mais d'en reconstruire un autre.

– Tu as raison, dit-elle.

Les foins achevèrent de la réconcilier avec ce monde en lui montrant que tout n'avait pas disparu, que les gestes étaient bien les mêmes, et les parfums, la beauté des soirs, l'épaisseur des nuits. Sa recherche folle du passé s'acheva le soir où nous nous retrouvâmes seuls dans le fenil pour engranger et que se réalisa ce à quoi elle n'avait cessé de rêver depuis le premier jour. Dès lors, ce fut comme si le dragon du malheur avait été vaincu. Elle respira mieux, vint me rejoindre la nuit suivante dans ma chambre et y resta. Elle regagnait simplement la sienne avant le matin, de manière à ne rien montrer à nos enfants.

Les moissons l'ancrèrent encore davantage dans la certitude d'une permanence qui la rassura – comme moi, d'ailleurs, depuis toujours. Quelque chose, ici, à Grandval, survivait aux tempêtes du monde. La terre, les prairies et les bois témoignaient d'une paix possible, secourable, d'un bonheur à portée de la main.

Le temps demeura beau, sans le moindre orage, jusqu'aux battages. Paul vint aider au château, avec le père Mestre, comme avant, et nous allâmes aussi à la Ferrière. Le dernier soir, au retour, dans la soie de la nuit, je fis observer à Laurine que nous ne pouvions pas vivre ainsi devant nos enfants sans nous marier.

– Nous marier ? fit-elle, et je crus que j'avais prononcé des mots qui ne devaient pas l'être.

Quelque chose, encore, la retenait parfois de l'autre côté, là où elle craignait sans doute d'avoir abandonné le meilleur de son être. Et c'était bien de cela qu'il s'agissait, je le compris quand elle me dit, deux jours plus tard, avec des larmes dans les yeux :

– Je voudrais tellement être la même.

Et, comme je ne trouvais rien à répondre, sinon que moi aussi j'avais changé :

– Ce n'est pas pour moi, Antoine, c'est pour toi.

Je soutins son regard et répondis :

– Pour moi, la plus belle n'est pas celle que tu crois : c'est celle d'aujourd'hui.

Je devinai que j'avais su prononcer les mots qu'il fallait. Je le vérifiai le soir, alors que nous nous apprêtions à nous coucher et qu'elle me dit en riant :

– Je n'avais jamais imaginé que si je me mariais avec toi je deviendrais châtelaine. Il y avait ton frère et ton père, ici, c'est sans doute pour cette raison. Je pensais que nous vivrions à la Ferrière. C'est drôle, non ?

– Oui, dis-je, mais il est bien vide, aujourd'hui, ce château.

– Il y a quand même Jeanne et deux enfants.

– Il pourrait y en avoir d'autres.

Elle se raidit, blêmit, murmura :

– Non Antoine, jamais plus.

Je compris que si elle avait réagi de la sorte, c'était à cause de son âge, mais aussi parce qu'elle avait perdu confiance dans l'humanité, dans l'avenir, en raison de l'horreur vécue pendant la guerre et à Birkenau.

– Deux enfants, c'est déjà beaucoup, dis-je. Cela suffit à occuper toute une vie.

Je laissai passer quelques jours et lui annonçai que j'allais entreprendre les démarches pour reconnaître Louise, comme promis. Elle me répondit en riant que je pouvais aussi par la même occasion entreprendre celles de notre mariage. Nous ne pouvions plus attendre car les enfants se posaient beaucoup de questions sur nos relations. Ils ne nous interrogeaient pas, mais ils questionnaient Jeanne qui ne savait quoi répondre.

Nous leur expliquâmes un dimanche après-midi que nous nous connaissions depuis toujours, que la vie nous avait séparés, mais que puisque nous nous étions retrouvés nous allions nous marier en octobre. Ils s'en montrèrent heureux et soulagés, comme s'ils attendaient cette nouvelle depuis longtemps, ce qui acheva de nous persuader d'avoir pris la bonne décision.

Il fallait agir vite, arrêter la liste des invités et définir les modalités de cette journée fixée au 14 octobre. A quelque temps de là, Laurine me dit qu'elle devait se rendre à Bordeaux pour régler ses affaires, mais elle ne me demanda pas de la suivre. Elle y resta trois jours, et je mesurai alors à quel point elle était devenue indispensable à ma vie. Un soir, j'eus peur qu'elle ne revienne pas. Heureusement, elle n'avait pas emmené Louise avec elle, ce qui me rassura. Mais je sentais pourtant qu'elle hésitait encore, qu'elle se faisait violence pour accepter ce mariage qui la faisait basculer définitivement du côté de la vie, alors que beaucoup de choses, en elle, l'inclinaient encore vers le renoncement.

Elle revint, cependant, mais elle demeura lointaine pendant quelques jours, à cause, sans doute, des souvenirs douloureux que ce voyage avait réveillés. Elle avait loué l'immeuble de la rue Saint-Rémi, ce qui lui assurerait un revenu régulier à l'avenir. Elle me demanda d'inviter seulement nos familles à l'occasion du mariage qui, je finis par le comprendre, lui rappelait celui qu'elle avait fui pour échapper à Grégoire, il y avait si longtemps.

– Nos familles et les gens de Grandval, ouvriers et paysans, comme avant.

– Si tu veux.

Elle ajouta, comme emportée par un élan confiant :

– Et quelques musiciens, s'il te plaît. Il faut que je trouve la force de danser.

Il y avait tant de choses à préparer que les jours passèrent vite jusqu'au 14 octobre. Je craignis jusqu'au dernier moment que la peur en elle soit trop forte, qu'elle ne disparaisse comme la première fois, mais, contrairement à ce que je redoutais, elle se montra de plus en plus détendue au fur et à mesure que la date approchait. Et le soleil fut au rendez-vous, ce samedi-là, un soleil qui rappelait l'été, des arbres encore lourds de leurs feuilles, dans l'odeur des vendanges à peine terminées, des caves ouvertes, du vin nouveau extrait des cuves.

La famille de Paul se trouvait là au grand complet, celle des Mestre père et fils, celle des ouvriers – de Juan en particulier : une trentaine de personnes seulement, invitées à deux repas, midi et soir, dans la grande salle à manger du château. Comme le souhaitait Laurine, nous avons dansé devant la terrasse, jusque tard dans la nuit. Quand tout le monde fut parti, à quatre heures du matin, y compris les musiciens, nous avons dansé encore, sans musique, lentement, doucement, et elle m'a dit en levant la tête vers les étoiles :

– Je n'aurai plus jamais peur, Antoine. Je suis guérie.

– D'autant que te voilà dame de Grandval, à présent.

– Non, Antoine, de la Ferrière seulement, mais c'est déjà beaucoup plus que je n'en ai jamais espéré.

13

La vie ne ressemble jamais tout à fait à celle que l'on imagine. J'avais craint que Laurine, après avoir si longtemps vécu en ville, ne puisse s'habituer à la vie quotidienne de Grandval, et les mois qui suivirent me démontrèrent que je m'en étais soucié à tort. Quand je revins à la forge, où ma présence était bien nécessaire après l'avoir négligée si longtemps, elle s'y intéressa. Et quand je dus partir sur les routes pour trouver de nouveaux clients, elle me dit :

– Je sais trop que les séparations peuvent être définitives. Je l'ai appris avec Simon. S'il te plaît, Antoine, emmène-moi avec toi.

Ce que je fis, chaque fois que je quittai Grandval, au cours de l'hiver qui suivit, heureux de cette présence silencieuse, mais si précieuse, à mes côtés. Je revois encore ses longs cheveux noirs répandus sur le col fourré de son manteau bleu, sa tête légèrement inclinée vers mon épaule, tandis qu'elle regardait la route devant elle. De temps en temps, elle levait les yeux sur moi, me dévisageait, afin de vérifier que c'était bien moi, qu'elle n'était pas seule, que rien ne pouvait nous séparer.

C'est dans cette complicité, ce lien étroitement noué entre elle et moi que le temps se mit à passer, les printemps à réveiller les prairies, les moissons à succéder aux foins, à l'occasion desquels nous retrouvions tout ce qui nous était cher. Elle s'était apaisée, rien ne venant troubler la paix des saisons, sinon les préoccupations quotidiennes, c'est-à-dire celles de la forge, dont j'étais devenu étroitement dépendant, et celles de nos enfants.

Fabien était parti lui aussi au collège à Périgueux, mais sans la moindre appréhension. Il rêvait de voyages et je me demandais à qui pouvait bien ressembler cet enfant qui faisait si peu cas du domaine, alors que je l'avais, comme mes autres fils, élevé dans l'amour de Grandval, de ses terres et de son château. Baptiste était sur le point d'obtenir son certificat d'aptitude à la profession d'avocat, et il envisageait d'entrer comme stagiaire dans l'une des plus importantes études de Bordeaux. François était revenu une fois d'Indochine, en septembre 1952, et il était reparti toujours aussi sûr de lui, de la mission de l'armée française dans ces territoires si lointains. Louise, elle, avait dix ans, en ce début d'année 1954, et elle fréquentait toujours l'école de Saint-Martial, avant de partir au collège à Périgueux. Nous n'étions donc plus que quatre au château, avec elle, Laurine et Jeanne, mais Fabien revenait tous les quinze jours et Baptiste une fois par mois, à peu près, car il aimait beaucoup Laurine, avec laquelle il parlait de Bordeaux, de la rue Sainte-Catherine, des Quinconces, du grand théâtre, des Chartrons, des quais de la Garonne qui lui étaient restés familiers.

Depuis plus de deux ans je m'étais efforcé de développer la forge, de la transformer en une véritable entreprise, qui employait aujourd'hui dix ouvriers sous la direction de Juan, qui leur apprenait le métier. Je n'avais pas hésité à transformer la petite forge d'origine en achetant de nouvelles machines qui m'avaient permis de diversifier la production, en fabriquant maintenant, en plus des outils traditionnels, de la robinetterie. Je n'avais plus le temps de participer à la fabrication, et je le regrettais, mais les obligations commerciales et comptables m'accaparaient. J'étais aidé par Laurine, qui travaillait avec moi au bureau, sans que cette proximité ne pose le moindre problème entre nous. Nous avions été séparés si longtemps que nous en avions besoin – surtout elle, dirais-je, qui redoutait toujours une séparation définitive.

C'était surtout à la belle saison que je prenais le temps de m'éloigner de l'usine pour retrouver avec elle les prés et les champs, dans une harmonie que rien n'était venu troubler depuis son retour et qui me faisait regretter d'avoir perdu tant d'années. Mais nous évitions de parler du passé, et il me semblait que celui-ci s'éloignait dans sa mémoire. Il était rare que les souvenirs vinssent troubler à présent ses pensées, alors qu'au début de nos retrouvailles, elle s'arrêtait parfois brusquement de parler, son visage se fermait, et je devais poser ma main sur son bras pour la ramener vers moi. Elle sursautait, me reconnaissait et reprenait pied dans la réalité en s'efforçant de sourire mais sans rien me dévoiler, jamais, de ces images qui la rattrapaient si brutalement et faisaient passer dans ses yeux des éclairs de terreur.

Elle s'entendait bien avec Jeanne qui, il est vrai, entretenait de bons rapports avec tout le monde. La rondeur de ses traits n'avait d'égale que la rondeur de son caractère, et je l'aimais beaucoup moi aussi, car je n'oubliais pas qu'elle s'était occupée de mes enfants de façon maternelle à un moment où ils souffraient beaucoup.

A la belle saison, Laurine s'échappait souvent vers la Ferrière où je la rejoignais, pour rentrer à la nuit avec elle. Je ne lui en voulais pas de ces escapades, car je savais qu'elle en avait besoin : retrouver la métairie dans laquelle elle était née, son frère Paul et sa famille, comblait le gouffre qui s'était ouvert dans sa vie et l'arrimait solidement à celle qu'elle menait aujourd'hui. Nous revenions entre les chaumes et les éteules, nous nous arrêtions là où nos pas nous avaient conduits jadis, et nous nous baignions souvent dans l'eau caressante de la rivière.

Comme moi, pourtant, elle s'inquiétait pour François, se tenait au courant de ce qui se passait en Indochine, m'interrogeait à ce sujet. Les nouvelles de là-bas n'étaient pas bonnes. L'armée française, partout, reculait. Je savais, moi, depuis toujours, qu'il me faudrait compter avec ces événements, mais je m'efforçais de le cacher à mes deux autres fils qui m'interrogeaient souvent au sujet de leur frère aîné.

J'y parvins assez bien jusqu'au printemps de 1954, au moment où les événements devinrent dramatiques, avec le début de l'offensive Viêt-minh. La radio donnait chaque jour des nouvelles du général de Castries, qui commandait le camp retranché de Diên Biên Phu. François faisait partie des dix mille soldats français qui étaient encerclés dans la cuvette, je le savais par une lettre qui datait de la fin mars, mais je n'avais plus rien reçu de lui, quand l'armée parachuta plus de quatre mille soldats pour venir en aide aux assiégés. Cette initiative me redonna espoir, du moins pendant quelques jours.

Le 7 mai au soir, les nouvelles devinrent alarmantes, et elles se confirmèrent le lendemain : Diên Biên Phu était tombé, sanctionnant la défaite de l'armée française, laquelle, pourtant, se gardait bien de donner la dimension exacte de la catastrophe. Il fallut attendre plusieurs jours pour apprendre qu'il y avait plus de trois mille morts français et près de douze mille prisonniers. Je pensais à mon grand-oncle Thibault et à mon frère Aurélien, les aînés des Grandval tous deux morts à la guerre, et je craignais qu'il en fût de même pour François, l'aîné d'une autre génération.

Laurine veillait près de moi, la nuit, à l'écoute des informations données parcimonieusement à la radio et, comme moi, lisait le journal chaque matin. Baptiste téléphonait tous les jours de Bordeaux pour avoir des nouvelles. Je me démenais pour en obtenir, mais l'ampleur du désastre dépassait toutes les prévisions. Je dus attendre la fin du mois pour apprendre que François ne figurait pas parmi les victimes des derniers combats : il était prisonnier du Viêt-minh. Je respirai un peu mieux, ayant redouté le pire. Pourtant il fallut vivre avec l'idée qu'il ne reviendrait peut-être jamais, à laquelle Laurine opposait des arguments qui ne parvenaient pas à me convaincre :

– Ils ne peuvent pas garder dix mille prisonniers. Ils les rendront dès que la guerre sera finie, il n'y en a pas pour longtemps.

Cet espoir me soutint pendant les foins au cours desquels je m'efforçai de participer sans trop penser à François, et il grandit à la fin du mois de juillet, le 21 au soir exactement, quand furent signés les accords de Genève qui mettaient fin à la guerre. Peu m'importaient les conditions acceptées par la France – le Viêtnam coupé en deux par le dix-septième parallèle, les troupes françaises encore présentes regroupées au sud, des élections avant un an. Une seule chose retenait mon attention : la guerre était finie et les prisonniers allaient revenir.

Les moissons m'apportèrent l'apaisement que j'en espérais, d'autant qu'elles furent exemptes d'orages et que les battages s'achevèrent par le repas de la gerbebaude, auquel Laurine avait tenu. Elle aimait tout ce qui ranimait les flammes du passé, s'y réchauffait comme auprès d'un foyer que les tempêtes du monde et la folie des hommes ne parvenaient pas à éteindre. Je l'accompagnais de mon mieux dans ces quêtes, mais le sort de mon fils m'empêchait d'y adhérer totalement.

Début septembre, il fallut se rendre à l'évidence : François n'était pas rentré. Je me renseignai auprès des autorités militaires, qui me répondirent qu'il fallait être patient, que le gouvernement n'abandonnerait pas ses soldats.

Je me remis au travail à l'usine avec difficulté, toujours soutenu par Laurine qui savait trouver les mots mais qui ne put m'épargner la colère quand Baptiste m'annonça, dès qu'il eut obtenu son diplôme, qu'il allait devoir faire son service militaire, son sursis étant arrivé à terme. Il partit à la Toussaint de cette année-là, au moment où éclataient les premiers troubles en Algérie. Heureusement, je ne fis pas le rapprochement entre ce qui s'était passé en Indochine et l'assassinat des instituteurs français lors de ce que l'on appela plus tard la Toussaint rouge, d'autant qu'à la fin de ce même mois des accords franco-tunisiens scellèrent des modalités d'émancipation qui me semblèrent régler la question de l'indépendance pour toutes les colonies.

Baptiste vint nous voir avant son départ pour dix-huit mois à Mourmelon, dans la Marne. Il n'était pas inquiet, simplement contrarié de ne pouvoir travailler alors que le cabinet dans lequel il avait fait son stage voulait le recruter. Qu'en serait-il au terme de dix-huit mois ? Il ne le savait pas. Je lui avouai, ce soir-là, que je regrettais de ne pas être intervenu pour lui éviter cette épreuve.

– Avec le métier qui m'attend, me répondit-il, je me dois d'être irréprochable.

Il me sembla entendre mon frère Aurélien, quand notre père lui proposait d'intervenir pour lui éviter de partir à la guerre, mais je ne lui en fis pas la confidence. Baptiste resta trois jours au château, durant lesquels je me félicitai de sa complicité avec Laurine. Elle ne cessa de l'interroger sur Bordeaux et je lui en fis la remarque, un soir, avant de nous coucher :

– On dirait que tu regrettes la grande ville.

– Enfin, Antoine, me répondit-elle, j'ai toujours rêvé de ne jamais quitter la Ferrière.

– Mais Bordeaux, n'est-ce pas aussi Simon ?

– Simon est mort et moi je suis vivante.

Je n'insistai pas, mais je compris qu'on n'efface jamais totalement une part de sa vie, fût-elle la plus noire, et cette conviction creusa en moi une secrète blessure.

Baptiste parti, le temps se mit à couler sur Grandval avec l'espoir, soigneusement entretenu par Laurine, de voir revenir François avant Noël.

Ce ne fut pas le cas. Les fêtes de fin d'année ne furent donc pas aussi heureuses que je l'avais espéré, et je me promis de me renseigner de nouveau dès le début de janvier. Je me rendis à Périgueux dès le 3 de la nouvelle année, et j'appris là, avec stupeur, que la plupart des prisonniers d'Indochine étaient rentrés. Comme je manifestais de l'incompréhension et, pour finir, de la colère, l'officier de gendarmerie qui me reçut me promit d'enquêter et de me tenir au courant. Mais je ne pouvais pas en rester là : j'écrivis au ministère, à Paris, en me promettant de m'y rendre si je n'apprenais rien dans le délai d'un mois. Janvier, sec et froid, ne m'apporta pas la moindre nouvelle. Je négligeai la forge, obsédé que j'étais par cette absence de retour inexplicable, demeurai enfermé au château, avec Laurine, incapable de songer à autre chose qu'au sort de mon fils.

Je reçus le 30 une convocation à la gendarmerie de Périgueux où le capitaine chargé de l'enquête m'apprit que François n'avait jamais été fait prisonnier, mais que, au contraire, après Diên Biên Phu, il s'était évadé lors du trajet vers les camps Viêt-minh. Tout cela avait été rapporté par un soldat de sa compagnie qui avait assisté à cette évasion.

– Il vaut mieux, vous savez, me dit le capitaine, car les prisonniers sont morts par milliers dans les camps où ils n'étaient pas nourris. Sur plus de dix mille, trois mille seulement sont revenus.

Et il ajouta, désirant se montrer secourable :

– Votre fils connaissait bien la jungle et les populations favorables aux Français. Il est à peu près certain qu'il a survécu. Il trouvera sans doute l'occasion de gagner le Laos ou le Cambodge. Ayez confiance.

Je partis, un peu rassuré, en me répétant les mots de l'officier qui m'avait promis de garder le contact avec moi. Je restai encore une semaine inactif, puis je compris que ce n'était pas la bonne solution. Pour tromper mon angoisse, je me plongeai dans le travail avec toujours, près de moi, Juan à la fabrication, et Laurine au bureau, dont les connaissances m'étaient précieuses – Simon l'avait associée à la gestion de ses affaires – autant que sa manière de renouer, dès qu'elle le pouvait, avec ce que nous possédions en commun de plus précieux : le domaine et aussi la Ferrière qui n'en faisait plus partie, mais vers laquelle elle marchait comme vers une source de jouvence. Elle avait le don de renouveler ces menus plaisirs de la vie quotidienne grâce auxquels elle s'embellit au lieu de s'étioler. Elle m'avait dit un jour qu'elle ne pouvait vivre que dans la passion et la folie. C'était vrai. Même dans les moments les plus difficiles, elle m'entraînait dans des situations les plus surprenantes, comme ce jour du printemps suivant où, à Limoges, où nous étions allés démarcher un grossiste, elle me prit le bras, entra dans un hôtel, et me demanda de louer une chambre. Une nuit de juin, elle exigea que nous dormions dans le fenil au-dessus des communs et, une semaine plus tard, ce fut dans une cabane au fond de la forêt.

– J'en ai toujours rêvé, me dit-elle, pourquoi ne me ferais-je pas ce plaisir ?

Je comprenais qu'elle brûlait tout ce qui avait assombri sa vie, et que cet incendie l'aidait à vivre. Je l'accompagnais donc partout où ses pas la menaient, persuadé que c'était dans ces confins-là que nous nous retrouvions le mieux et que, moi aussi, je pouvais oublier ce qui m'obsédait.

Les foins et les moissons m'aidèrent à ne pas compter les jours, à me tourner vers l'avenir, à espérer, d'autant que Baptiste vint en permission et se montra optimiste au sujet de son frère. Quand il repartit, les jours et les semaines se remirent à passer sans que me parvienne la moindre nouvelle de François. Je m'efforçais de l'oublier, de travailler du matin jusqu'à la nuit, mais son visage m'apparaissait parfois au moment où je m'y attendais le moins, toujours douloureux, ruinant l'échafaudage mental que j'avais construit patiemment sur les mots de l'officier de Périgueux, et que je consolidais de mon mieux pendant mes insomnies : François connaissait bien la jungle, la population favorable aux Français, il pourrait survivre et gagner le Cambodge.

L'année s'acheva ainsi, dans un espoir un peu vain, que jamais rien ne venait confirmer, et le début de l'année 1956 commença dans un froid inhabituel qui atteignit en février des températures polaires. On entendit la nuit éclater l'écorce des arbres les plus vieux, et l'on découvrit des oiseaux morts sur le rebord des fenêtres et dans les chemins. De mémoire d'homme – je consultai Louis Mestre et Paul Chanourdie à ce sujet –, on ne trouvait pas trace d'un froid aussi mordant, qui paralysa les activités pendant plus de huit jours. Je les passai près de Laurine dans la salle à manger, devant de grandes flambées qui réveillèrent en nous des échos oubliés, pour notre plus grand profit.

Dès que le temps s'améliora, je repris le travail et me mis à espérer les beaux jours qui me ramèneraient au moins Baptiste. A ma grande satisfaction, il rentra en avril, passa quelques jours à Grandval, puis s'en alla à Bordeaux pour contacter le cabinet d'avocats qui avait promis de l'embaucher. En dix-huit mois, les choses avaient évolué et la promesse était devenue caduque, sauf s'il acceptait de partir aux Etats-Unis. C'est ce qu'il m'apprit un dimanche de mai, alors que nous devisions dans mon bureau, après le repas de midi.

– Bordeaux a toujours été tourné vers l'océan, les îles et l'Amérique, me dit-il. Pour le cabinet, il s'agit de développer son activité de droit commercial international, notamment dans le domaine des vins. Là-bas, le marché est immense.

– Mais ce séjour ne sera que provisoire ?

– Je ne sais pas. Cela dépend de la réussite du projet.

J'avais toujours poussé mes enfants à partir de Grandval, mais je n'avais jamais imaginé que ces départs les mèneraient si loin. Je m'en voulais, ce jour-là, mais je ne me sentais pas le droit d'en faire la confidence à Baptiste. C'eût été le freiner dans son élan, car il savait à quel point je souffrais de l'absence de François, et il ne serait pas parti.

– Pense à ton avenir, dis-je. Ne te soucie pas de moi ni du domaine.

Et, pour le convaincre définitivement, j'ajoutai :

– C'est toujours ce que j'ai souhaité pour vous.

– Merci, me dit-il. Je crois que je vais accepter.

Un mois lui suffit pour obtenir les papiers nécessaires et il vint nous faire ses adieux alors que nous nous apprêtions à entreprendre les foins. Ce début du mois de juin promenait sur les prés des vapeurs chaudes dès le matin, me faisant croire à un été de canicule. Mais des orages éclatèrent dès que le foin fut coupé et nous retardèrent pendant huit jours. Les moissons qui suivirent furent également perturbées par le mauvais temps et je dus me faire violence pour fêter la gerbebaude aux côtés de Laurine. François ne quittait pas mon esprit, il me semblait qu'il avait besoin de moi, et l'absence de nouvelles me rendait inaccessible à la moindre joie.

Cette attente dura deux ans, jusqu'au printemps de l'année 1958, deux ans qui virent les choses changer, à Grandval comme ailleurs. Le fils aîné de Louis Mestre, Serge, se maria avec la fille de Juan Beltran, et nous célébrâmes ce mariage au château, comme il se devait, me semblait-il. Laurine prit une part active dans cette fête qui me parut sceller l'union de la terre et du fer, celle que j'avais toujours cherché à préserver. Les nouveaux époux s'installèrent dans les communs, où il y avait de la place, venant augmenter le nombre de ceux qui vivaient au domaine, paysans et ouvriers.

Louise partit elle aussi étudier au collège à Périgueux, ébranlant Laurine qui n'avait pas pu se faire à cette idée. La séparation, en effet, impliquait toujours chez elle, depuis la guerre, la conviction d'un danger, la crainte d'une perte définitive. Je l'aidais à lutter contre cette pensée douloureuse, mais elle n'y parvenait pas – nous sommes si fragiles quand nos enfants sont loin.

Fabien, lui, achevait ses études au lycée tant bien que mal – plutôt mal que bien, d'ailleurs, car il rêvait toujours de voyages. A dix-sept ans, il ressemblait beaucoup à François et chaque fois que je le voyais arriver au château, je songeais à celui dont je n'avais toujours pas de nouvelles. Je m'inquiétais maintenant pour Fabien à cause des événements d'Algérie, où le gouvernement français s'empêtrait dans une véritable guerre dont on ne voyait pas la fin. Le général Massu était responsable du maintien de l'ordre à Alger, mais aucun des présidents du Conseil qui s'étaient succédé, de Guy Mollet à Pierre Pflimlin, n'avait réussi à trouver une solution. Devant l'impasse où le pays se trouvait, celui-ci fit appel au général de Gaulle, lequel fut investi et reçut les pleins pouvoirs de l'Assemblée le 2 juin 1958.

Ce fut quelques jours plus tard que l'on me demanda par lettre de me rendre à la gendarmerie de Périgueux, le 10 juin au matin. Un colonel venu spécialement de Paris m'apprit là, sans la moindre précaution oratoire – mais en avais-je besoin ? –, que François était mort de ses blessures occasionnées lors de son évasion dans la jungle vietnamienne, entre Diên Biên Phu et Son La. Un supplétif vietnamien, qui avait réussi à gagner le Laos après s'être caché dans cette même jungle, venait d'en témoigner. L'homme avait beaucoup hésité avant d'émigrer vers la France, espérant pouvoir, là-bas, reprendre le combat. Affaibli, découragé, il avait réussi à trouver un bateau, était arrivé fin avril. Il attendait dans la pièce d'à côté. Si je voulais l'interroger, il était à ma disposition.

J'avais toujours su, au fond de moi-même, que François était mort, mais j'avais besoin d'en être sûr aujourd'hui, et surtout d'en connaître les circonstances, comme si elles pouvaient m'aider à accepter définitivement cette disparition. Je demandai à voir l'homme, un Vietnamien d'une trentaine d'années, qui avait servi sous les ordres de François. Dans un français très approximatif, il me raconta les derniers jours de Diên Biên Phu, le miracle d'avoir échappé aux bombardements puis à l'assaut du Viêt-minh, le transfert des survivants vers des camps où ils savaient qu'ils ne survivraient pas.

Ils étaient six à avoir pris la décision de s'évader, deux officiers et quatre supplétifs, persuadés qu'ils connaissaient assez bien la jungle pour s'y cacher et survivre. Ils s'étaient enfuis de nuit, mais une sentinelle Viêt-minh avait ouvert le feu, tuant le lieutenant et atteignant François dans le dos, à hauteur des poumons. Ses camarades, dont l'homme qui me relatait ces événements, l'avaient soutenu, porté jusqu'à des paillotes à dix kilomètres du lieu de l'évasion. S'ils y avaient réussi, c'est parce que le Viêt-minh avait d'autres préoccupations que de courir après quelques prisonniers, car il en avait des milliers et ne savait qu'en faire.

Dans le village favorable aux Français, les supplétifs avaient soigné François comme ils avaient pu, y compris avec de l'opium pour endormir la douleur, mais la blessure était trop grave et François était mort le 13 mai, à cinq heures du matin. Il avait été enterré à flanc de colline, près de ce hameau qui avait nom Luang Ba.

L'homme se tut. Je lui demandai s'il avait pu conserver des papiers de François, et il me répondit que oui, pendant quelque temps, mais il ajouta qu'il les avait perdus au cours de ses pérégrinations dans la jungle, du fait qu'il ne pouvait pas rester longtemps au même endroit, bougeait beaucoup, dans des conditions toujours périlleuses. Je remerciai, me saisis du certificat officiel de décès que me proposait le colonel, et je partis retrouver Laurine qui avait voulu me suivre à Périgueux et que j'avais laissée au centre-ville.

Quand elle m'aperçut, elle comprit tout de suite ce qui s'était passé, car j'en avais évoqué la probabilité dans la voiture. Elle me prit le bras et nous marchâmes en silence vers le champ de foire où nous nous sommes assis sur un banc.

– C'est arrivé quand ? me demanda-t-elle au bout d'un instant.

– Il y a plus de quatre ans, juste après Diên Biên Phu, lors d'une évasion, dans la jungle.

J'ajoutai, alors qu'elle se serrait contre moi, prenant mon bras :

– Je l'ai toujours su. J'étais sans illusions.

– Oui, dit-elle, on sent toujours ces choses-là.

Nous sommes restés un long moment sans trouver d'autres mots, sa tête appuyée contre mon épaule, songeant à tous ceux qui nous avaient quittés. Elle avait perdu une sœur et un mari et moi deux frères, un fils et une épouse.

– Un enfant, c'est le pire, dis-je.

– Je sais, dit Laurine. J'ai survécu à bien des drames, mais ça, je ne le supporterais pas.

– Je suppose que c'est à ceux qui nous restent qu'il faut penser.

– Oui, c'est à eux. Il y en a au moins deux qui ont besoin de nous : Louise et Fabien.

D'un même mouvement, nous nous levâmes et nous nous mîmes en marche vers la voiture.

Je n'eus pas le cœur de prévenir Fabien ce jour-là. J'attendis sa venue à Grandval, le dimanche suivant. Il était beaucoup plus jeune que François, l'avait peu côtoyé, au contraire de Baptiste qui n'avait que deux ans de moins que son frère aîné. A la réaction de Fabien, je compris que, comme moi, il avait vécu sans illusions sur le sort de François : il s'était passé trop de temps pour qu'il conserve le moindre espoir. Il me demanda cependant de lui parler de lui, ce que je fis pendant plus d'une heure, en essayant de lui démontrer que François avait choisi sa vie, qu'il ne s'était pas engagé par hasard. A la fin, je hasardai une question en tremblant intérieurement :

– Ce n'est pas cette voie que tu veux suivre, au moins ?

Il ne répondit pas. De mon côté, j'étais bien résolu à intervenir par tous les moyens pour qu'il ne parte pas. Nous avions payé assez cher – un homme dans chaque génération – et je n'étais pas du tout décidé à accepter le départ à l'armée de mon plus jeune fils.

– Tu sais que tu devras partir bientôt au service militaire et qu'il y a la guerre en Algérie.

Fabien baissa la tête, murmura :

– J'ai toujours rêvé de voyages.

Et, comme je me taisais, un nœud dans l'estomac :

– Après le bac, je pense m'engager dans la marine.

Je demeurai assommé par ces mots et j'eus beaucoup de mal à garder mon calme.

– Enfin, Fabien ! m'écriai-je, il y a d'autres moyens que celui-là pour voyager.

– La marine, ce n'est pas l'armée de terre, répondit-il. Elle ne se bat pas en Algérie.

Il ajouta, pour lui de façon définitive :

– J'aime la mer, l'océan.

– Comment le sais-tu ? Tu n'as jamais navigué.

Il me dévisagea en silence, puis murmura :

– Je le sais depuis toujours, mais je n'avais jamais osé te le dire.

Puis, dans un soupir :

– Excuse-moi de te le dire aujourd'hui. Ça tombe vraiment mal, je le sais.

Il posa sa main sur la mienne, ajouta doucement :

– Il n'y a plus aujourd'hui de batailles navales.

Je choisis de rompre cette discussion qui, effectivement, tombait au plus mauvais moment.

– Encore un an avant le bac, dis-je, nous avons le temps d'en reparler.

Il comprit que je tentais d'éviter un affrontement et décida d'agir comme moi.

– Tu as raison, fit-il, nous en reparlerons dans un an.

Il me laissa désemparé pour la journée, et même pour plusieurs jours.

J'écrivis à Baptiste, mais j'eus beaucoup de mal à exprimer ce que je souhaitais, user de mots qui puissent lui apporter une consolation. Comme aucun ne pouvait l'être pour moi, je n'avais aucune chance d'en trouver pour lui. Je recommençai cette lettre plusieurs fois, me résignai à l'envoyer à New York, en espérant qu'elle n'atteindrait pas trop Baptiste qui, lui, avait grandi près de François et l'aimait beaucoup. Sa lettre en retour, quinze jours plus tard, me fit comprendre à quel point il était touché. Il me parla de son frère avec une émotion qui me fit mal, et je regrettai fort de ne pas me trouver près de lui pour l'aider.

Il fallut pourtant me remettre au travail, non pas à la forge, où nous étions à la saison creuse, mais dans les champs, où les moissons battaient leur plein. Laurine, près de moi, savait, elle, trouver les mots pour m'apaiser, me faire renouer avec la confiance, l'espoir que portent les blés. Les dix jours de battage dans les fermes, au contact de ces hommes et de ces femmes sur lesquels je savais pouvoir compter en toutes circonstances, la douceur des soirs sans la menace du moindre orage parvinrent à me faire accepter cette sorte de fatalité qui accablait depuis toujours les aînés de notre famille.

J'étais bien décidé à convaincre Fabien de ne pas les suivre sur ce chemin si périlleux. Je demeurais suspendu aux nouvelles de l'Algérie dont la guerre, malgré de Gaulle, ne cessait pas. Quand je finis par comprendre qu'elle ne cesserait pas de sitôt, je me dis qu'après tout un engagement dans la marine préserverait Fabien d'un danger autrement plus grand dans les djebels ou dans les villes au sein desquelles les attentats à la bombe se multipliaient.

Une année passa ainsi, avec un hiver sans neige et un printemps précoce, durant lequel Juan tomba malade et se remit difficilement. Le docteur Baruel ne me cacha pas que Juan n'était pas en bonne santé, ayant souffert de carences graves quand il était jeune et ayant depuis beaucoup travaillé. Je demandai à Juan de diminuer ses heures à la forge, mais il ne voulut rien entendre et me dit, dans un sourire désarmant :

– Ye né sais faire que ça.

Je n'insistai pas, songeant que le priver du travail le ferait basculer vers un renoncement définitif, mais je demeurai soucieux, car sa présence à l'usine m'était indispensable.

En juin, une bonne nouvelle, si je puis dire, arriva avec l'échec de Fabien au deuxième bac. Il ne voulait pas recommencer une année, s'entêta, mais je finis par lui démontrer que ce diplôme l'aiderait à gravir les échelons dans la marine et favoriserait sa carrière. Après un mois de réflexion à Grandval où Laurine lui tint les mêmes propos que moi, il finit par se résigner à cette solution, ce qui me soulagea : j'avais gagné une année, et peut-être la guerre s'achèverait-elle pendant ce temps-là. Ce fut donc un bel été que l'été 1959, avec des fenils et des greniers pleins, où les frôlements de Laurine près de moi, dans les parfums lourds des foins et des grains, donnèrent à ces heures bénies de la tombée de la nuit l'épaisseur de celles que l'on n'oublie pas.

14

Quatre années s'écoulèrent, qui apportèrent des changements rapides aussi bien pour nos enfants que pour nous-mêmes. Louise était partie étudier à la faculté de lettres de Bordeaux et Fabien, comme prévu, dans la marine, à Toulon. Les accords d'Evian avaient mis fin à la guerre d'Algérie en 1962, à mon grand soulagement comme à celui de milliers de parents, je suppose. La Ve République, sous la haute autorité du général de Gaulle, assurait un développement économique qui bénéficiait surtout aux villes et aux grandes unités de production. La tendance était au regroupement des terres et des usines, les premiers grands magasins mettaient en péril les petits commerces et les ateliers.

Juan était décédé en 1961 d'un cancer, et je ne l'avais pas remplacé car c'était un homme irremplaçable – je le savais depuis toujours. Pendant les deux ans qui avaient suivi sa disparition, je n'avais pas pu faire face à toutes les commandes et j'avais perdu des clients. Aujourd'hui, la situation s'était stabilisée, ou à peu près, du fait que le nombre des grossistes avait diminué aussi, et j'avais atteint un certain équilibre, avec huit ouvriers, mais je savais que mes affaires étaient sur le déclin et je n'avais plus qu'un souci : tenir le plus longtemps possible avant d'arrêter, car cela devenait inéluctable, et aucun de mes enfants – par ma faute, surtout, puisque je les avais toujours encouragés à partir – n'envisageait de prendre ma suite. Baptiste habitait toujours New York où les affaires, pour lui, étaient prospères. Il avait réussi à monter une étude à son nom et n'envisageait pas du tout de revenir en France.

J'avais cinquante-neuf ans et Laurine soixante et un, ce printemps-là, quand elle fut obligée de déménager les meubles de son appartement de Bordeaux qui avait été loué en meublé. Les locataires étaient morts et les nouveaux désiraient un appartement nu, qu'ils aménageraient à leur guise. Il fallut trouver un déménageur et s'y rendre pour veiller à ce que tout se passe bien. Il y avait suffisamment de place au château pour entreposer les meubles qui serviraient peut-être un jour à Louise, quand elle s'installerait quelque part. On les rangea un peu partout, jusque dans les communs, et quand il fut question de trouver une place pour le magnifique piano que j'avais remarqué la première fois que j'étais allé rue Saint-Rémi, Laurine déclara qu'il fallait le monter dans les combles.

Comme je m'en étonnais, elle me fit une révélation à laquelle je ne m'attendais pas du tout. Depuis quelques semaines, du reste – en fait depuis qu'elle avait appris qu'elle devait vider son appartement –, elle me parlait de plus en plus de sa vie à Bordeaux, comme si cet événement, au demeurant sans importance, avait rendu nécessaires des confidences auxquelles elle n'avait jamais consenti.

Mais on ne doit jamais remuer le passé, je le sais bien, sans quoi on soulève toujours des secrets enfouis, et qui, peut-être, devraient le rester. Le soir du déménagement, donc, quand le piano eut été hissé jusqu'au grenier du bâtiment central, alors que nous veillions dans la salle à manger, l'un près de l'autre, je compris qu'elle avait décidé de parler, ou plutôt qu'elle en avait besoin.

Elle m'expliqua d'une voix sans timbre, doucement, sur un ton monocorde, comme si elle avait peur d'être entendue, qu'elle avait étudié la musique dès son arrivée à Bordeaux, chez le notaire où elle avait servi comme gouvernante.

– J'en avais toujours eu envie, me dit-elle, c'était un rêve dont je n'avais jamais pu parler à personne, d'autant qu'il me paraissait inaccessible. Après mon mariage, j'ai persévéré, encouragée par Simon, dont le père était un pianiste célèbre, et qui avait donc baigné dans la musique depuis son enfance. Le piano lui venait de sa famille, nous n'avons pas eu à en acheter un.

Elle se tut un instant, soupira, puis reprit :

– Je jouais tous les jours et prenais des leçons auprès d'une femme qui était une artiste confirmée, un modèle pour moi, si bien que je suis devenue moi aussi une pianiste, non pas virtuose – j'avais commencé beaucoup trop tard pour cela – mais qui pouvait jouer du Mozart ou du Liszt.

Ce que j'entendais me paraissait incroyable et me donnait en même temps la conviction qu'il s'agissait d'une tragique vérité. Je ne prononçai pas un mot ni ne l'encourageai à poursuivre. Elle hésita un moment, reprit, plus bas encore :

– Il a fait très froid dès le mois de novembre 44, à Birkenau. Les kapos ont demandé s'il y avait quelqu'un parmi nous qui savait jouer du piano. Mes camarades mouraient de froid les unes après les autres. J'allais mourir moi aussi, j'ai pensé à ma fille et j'ai dit que j'étais pianiste.

Encore un silence, puis :

– La journée, au lieu d'aller sur les chantiers, je suis allée jouer dans le logement du commandant du camp, qui était mélomane. Le soir, j'y restais pour les soirées avec ses officiers.

– Et alors ? dis-je, n'importe quelle mère aurait pris

une telle décision. C'est normal de vouloir rester en vie, et pour son enfant davantage encore.

– Je sais, Antoine, murmura-t-elle, mais pour survivre je n'ai pas fait que jouer du piano.

Je sentis une onde froide couler entre mes omoplates et me glacer le dos. J'évitai de tourner la tête vers elle mais je compris qu'elle pleurait. Je voulais rompre ce silence brutal qui s'était installé entre nous, mais je ne le pouvais pas. Au bout de deux ou trois longues minutes, je demandai doucement :

– Pourquoi aujourd'hui ?

Elle rit, d'un rire qui me fit mal :

– A cause du piano, Antoine.

Puis elle ajouta, en s'essuyant les yeux :

– Ou peut-être me suis-je pardonné.

Je lui pris les mains et lui dis :

– Tu n'as rien à te pardonner. Il le fallait.

– Peut-être, dit-elle, mais aujourd'hui tu sais vraiment pourquoi j'ai tellement hésité, pourquoi il m'a fallu tant de temps pour accepter de vivre et revenir vers toi.

J'acquiesçai de la tête, lui pris les mains, les serrai dans les miennes. Elle les retira, se laissa aller en arrière, contre le dossier du fauteuil, reprit :

– Tu seras le seul à savoir. Je n'en ai jamais parlé à personne et n'en parlerai plus.

– Oui, dis-je, mais un jour tu rejoueras du piano.

– Non, Antoine, répondit-elle avec une sorte d'effrarement dans les yeux. Non, plus jamais.

Les jours qui suivirent cette soirée furent douloureux pour l'un comme pour l'autre. Je pense que Laurine avait souvent eu l'intention de se confier mais elle n'en avait jamais trouvé la force. Il avait fallu ce déménagement pour qu'elle se libère enfin d'un secret qui lui pesait trop. Si je souffrais, c'était pour elle, pour ce qu'elle avait subi, non pour moi, qui avais tout accepté et qui étais prêt à accepter bien plus encore. Je lui demandai cependant si elle avait d'autres secrets à me révéler, lui dis que j'étais prêt à tout entendre.

– Non, Antoine, tu sais tout.

Il ne fut plus jamais question de piano entre nous, et la vie reprit son cours, bien que je la devinais malheureuse. Je crois qu'elle regrettait d'avoir parlé, de n'avoir pas été assez forte pour garder en elle toutes ces épreuves jusqu'au bout.

Heureusement, les beaux jours arrivèrent en avance, dès la mi-mai, et nous permirent de renouer avec le monde qui recommençait à vivre après un long hiver. Nous fîmes comme lui, dans les prés et les champs, essayant de puiser à sa source des forces capables de nous donner un nouvel élan, un nouvel espoir.

Louise venait de réussir ses examens et attendait une affectation de professeur de français. Nous souhaitions la voir nommée au plus près de Grandval, mais elle prétendait que ce serait plutôt dans la banlieue bordelaise. Peu avant les moissons, je reçus une lettre de Baptiste qui m'annonçait sa venue en France, avec une surprise, pour un voyage de quinze jours. J'espérais qu'il allait m'apprendre qu'il revenait définitivement, peut-être s'installer à Bordeaux, mais ce n'était pas cela. Il nous présenta sa fiancée, Jane : une charmante jeune femme blonde qui parlait français avec un accent inimitable, et qui poussa des cris d'admiration devant le château où elle voulut à tout prix passer quelques jours. Nous leur donnâmes deux chambres au premier étage, à l'opposé de la nôtre pour leur assurer un peu d'intimité.

Elle fut si séduite qu'elle demanda à Baptiste de se marier à Grandval au printemps suivant. J'acceptai bien sûr, un peu inquiet toutefois d'avoir à accueillir beaucoup d'invités, mais Baptiste me rassura en me disant qu'il louerait un hôtel à Périgueux, s'il le fallait. Je compris à cette remarque que ses affaires marchaient encore mieux que je ne le pensais et j'en fus très heureux. D'autant que Baptiste ajouta qu'il envisageait d'acheter des vignes à Saint-Emilion ou dans le Médoc et, me devinant surpris, ajouta :

– C'est un des meilleurs investissements que l'on puisse réaliser. Je le sais : ça fait partie de mon travail.

Après leur départ, ce fut Fabien qui vint passer quelques jours au domaine, et qui me raconta ses voyages dans le Pacifique, les mers du Sud, l'océan Indien. Lui aussi, comme Baptiste, paraissait heureux. Je compris que j'avais réussi au moins dans mon souhait de les voir s'éloigner de Grandval, peut-être même au-delà de ce que j'avais imaginé.

Après son départ pour les côtes éthiopiennes, je me remis sérieusement au travail à la forge, auprès de Roger, l'ouvrier recruté juste après Juan, à qui j'avais confié les responsabilités de la fabrication, mais qui montrait moins d'autorité que Juan et donc moins d'efficacité. Souvent nous livrions en retard, ce qui posait des problèmes que je tentais de régler avec le plus de diplomatie possible mais avec de plus en plus de difficulté.

Le dimanche, nous allions souvent voir les vignes avec Laurine, pour mesurer l'état de mûrissement des raisins, afin de fixer la date des vendanges. Il faisait chaud, trop chaud pour la saison, dès le lever du jour. Ce que je redoutais s'annonça un lundi, en début l'après-midi : des grondements d'orage à l'horizon, qui s'estompèrent puis se firent entendre de nouveau vers six heures, en même temps que des gros nuages apparaissaient au-delà des collines, à l'ouest. Sous eux, une plage étincelante se forma et se mit à grandir, poussée par un vent furieux, qui annonçait la grêle.

Les rafales commencèrent à courber les grands arbres du parc, brisèrent le faîte de l'un d'eux, le plus haut, le plus vieux. La grêle se mit à crépiter sur les tuiles de manière si violente que je ne m'inquiétais plus vraiment des vignes, les sachant perdues, mais pour la toiture en voyant s'accumuler par terre des grêlons gros comme des noix. Il y eut sur Grandval, ce soir-là, comme une mini-tornade, et la tempête dura jusqu'à la nuit. Impossible de se rendre compte des dégâts. Il fallait attendre le jour, mais je savais qu'ils seraient considérables. Je dormis très mal, me levai de bonne heure, accompagné par Laurine qui savait aussi bien que moi à quoi s'en tenir.

C'était pis que je l'avais imaginé : des tuiles arrachées, envolées comme fétus de paille, des fuites partout dans les combles du château, des branches cassées, le parc dévasté, et je ne parle pas des vignes que Mestre était allé voir à l'aube, et dont les raisins étaient perdus. Mais ce n'étaient pas les vignes qui me souciaient, c'était le château, sur lequel on aurait dit qu'une main monstrueuse s'était acharnée avec un marteau. Je pensais au mariage annoncé pour l'année suivante, aux travaux que je ne pourrais pas financer, mon assurance excluant les tempêtes de grêle, comme je venais de le vérifier en espérant m'être trompé. Ce n'était pas le cas. J'avais renoncé à cette protection pour éviter d'avoir à payer une prime trop élevée du fait de l'immense surface des toits sur tous les bâtiments du domaine.

La toiture de la forge avait subi moins de dégâts, ses tuiles étant plus neuves, mais les communs, eux, avaient souffert autant que le château. Il n'était évidemment pas question de demander de l'aide à Baptiste, je ne me serais jamais permis une chose pareille. Laurine me proposa de vendre le petit appartement du rez-de-chaussée à Bordeaux, mais je refusai tout net : elle avait besoin des deux revenus, et elle en aurait encore plus besoin si je disparaissais avant elle. Il n'y avait qu'une solution : acheter des tuiles de récupération, même si elles n'étaient pas de bonne qualité, et faire exécuter les travaux par les ouvriers de la forge, au moins ceux qui se porteraient volontaires.

Ils le furent tous, mais je ne pouvais pas arrêter la production car les commandes pressaient. Serge Mestre s'occupa des communs avec deux ouvriers, trois autres du château, et d'abord du bâtiment central où se trouvait l'essentiel des pièces où nous vivions. Il fallait agir vite, car l'hiver n'était pas loin. Malgré mes réticences, je dus fermer la forge pendant deux semaines, et pendant tout le temps que durèrent les travaux, je tremblai de voir tomber un ouvrier de plus de huit mètres. Nous avions, certes, monté des échafaudages de fortune, mais les hommes n'étaient pas habitués à travailler sur des toits, et chaque matin je craignais le pire.

Heureusement, le temps fut clément jusqu'en décembre et nous permit de venir à bout de l'ouvrage en trois mois. A quel prix ! La forge avait tourné au ralenti, des commandes avaient été annulées, des clients s'étaient tournés vers des fournisseurs plus sûrs. Je passai la fin de l'année sur les routes avec Laurine pour tenter de restaurer une confiance perdue, le plus souvent en vain. J'étais amer, désabusé : tant d'efforts, d'années de travail anéantis en quelques heures par une tempête comme, après tout, il pouvait en survenir chaque année !

Les fêtes de Noël et du premier de l'an m'apaisèrent un peu, mais dès que les lumières des lustres s'éteignirent, que chacun eut regagné son logis, je me demandai si je n'allais pas devoir licencier l'un de ces ouvriers qui était monté sur le toit du château au péril de sa vie.

Je fis face, repartis sur les routes pour trouver des commandes. Laurine acheta une voiture – une Renault Dauphine – et démarcha également des clients au lieu de m'accompagner.

– Le temps qu'il faudra, me dit-elle. Après, nous repartirons ensemble.

Au terme de quatre mois d'efforts, la situation s'améliora un peu, mais nous dûmes stopper nos démarches pour préparer le mariage de Baptiste, lequel nous immobilisa quinze jours au début du mois de mai. Ç'aurait été un vrai bonheur si je n'avais pas eu tant de soucis en tête : cent cinquante invités américains et français, festin midi et soir, bal dans le parc du château, une fête grandiose telle que l'avaient souhaitée Baptiste et sa femme, et dont ils payèrent tous les frais sans que je ne leur demande rien. Heureusement, sans quoi je ne sais pas où j'aurais pu trouver l'argent. Baptiste était heureux, sa femme aux anges, et ils séjournèrent pendant huit jours à Grandval après la cérémonie.

Puis ils nous remercièrent et s'en allèrent, et je pus reprendre mes activités à la forge. Il était grand temps. Mon principal souci était le retard systématique dans les livraisons, et donc les trésors de diplomatie qu'il fallait déployer pour éviter leurs conséquences désastreuses. Fallait-il employer des ouvriers supplémentaires ou maintenir une présence permanente à la forge afin de surveiller la production ? Ce fut le dilemme auquel je me heurtai pendant les mois qui suivirent cet été-là, et que je résolus grâce à Laurine : je demeurai à la forge et elle partit visiter les clients trois jours par semaine. Nous en souffrions mais nous n'avions pas le choix. Je l'acceptai aussi difficilement qu'elle et je me jurai que cela ne durerait pas.

Cela dura pourtant plus d'une année, le temps de redresser la situation, et puis je mis un terme à cette séparation forcée au mois de juin suivant, à l'occasion des foins. Je m'aperçus alors que Laurine avait changé, aussi bien physiquement que moralement. Certes, elle s'était adaptée aux dures réalités du commerce et de ses lois sans concession, mais elle avait vieilli aussi, tout en restant, pour moi, aussi belle. Son visage s'était creusé, ses traits ronds avaient perdu de leur matité, peut-être à cause de la fatigue des routes, plus sûrement à cause de l'âge. L'éclat de ses yeux noirs avait baissé légèrement, mais pas celui de ses cheveux où quelques fils gris, pourtant, tranchaient sur leur noirceur de jais. Je m'en voulus, me promis que jamais plus elle ne repartirait, et sa présence au moment des foins me conforta dans ma résolution, alors que nous retrouvions les trésors en nous enfouis, toujours aussi chauds, toujours aussi secourables.

Je la sentis soulagée de ne plus avoir à quitter Grandval. Cette nécessité lui avait coûté plus que je ne l'avais cru, mais elle me l'avait caché soigneusement.

– Les voyages forment la jeunesse, Antoine, me disait-elle.

Nous en riions, mais du bout des lèvres, soucieux de donner le change, de ne pas montrer à quel point nous étions ébranlés par ces séparations trop fréquentes.

Comme l'été précédent, nous eûmes à organiser un mariage : celui de Louise qui unissait sa vie à un jeune homme, Bernard M. comme elle professeur, et qu'elle avait connu au lycée de Libourne, où elle avait été nommée après ses études. Louise était devenue une belle jeune fille brune qui ressemblait à sa mère mais qui avait aussi, sur le visage, des expressions de Grégoire, notamment au niveau des commissures des lèvres, et surtout, des gestes, des attitudes qui me faisaient penser à lui dès que mon regard se posait sur elle. Je n'en disais jamais rien à Laurine qui en aurait souffert, sans doute, et encore moins à Louise qui n'avait jamais voulu entendre parler de lui et, pour mon plus grand bonheur, me considérait comme son père.

Ce furent des jours heureux, dans un été superbe où ne rôdait pas la moindre menace d'orage. Fabien, venu pour le mariage, resta quelques jours, et nous aida pour les moissons, comme les nouveaux mariés, du reste, les parents de Bernard étant agriculteurs du côté de Bergerac. Une fois tout le monde reparti, les jours se remirent à couler dans la paix des saisons, que seuls venaient troubler les soucis de la forge.

Ils coulèrent, ces jours, sans que nous puissions les retenir, mais seulement le regretter, tant il est vrai que le temps passe de plus en plus vite au fur et à mesure que nous vieillissons. Et nous vieillissions, Laurine et moi, occupés par la forge et par le domaine que nous parcourions dès que nous avions un moment de libre, depuis la Ferrière jusqu'aux collines au-dessus de la Borderie, par beau temps ou sous la pluie, heureux de mettre nos pas d'aujourd'hui dans nos pas d'hier, comme si c'était la manière la plus sûre de rayer de notre mémoire ce qui nous avait séparés entre-temps.

– Il m'est facile d'avoir de nouveau dix ans, Antoine, me disait-elle. Il me suffit de fermer les yeux.

– On ne peut pas vivre les yeux fermés, disais-je.

– Moi, si.

– Et si tu as un jour des petits-enfants, tu ne pourras pas les voir.

– Je ne les ouvrirai que pour eux.

– Et donc pas pour moi ?

– Je n'ai pas besoin de te voir, Antoine, tu es en moi.

Elle savait trouver les mots pour embellir ces jours, ces semaines et ces mois qui nous rapprochaient davantage, comme si cela eût été possible, et comme si nous avions deviné qu'il n'en serait pas toujours ainsi.

De fait, au mois de juin 1967, Laurine eut un malaise dans une prairie au moment des foins, que je mis d'abord sur le compte de la canicule. Pourtant elle en eut deux autres en juillet et en août, bien qu'elle demeurât à l'ombre au château, au cours des heures les plus chaudes de la journée. Le docteur Baruel, qui était très âgé mais se refusait à prendre sa retraite, envoya Laurine passer des examens à l'hôpital de Périgueux. J'eus beaucoup de mal à la convaincre :

– Après ce que j'ai vécu, Antoine, que veux-tu qu'il m'arrive ? me disait-elle en riant.

– Justement. Allons à Périgueux puisqu'il ne peut rien arriver de grave.

Elle finit par y consentir en septembre, pour deux jours qui suffirent aux médecins pour diagnostiquer une tumeur au niveau des reins. Laurine décida de nier la réalité qui, pourtant, imposait une opération, avec de grandes chances de succès, car, selon le spécialiste, la tumeur était franche et bien délimitée, sans aucune adhérence sur les reins. Laurine s'y refusa. Je dus faire appel à Louise, malgré le souhait manifesté par Laurine de ne pas la mettre au courant. Pour la convaincre de se faire opérer, il fallut un argument définitif que Louise avança au château, un dimanche après-midi de septembre : elle attendait un enfant. Et, comme Laurine faisait remarquer, non sans une certaine acrimonie, qu'il n'y avait pas là de quoi forcément se réjouir quand on savait de quoi les hommes étaient capables, Louise répondit :

– C'est pour cette raison que cet enfant peut avoir un jour besoin de toi.

Laurine ne trouva rien à opposer à cet argument, ou du moins feignit d'y croire. Elle exigea seulement d'être opérée non à Périgueux mais à Bordeaux, à l'hôpital Pellegrin où, il y avait longtemps, Simon avait lui aussi subi une opération qui avait réussi.

Nous partîmes en voiture pour Bordeaux début décembre, en espérant être de retour pour les fêtes de Noël, ce qui fut le cas. Tout s'était bien passé. Le professeur était satisfait au point de ne pas juger nécessaire de procéder à des séances de radiothérapie. Nous fûmes tous réunis à Grandval pour les fêtes, Laurine, quoiqu'un peu affaiblie, ne montrant pas le moindre doute au sujet d'une guérison définitive.

Après s'être montrée réservée, presque hostile, au sujet de la naissance à venir, elle se mit à l'attendre et à compter les jours.

– J'espère que ce sera un garçon, me disait-elle.

– Et pourquoi donc ?

– Les femmes subissent trop la loi des hommes. Je ne veux pas que ma petite-fille souffre un jour autant que j'ai souffert.

– Ce sera un garçon, dis-je, ne t'inquiète pas.

J'avais tendance à la protéger à ce moment-là, l'imaginant fragilisée par son opération, mais il apparut au bout de quelques mois qu'il n'y avait aucune séquelle, en tout cas décelable. Louise accoucha au mois d'avril d'un garçon qu'elle appela Vincent, et elle vint passer ses congés de maternité à Grandval, rejointe le samedi par son mari depuis Libourne. Dès lors, Laurine se mit à pouponner, à sourire, à s'occuper de l'enfant aussi bien que sa mère, et plus aucun malaise ne vint ébranler ce bonheur partagé auquel, d'abord, elle n'avait pas voulu croire mais qui, semblait-il, aujourd'hui, la comblait.

A Paris, ce mois de mai 1968 enflammait les rues et les esprits, provoquant la paralysie de l'économie.

A Grandval, s'il n'y avait eu la forge, nous aurions vécu les événements sans la moindre incidence, tant nous nous sentions éloignés, à l'abri des folies d'une jeunesse que ni Laurine ni moi ne parvenions à considérer comme menaçante. Elle affirmait seulement une soif de vivre, une liberté qui remettait en cause des valeurs établies depuis des années, mais en même temps, hélas, mettait aussi en péril les petites unités de production qui, comme la mienne, vivaient difficilement.

Roger, le contremaître, vint m'annoncer un matin que les ouvriers s'étaient mis en grève. Ils étaient huit, mais revendiquaient la volonté d'agir comme les autres, bien que non syndiqués. Je ne songeai pas une seconde à m'y opposer : ce n'avait jamais été dans les habitudes de mon père et j'excluais l'éventualité de me conduire comme Grégoire. En outre, j'avais toujours considéré Grandval comme un îlot à l'abri des tempêtes, et ce que j'avais lu dans les pages écrites par mon grand-père Fabien m'avait conforté dans cette idée, à laquelle je tenais. Par ailleurs, les échanges étant paralysés, il n'était pas possible de livrer quoi que ce soit, sauf en voiture, et à condition de trouver de l'essence. Il fallait donc prendre son parti de cette situation, se résoudre à attendre que la situation évolue, même si les conséquences s'annonçaient extrêmement graves.

Je tâchai de ne pas trop m'en préoccuper pendant les foins de juin, qui ramenèrent le calme et la sérénité habituelles à cette saison, mais, quand le travail reprit vraiment, je compris que la forge venait d'être frappée durement par ces deux mois d'inactivité. D'autant que nous étions en plein été et que les affaires ne redémarreraient pas vraiment avant septembre.

Je dus repartir sur les routes pour renouveler les commandes devenues caduques du fait qu'elles n'avaient pas été honorées, mais je le fis sans Laurine, qui avait besoin de repos, et donc sans l'énergie nécessaire à ce genre de démarches. Je compris à cette occasion-là que quelque chose avait changé dans les rapports entre les hommes, dans leur manière de travailler, qu'une certaine méfiance était de mise désormais, que rien ne serait plus jamais comme avant.

Je tins soigneusement Laurine à l'écart de mes préoccupations, persuadé que j'étais qu'elle serait repartie aussitôt sur les routes avec moi. En septembre, les rentrées d'argent ne couvraient plus les salaires. Je devais me séparer de deux ou trois ouvriers, mais je ne me résignais pas à le faire. Je résolus de tenir dans les mêmes conditions jusqu'à la fin de l'année et de faire le bilan avant de prendre une décision aussi grave de conséquences.

Ce fut un automne bien difficile, qui me confirma ce que, au fond de moi, je savais déjà : la forge n'était plus adaptée aux conditions économiques de l'époque. Il fallait grandir ou revenir à un artisanat traditionnel. Or, je n'avais pas les moyens de développer l'affaire par des investissements qui lui auraient donné la dimension nécessaire, et, les aurais-je trouvés, je m'interrogeais sur cette opportunité en raison de mon âge – soixante-quatre ans. Mes enfants ayant fait leur vie ailleurs, la sagesse commandait de ne pas prendre ces risques-là.

J'attendis un sursaut à la fin de l'année, mais il ne se produisit pas. Je résolus de laisser passer les fêtes avant de mettre en œuvre ces mesures qui allaient priver de ressources des ouvriers et leurs familles. Je décidai de ne pas les renvoyer tous en même temps, mais progressivement, de manière à ce qu'ils puissent retrouver du travail plus facilement. Maigre consolation, pour eux comme pour moi, qui voyais approcher les fêtes sans la moindre joie.

L'arrivée de Louise, de son mari et leur fils me délivra un peu de mes préoccupations. Un soir, alors que je rentrais de la forge vers sept heures, j'eus la stupeur d'entendre des notes de piano dans la salle à manger. Quand j'entrai, je découvris que c'était Laurine qui jouait, Louise assise près d'elle, son enfant dans les bras.

– Nous l'avons descendu à quatre, me dit-elle : Jeanne, Bernard, Louise et moi.

Et, comme je demeurais stupéfait, incapable de prononcer le moindre mot :

– C'est pour le petit. Il aime la musique.

Je ne l'avais jamais vue jouer. Ses doigts couraient sur les touches en les effleurant comme une caresse, elle accompagnait les notes d'un mouvement de tête dont la douceur me dévasta. Je sortis aussi vite que je pus pour dissimuler les larmes qui me montaient aux yeux.

15

Deux ans plus tard, la forge s'arrêta. Je n'avais plus la force de me battre ni, d'ailleurs, n'en ressentais la nécessité, sinon pour le château qui exigeait toujours autant de soins, de travaux auxquels, faute de moyens, je renonçais quand les dommages ne mettaient pas en péril la structure, c'est-à-dire la toiture ou les murs. Je me rendais toutefois chaque jour dans la forge déserte pour allumer le feu et forger un outil au marteau, me donnant ainsi l'illusion d'être encore un forgeron, de perpétuer l'activité qui avait été celle des Grandval depuis toujours.

Parfois Laurine me suivait malgré le froid et restait près de moi à me regarder, comme si ces gestes lui faisaient autant de bien qu'à moi. Et pourtant elle toussait beaucoup en ce mois de février 1970, si bien que je dus renoncer à la forge pour ne pas l'inciter à sortir. Le médecin, prévenu, conclut à une bronchite et prescrivit des médicaments qui n'eurent aucun effet. Quinze jours plus tard, il envisagea une pneumonie, qu'il soigna avec des antibiotiques si puissants qu'elle dut s'aliter, renonçant même au piano devant lequel elle s'asseyait chaque soir pour jouer des sonates que j'écoutais près d'elle, aussi bouleversé que la première fois que je l'avais entendue.

Ses cheveux étaient devenus blancs, son visage

émacié et, pourtant, pour moi, elle demeurait la même, tant il est vrai qu'on ne voit pas vieillir les gens qui vivent près de nous. Je feignais d'ignorer qu'elle avait deux ans de plus que moi, c'est-à-dire soixante-huit ans, et que les souffrances endurées dans sa vie l'avaient profondément ébranlée.

Au mois de mars, comme elle toussait toujours beaucoup, qu'aucun médicament n'avait été efficace, il fallut se rendre à l'hôpital pour effectuer des analyses qui dévoilèrent un cancer des poumons, l'ancienne tumeur des reins ayant essaimé par le sang. Laurine ne se montra ni surprise ni abattue, refusa l'opération que le professeur, d'ailleurs, ne recommandait pas vraiment. Nous comprîmes que c'était trop tard, qu'il n'y avait plus rien à faire et nous regagnâmes Grandval où elle me dit, à l'instant où nous descendîmes de voiture, en s'efforçant de sourire :

– N'en parlons plus, Antoine, c'est la seule manière de vivre bien le peu de temps qui nous reste.

Et elle ajouta, me prenant par le bras :

– Depuis 1944, j'ai vécu en sursis. Il fallait bien que ça s'arrête un jour.

Avec le traitement mis au point à Bordeaux, elle toussa moins mais perdit l'essentiel de ses forces, ce qui ne l'empêcha pas de participer aux foins, assise sur un pliant en lisière d'une haie, venant de temps en temps donner un coup de fourche ou de râteau. Aucune amertume ne se lisait sur son visage qui, bizarrement, ne trahissait aucune souffrance.

Elle assista également aux moissons, heureuse, souriante sur sa chaise placée devant la batteuse qui projetait dans l'air des brins de paille et les balles des grains, me demanda d'organiser le repas de la gerbebaude qui, je ne pouvais pas en douter, serait pour elle le dernier. Le temps était beau, il y eut des rires et des chants, auxquels elle se joignit en battant des mains.

Ensuite, elle manifesta le souhait de se rendre chaque jour à la Ferrière, chez Paul, à qui elle demanda de l'accueillir pour ses derniers jours. Elle voulait mourir, disait-elle, dans la chambre où elle était née. Il accepta, non sans s'être inquiété auprès de moi de la voir souffrir sans pouvoir la soulager. Je lui répondis que je m'étais déjà entretenu de cette volonté avec le médecin, lequel avait accepté de s'occuper d'elle jusqu'au bout – c'était encore un temps où l'on pouvait mourir chez soi.

A l'automne, nous pûmes faire quelques promenades le long de l'Auvézère, et nous nous asseyions parfois sur la rive pour écouter l'eau et le murmure des feuilles. Elle parlait peu, semblait se fondre dans ce monde où nous avions été si heureux, comme s'il importait de bien s'en imprégner, en incruster le moindre détail, la moindre couleur en soi.

En octobre, elle me demanda de l'aider à monter dans le fenil de la Ferrière et s'assit dans le foin, très droite, immobile, les yeux clos, un sourire sur ses lèvres. Elle y resta une heure, près de moi, me dit avant de repartir :

– Tu vois, Antoine, nos plus belles années sont celles sur lesquelles le temps n'a pas posé sa poigne de fer. C'est pour cette raison qu'elles demeurent éternelles. Après, ma foi, elles ne sont qu'une perte : des lieux, des gens, tous ceux que l'on a aimés.

Elle soupira, reprit :

– Que veux-tu ? C'est ainsi, nul n'y peut rien.

Je n'ignorais rien de ce qu'elle revivait à ce moment-là, des longs soirs de juin qu'elle était venue retrouver cet après-midi-là, avant de s'éloigner de ces lieux dérisoires mais qui, pourtant, avaient tellement compté pour nous.

Le lendemain, elle se coucha et ne se releva plus. Elle plongea peu à peu dans une sorte de coma qui, je l'espère, la préserva de la douleur, mais je ne puis, hélas, en être sûr. Elle s'éteignit à la Ferrière, dans la chambre où elle était née, comme elle l'avait souhaité, à midi, le 6 décembre, alors que nous étions près d'elle, Louise, Paul, sa femme et moi. Nous l'avons portée en terre sous le frêne de la Borderie, tout près de Sabrina. Je rentrai au château avec la pensée secourable que les dames de la Ferrière étaient définitivement devenues les dames de Grandval, et qu'elles dormiraient pour toujours au cœur du domaine qui les avait vues naître.

A Noël, Louise revint, accompagnée comme toujours de son fils et de son mari. « Pour se rapprocher d'elle », me dit-elle, mais, submergée par le chagrin, elle ne resta que trois jours, puis regagna Libourne. Heureusement, Fabien arriva pour le premier de l'an et me parla de ses voyages, des horizons lointains que je ne verrais jamais. Il me demanda comment j'avais pu vivre toute ma vie au même endroit, excepté mon séjour en Allemagne, à l'occasion de mon service militaire, alors que le monde était si grand, si beau. Je lui fis part de ma certitude que le monde était en nous, pas au-dehors de nous, contrairement à l'idée que la plupart des hommes en avaient. Je lui avouai également ma conviction que la réalité n'existe que par la pensée qu'elle reflète dans notre esprit, et je fus étonné de formuler aussi bien ce que j'avais toujours ressenti sans jamais l'exprimer.

– Mais tu ne verras jamais les îles où la mer est si bleue qu'on voit le sable au fond, les paradis terrestres que sont Hawaii, Bora Bora, les Marquises.

– Je n'en ai pas besoin. Il me suffit de les imaginer, et ils me sont aussi présents que pour toi qui, aujourd'hui, les as quittés.

Fabien eut l'indulgence d'en rire, de feindre de me croire. Il repartit le 4 janvier, et je me retrouvai seul avec Jeanne – et avec ma souffrance d'avoir perdu à la fois Laurine et Sabrina. Heureusement, Serge Mestre et sa famille habitaient toujours dans les communs et travaillaient les terres dont j'avais besoin pour vivre. Ils se servaient des annexes du château, étable et grange, ce qui donnait au parc un peu d'animation, un semblant de vie, ranimait les flammèches d'un foyer qui apparaissaient soudain, me réchauffaient le cœur, s'éteignant seulement quand les lourdes portes se refermaient.

Cependant, au printemps suivant, Serge vint me trouver un soir et, gêné par ce qu'il avait à me dire, tourna un long moment autour du sujet avant de s'y résoudre.

– Voilà ! monsieur Antoine, me dit-il enfin, je ne veux plus être métayer. Je veux acheter les terres que je travaille. Les jeunes sont subventionnés pour ça, mon père est d'accord avec moi, il pense que le temps est venu.

Je lui répondis que je n'avais jamais envisagé de vendre les terres sur lesquelles étaient enterrés les Grandval et que je ne l'envisageais pas davantage aujourd'hui.

– Dans ce cas, je vais m'en aller à la fin du bail qui tombe en novembre prochain.

J'aurais dû m'attendre à cette démarche et, pourtant, j'en demeurais accablé. Je finis par répondre que nous avions un peu de temps devant nous, que j'allais y penser.

– Avant juin, s'il vous plaît, me dit-il. Je ne voudrais pas me trouver démuni à l'automne.

Après son départ, je restai dans mon bureau à réfléchir, si préoccupé que Jeanne dut venir me chercher pour le repas du soir que nous prenions tous les deux, dans la cuisine, et non plus dans la salle à manger, depuis la disparition de Laurine. A voir chaque jour Jeanne si calme, si affable, si attentionnée vis-à-vis de moi, me venait par moments la pensée que, peut-être, j'aurais dû lui rendre sa liberté afin qu'elle se marie, ne se retrouve pas seule lorsque j'aurais disparu.

– Quel âge avez-vous, Jeanne ? lui demandai-je ce soir-là.

Ses yeux couleur de châtaigne se posèrent sur moi, ne cillèrent pas.

– J'ai passé soixante ans.

Je ne l'avais pas vue vieillir. Pas le moindre cheveu blanc n'émergeait de sa tête tout en rondeurs, où les traits exprimaient depuis toujours la même bonté.

Je ne pus m'empêcher de lui dire que je ne serais pas toujours là, qu'un jour, peut-être, le château changerait de mains et qu'elle devrait partir.

– Vous n'avez jamais songé à vous remarier ?

– Je n'ai pas eu le temps, monsieur Antoine, me répondit-elle avec une humilité qui me transperça.

C'était sans aucun doute vrai. Son dévouement d'abord pour Fabien, ensuite pour toute ma famille l'avait détachée de ce qui se passait loin du château, d'un destin qui eût pu être différent, mais auquel elle n'avait jamais sérieusement songé.

– Vous voulez que je m'en aille ? me demanda-t-elle d'une voix si soumise que je fus persuadé qu'elle y aurait consenti sur-le-champ si j'avais répondu de façon affirmative.

– Non, Jeanne, non, certainement pas ! dis-je précipitamment.

– Ah ! fit-elle, vous m'avez fait peur.

Son regard était presque sévère, à présent, comme lourd de reproches. Je compris qu'elle se sentait humiliée, trahie, alors que je n'avais pensé qu'à la protéger pour l'avenir.

– J'ai besoin de vous, Jeanne, dis-je, très vite, en baissant les yeux devant ce regard blessé, souffrant.

– Merci, monsieur Antoine, dit-elle.

Elle se détourna, enlevant le plat vide qu'elle porta dans l'évier, puis elle finit de manger debout en me tournant le dos.

C'était à ces petits riens que je mesurais à quel point le temps avait passé, et combien tout avait changé en quelques années. Il ne s'agissait pas de s'apitoyer, mais de sauver ce qui pouvait encore l'être, vivre du mieux possible les jours qui me restaient. Non pas dans le renoncement, mais dans le courage, l'effort, quoi qu'il pût arriver.

Je le puisai dans la permanence de l'herbe haute, des longs soirs de juin, au terme desquels je fis part à Serge Mestre de mon refus de vendre les terres de l'ancienne réserve.

– Dans ce cas, nous partirons en novembre, me répondit-il avec une pointe d'humeur.

– C'est entendu, dis-je. Je vais donc me mettre en quête d'un nouveau métayer.

Après un tel désaccord, les moissons ne furent pas aussi belles qu'elles l'étaient d'ordinaire. Pas de rires, ni de bons mots, de repas de la gerbebaude, ni à Grandval, ni à la Borderie, ni à la Ferrière. Je me mis à la recherche d'un métayer auprès du notaire de Tourtoirac, cherchai dans toute la région, mais je n'en trouvai pas. Les aides à l'installation des jeunes ruraux les incitaient à acheter, non à adopter un statut de métayer qui était devenu totalement inadapté aux nouvelles conditions économiques.

Le départ de Serge et de sa famille, en novembre, me brisa le cœur, et pourtant il n'allait pas loin ; il prenait la suite de son père à la Borderie, lequel avait atteint l'âge de la retraite depuis quelques années, mais non sa femme, plus jeune que lui, qui approchait les soixante-cinq ans.

Cet hiver-là fut bien difficile à vivre : Louise ne vint que deux jours à Noël et je passai le premier jour de l'an seul avec Jeanne, dans le souvenir de Laurine, dont le piano muet, chaque fois que mon regard se posait sur lui, me dévastait. Il faisait froid, je sortais peu, si ce n'était pour me réchauffer au feu de la forge que j'allumais presque chaque jour. Je frappais du marteau sur l'enclume comme pour témoigner d'une présence fidèle en ces lieux désertés, avant de me réfugier de nouveau dans la grande salle à manger où erraient des ombres insaisissables.

Au printemps suivant, un acheteur se manifesta, non pas pour les terres, mais pour les locaux de la forge, afin d'y installer une minoterie. D'abord je refusai, puis je finis par accepter de m'en séparer, la mort dans l'âme, à condition de les louer, non de les vendre. Je n'avais plus aucun revenu et pas la moindre intention de faire appel à mes enfants, même si je savais que Baptiste en avait les moyens. Le minotier me fit apparaître que je pourrais aussi louer les communs à ses ouvriers qui le lui avaient demandé. C'était une solution qui mettait fin à la forge de mes ancêtres, mais qui en sauvegardait la propriété. Un moindre mal, sans doute, et de toute façon je n'avais pas le choix.

Je fis transporter une partie du matériel dans l'étable, la grange et l'écurie du parc, ce qui me permit de continuer à forger des objets : pique-feu, fers de houe, pinces à bois qui s'entassèrent sans que je songe à les vendre, mais qui me donnèrent l'illusion d'être encore parfois, modestement, un forgeron.

Restaient les terres, au sujet desquelles je me désespérais de les voir en friche un jour, de ne plus faire les foins, de ne plus moissonner. J'avais compris que plus personne n'accepterait de devenir métayer dans cette vallée où, si longtemps, rien n'avait changé. C'était dans l'ordre des choses, il ne s'agissait pas de le regretter, mais de trouver une solution. Elle me vint de Paul, depuis la Ferrière, où son fils avait pris la suite depuis quelques années, bien qu'il habitât Saint-Martial. Paul lui avait cédé les terres, mais son fils voulait accroître la surface de la propriété, augmenter le rendement à l'hectare afin de bénéficier du maximum d'aide de la part du gouvernement. Il était trop endetté pour acheter, mais il désirait louer les terres de la Borderie.

Je donnai aussitôt mon accord à Paul, pas fâché de voir mes terres revenir vers la famille de Laurine, de renouer ainsi le lien entre le château et la Ferrière. Je retirai seulement du bail la parcelle à flanc de colline sur laquelle étaient enterrés les Grandval, et gardai un droit de passage partout, afin de pouvoir aller où je voulais dans le domaine, ce qui ne posait pas le moindre problème à Georges, le fils de Paul. Il accepta également de me voir participer – ou plutôt assister – aux grands travaux de l'été, et ce fut le cas pour les foins qui poussaient tous seuls, mais non pour les moissons, cet été-là, les terres n'ayant pas été ensemencées à l'automne.

En septembre, les vendanges rassemblèrent une trentaine d'hommes et de femmes dans les vignes du domaine et de la Ferrière. Lors du dernier repas, le soir, je m'assis à côté de Paul, dont j'avais épousé les deux sœurs, et qui, avec l'âge, se rapprochait de plus en plus de moi, apparaissant de temps en temps dans le parc du château sans me prévenir, simplement pour passer un moment, parler de Laurine et de Sabrina.

Un jour, lui qui en avait toujours été avare, il me surprit avec une confidence :

– Vous savez, me dit-il – il ne s'était jamais décidé à me tutoyer malgré mon insistance –, enfants, déjà, elles ne parlaient que de vous. Rien de ce qui est arrivé par la suite ne m'a étonné.

Et, comme j'évoquais la mort de Sabrina, ce sinistre jour d'été, près de Tourtoirac :

– Il ne s'en est fallu que de quelques minutes, et ils ne l'auraient pas trouvée chez cette femme qui était juive. Sabrina partait quand les Allemands sont arrivés. Une fois dans la rue, elle serait passée facilement entre les mailles du filet : ils n'en voulaient qu'aux Juifs et aux maquisards.

Je lui demandai si nous n'avions pas manqué de vigilance, ce jour-là, si nous ne portions pas une part de responsabilité dans ce qui s'était passé.

– Non ! me dit-il, vous ne pouviez pas savoir qu'elle irait là-bas. Nous, au maquis, on était au courant que les Allemands allaient investir Tourtoirac, mais comment imaginer que Sabrina aurait l'idée de s'y rendre ce jour-là ?

Et il ajouta, si bas, que je l'entendis à peine :

– On a failli monter une embuscade, les attendre à l'entrée, mais on y a renoncé car on craignait des représailles. Vous voyez, le sort s'est joué tout seul.

Nous ne parlâmes jamais plus de Sabrina, mais seulement de Laurine pendant l'hiver qui suivit.

– J'ai toujours su qu'elle partirait, qu'elle ne se marierait jamais avec Grégoire, me dit-il. Elle m'avait fait promettre le secret. Il ne faut pas m'en vouloir.

– Je ne t'en veux pas, Paul. Je sais que tu as toujours essayé de les protéger.

Ainsi, de confidence en confidence, nous réussissions à faire revivre celles qui lui manquaient autant qu'à moi. Nous finîmes par nous voir tous les jours, et sa présence m'aida beaucoup à vivre les mois, les années qui m'ont amené sans que je m'en rende compte à soixante-dix ans.

Aujourd'hui, Paul a beaucoup de mal à se déplacer et c'est moi qui, de temps en temps, vais lui rendre visite à la Ferrière. Je longe l'Auvézère qui murmure toujours aussi secrètement entre les frondaisons, m'assois parfois sur la rive pour regarder l'eau où je me baignais jadis les soirs d'été, je traverse des prés et des champs qui furent les miens, où travaillèrent presque tous ceux qui ont quitté cette terre, et je songe à ce qui fut, dont nul ne peut me priver. Je m'efforce d'en entretenir la mémoire fidèlement, auprès de Paul, le seul témoin capable encore d'en parler avec moi.

Voilà ma vie. Ou du moins l'essentiel, qui est derrière moi et c'est bien ainsi. Je sais que l'on s'étonnera de constater de quel poids mes premières années ont pesé sur celles qui ont suivi. C'est justement parce que j'ai lu la même chose dans les pages écrites par mon grand-père que j'ai voulu en témoigner à mon tour. En cela consistait le destin des Grandval, de même que dans les mésalliances – ou qui paraissaient telles – et dans un combat jamais gagné contre des lois économiques dont les vagues engloutissaient peu à peu l'îlot du domaine.

Nous nous sommes toujours crus à l'écart des tempêtes du monde, et nous nous sommes trompés. Et, cependant, nous avons été heureux, car nous avons longtemps vécu dans la paix des saisons, fidèles à une terre, à un métier qui suffisaient à notre bonheur. Tout s'est éteint doucement, comme la lumière d'un jour qui décline, parce qu'il est dans l'ordre des choses terrestres de s'éteindre et de disparaître, quel que soit le combat que l'on puisse mener. L'essentiel est sans doute de trouver la sagesse de s'en accommoder.

Epilogue

C'est au moment où je m'apprêtais à mettre un
point final à ces pages que, ce matin, j'ai reçu une
lettre de Baptiste m'annonçant qu'il envisageait très
sérieusement de revenir en France pour s'occuper de
ses vignes et, peut-être, si je n'y voyais pas d'incon-
vénient, de faire un jour de Grandval un relais-château
en hôtellerie. Inutile de dire à quel point cette lettre
m'a fait battre le cœur.

Je m'aperçois que j'ai toujours considéré ma vie
comme une forêt d'automne, sans cesse sur le déclin,
vers le froid de l'hiver, et cependant avec de magnifiques couleurs, des foyers magiques, des feux incan-
descents. J'avais oublié que l'hiver s'achève toujours
par un printemps. Pourtant cette vérité-là est inscrite
dans ce monde des prés, des champs et des forêts dans
lequel j'ai toujours vécu. Ce sont sans doute les drames
de la vie qui me l'ont fait oublier.

Issus de ce monde-là, de la terre qui nous porte,
comment douter que nous sommes aussi destinés à
renaître éternellement ? A l'heure où j'écris ces derniers mots, c'est cet espoir qui me soutient dans la
terrible solitude des nuits d'insomnies, quand je me
revois courant sur les chemins du bonheur, le long
des prés où l'herbe dégage ce parfum magique des

longs soirs de juin, qui, si je devais choisir, serait le seul viatique que j'emporterais avec moi le jour du grand départ, pour en faire présent à ceux qui m'attendent, souriants, de l'autre côté du temps.

Table

Christian Signol
dans Le Livre de Poche

Au cœur des forêts n° 33082

Depuis son enfance, Bastien a toujours vécu dans la forêt.
Il en connaît tous les mystères, tous les sortilèges qu'il
révélera à sa petite-fille gravement malade. Pour Bastien,
elle est comme une forêt fracassée par l'orage.

Bleus sont les étés n° 14950

Berger sur son causse natal qu'il n'a jamais quitté, le vieil
Aurélien se désole de devoir mourir sans descendance,
dans un hameau presque déserté. L'arrivée d'une famille
de vacanciers parisiens bouleverse sa vie. Entre le jeune
Benjamin et lui se noue une complicité immédiate.

Bonheurs d'enfance n° 14524

En 1958, à 11 ans, Christian Signol quitte son village
natal, dans le Quercy, pour devenir pensionnaire à la ville.
Le romancier rouvre aujourd'hui la porte à ses souvenirs :
les arbres, les champs, les goûters près du fourneau, le
garde champêtre, les fenaisons et les vendanges… Et puis
aussi la petite école, l'instituteur, la découverte de la poé-
sie à travers Victor Hugo…

1. *Les Noëls blancs* n° 15262

Les Noëls blancs, ce sont ceux dont se souviendront François, Mathieu et Lucie Barthélémy, en repensant à leur enfance, là-bas, aux confins de la Corrèze et du Puy-de-Dôme, dans ce haut pays aux hivers rudes.

2. *Les Printemps de ce monde* n° 15415

Eté 1939. La guerre arrive, qui va infléchir le cours de la vie des Barthélémy comme elle a infléchi celle de tous ces Français qui ont traversé le XXe siècle en aimant, en souffrant, et en suivant l'évolution de la société qui a glissé inexorablement des campagnes vers les villes, jetant bas le « vieux monde ».

Cette vie ou celle d'après n° 30380

C'est dans les solitudes du Vercors, son pays natal, que Blanche a décidé de se retirer. Quarante ans auparavant, elle s'était pourtant juré de n'y jamais revenir…

Les Chênes d'or n° 15072

Son père lui a fait découvrir tous les secrets de la truffe qui pousse sous les chênes des forêts périgourdines. Mais cet amour de la nature et des bois n'empêche pas une question de hanter Mélinda : pourquoi sa mère n'est-elle plus là ? Qui a allumé l'incendie où elle a péri ?

La Grande Ile n° 30611

Une île sur la Dordogne, où vivent Bastien et sa famille. L'eau et la rivière sont leur univers, un paradis qui les fait vivre et les enchante. Si la guerre ne parvient pas à en briser l'harmonie, tout se dissout pourtant peu à peu, sauf le souvenir du bonheur, de l'enfance éternelle.

Ils rêvaient des dimanches   n° 31900

Ce que nous sommes aujourd'hui, nous le devons au travail acharné, aux sacrifices, à l'obstination de nos aïeux, de nos parents qui ont lutté pour que leurs enfants, leurs petits-enfants vivent mieux. Ils rêvaient des dimanches pour prendre enfin un peu de repos, leur seule récompense avec le pain de chaque jour.

LES MESSIEURS DE GRANDVAL

1. *Les Messieurs de Grandval*   n° 30833

Du milieu du XIXe siècle à l'aube du XXe siècle, une petite fonderie, aux confins du Périgord et du Limousin, sur laquelle règne la dynastie des Grandval. Dans la vallée de l'Auvézère, on est maître de forges de père en fils, et Fabien, l'aîné, succédera au patriarche Éloi, fût-ce au prix de son bonheur, de sa liberté.

2. *Les Dames de la Ferrière*   n° 31111

Entre les fils du château et les filles du métayer, des liens se sont tissés dès l'enfance. Amours contrariées, rivalités, conflits familiaux… leurs destins ne cesseront de se croiser au gré des soubresauts de l'Histoire.

Pourquoi le ciel est bleu   n° 32310

Il a fallu plus de quarante ans à Julien pour oser poser à son fils la question à laquelle sa mère avait répondu par une gifle cruelle quand il avait sept ans : « Pourquoi le ciel est bleu ? »

La Promesse des sources   n° 14810

Installée à Paris, mariée puis divorcée, mère de Vanessa, 14 ans, entraînée dans une vie professionnelle trépidante, trop de souvenirs déchirants éloignent Constance de l'Aveyron où s'est écoulée son enfance. Pourtant, la mort de son père va la ramener dans son Aubrac natal.

Un matin sur la terre   n° 31514

Au matin du 11 novembre 1918, trois soldats sont informés que le cessez-le-feu interviendra à onze heures. Si près de la délivrance, Pierre, fils d'un notaire du Périgord, Ludovic, instituteur cathare, et Jean, ouvrier parisien, se souviennent de leur passé et imaginent l'émotion des retrouvailles si proches.

Une année de neige   n° 30050

Sébastien a 10 ans et la leucémie menace sa vie. Il n'a qu'une obsession : rejoindre dans le Lot ses grands-parents qui sauront éloigner de lui la peur et la mort. Il est sûr que, là-bas, il trouvera l'énergie pour lutter contre la terrible maladie qui l'affaiblit chaque jour davantage.

Une si belle école   n° 32673

1954 : Ornella, jeune institutrice sur les hauts plateaux du Lot, doit affronter l'hostilité du maire, du curé et des habitants qui ont besoin de leurs enfants dans les fermes. Mais elle rencontre Pierre, l'instituteur avec qui elle partage la classe, et c'est le coup de foudre.

LES VIGNES DE SAINTE-COLOMBE

1. Les Vignes de Sainte-Colombe   n° 14400

A la veille de la guerre de 1870, Charles Barthélémie, maître du Solail, meurt. Léonce et Charlotte, ses enfants, s'affrontent pour diriger le domaine : des hectares de vigne mûrissant dans le Midi. Au-delà des rivalités familiales, les drames de la nature et de l'histoire vont se conjuguer pour faire du destin de Charlotte une suite de combats sans merci.

2. *La Lumière des collines* n° 14602

Au Solail, en cette année 1930, les effets de la crise économique frappent les vignerons. Charlotte Barthélémie lutte de toutes ses forces pour sauver sa terre. Chez les Barthès, ses métayers, Justin combat, lui, pour le progrès social. L'affrontement ne va pas sans une secrète estime entre eux.

Les Vrais Bonheurs n° 30756

« J'ai toujours pensé que la beauté du monde était destinée à nous faire oublier la brièveté tragique de nos vies. Peut-être un cadeau de Dieu, s'il existe, comme je l'espère…. »

Le Livre de Poche s'engage pour
l'environnement en réduisant
l'empreinte carbone de ses livres.
Celle de cet exemplaire est de :

400 g éq. CO$_2$

PAPIER À BASE DE   Rendez-vous sur
FIBRES CERTIFIÉES   www.livredepoche-durable.fr

Composition réalisée par IGS-CP

———————————

Achevé d'imprimer en juillet 2016 en Espagne par
CPI
Dépôt légal 1re publication : octobre 2008
Édition 08 – juillet 2016
LIBRAIRIE GÉNÉRALE FRANÇAISE – 31, rue de Fleurus – 75278 Paris Cedex 06

31/2371/8